I0660313

COLLECTION MICHEL LÉVY
— 1 franc le volume —

Par la poste 1 fr. 20 cent. — Relié à l'anglaise, 1 fr. 50 cent.

LA COMTESSE DASH

LE SALON
DU DIABLE

NOUVELLE ÉDITION

PARIS

MICHEL LÉVY FRÈRES, ÉDITEURS
RUE VIENNE, 2 BIS ET BOULEVARD DES ITALIENS, 15
A LA LIBRAIRIE NOUVELLE

COLLECTION MICHEL LÉVY

SALON DU DIABLE

MICHEL LÉVY FRÈRES, ÉDITEURS

OUVRAGES

DE

LA COMTESSE DASH

Format grand in-18

POISSY. — TYP. ARBIEU, LEJAY ET CIE.

LE SALON
DU DIABLE

PAR

LA COMTESSE DASH

NOUVELLE ÉDITION

PARIS

MICHEL LÉVY FRÈRES, ÉDITEURS

RUE VIVIENNE, 2 BIS, ET BOULEVARD DES ITALIENS, 15

A LA LIBRAIRIE NOUVELLE

—

1870

Droits de reproduction et de traduction réservés

Je me trouvais l'automne dernier, au mois de novembre, dans un vieux château de Normandie, bâti du temps de Guillaume le Conquérant peut-être, et dont les murailles ont vu bien des générations se succéder. Les légendes ne manquaient pas sur cette antique demeure. On y avait vu Satan et les anges, s'il fallait en croire les récits des veillées et plus d'un meurtre y avait été commis.

Nous étions une douzaine de personnes, amies du merveilleux et des récits des anciens jours, nous nous réunissions le soir autour d'une table, les femmes travaillaient, les hommes lisaient à tour de rôle, ou bien inventaient des légendes qui nous amusaient au point de nous faire mourir de peur. La bibliothèque nous avait fourni de nombreux aliments, un parchemin racorni entr'autres nous avait révélé l'apparition du diable lui-même, au seigneur châ-

telain pour lui offrir alliance offensive et défensive
contre les moines d'un couvent, dont ils étaient l'un
et l'autre embarrassé. Le châtelain, plus avisé
que l'esprit malin et effrayé d'une pareille proposition, lui joua un tour que celui-ci ne soupçonna pas,
tout diable qu'il fût. Il lui donna un rendez-vous
pour le lendemain dans le même salon où nous
étions, et au lieu du baron il y trouva deux moines,
qui l'exorcisèrent et le noyèrent d'eau bénite. Un
tableau naïf représentait cette plaisanterie et le
salon en retint le nom de *Salon du Diable*.

Lorsque nous eûmes dévorés tous les bouquins,
lorsque chacun eut épuisé la provision de contes,
on me demanda si je ne voulais pas en composer
quelques-uns, afin d'occuper les dernières soirées,
avant notre retour à la ville.

— Je ferai mieux, répondis-je, je vous raconterai
deux faits, dont je vous garantis l'authenticité. Ils
se sont passés dans un beau lieu que j'ai souvent
visité autrefois, j'ai vu les preuves authentiques du
premier que l'histoire a enregistré, et j'ai connu
l'héroïne du second. Cela vous convient-il?

La proposition fut acceptée avec acclamations.
J'eus le bonheur d'intéresser vivement mon audi-
toire, puissé-je être aussi heureuse avec vous, ami
lecteur : et puissiez-vous avoir pour moi autant
d'indulgence que mes amis du *Salon du Diable*.

LE SALON DU DIABLE

I

L'HOTELLERIE

A la fin du mois d'octobre 1672, un lourd carrosse, traîné par quatre chevaux assez maigres et très-fatigués, parcourait, vers les sept heures du soir, la rue Saint-Honoré ; le cocher et le laquais qui suivait s'arrêtaient à chaque nouvelle enseigne d'hôtellerie, et continuaient leur marche lorsqu'on avait répondu à leurs questions. Enfin, à l'auberge de Saint-Gabriel, après un long colloque avec le maître de la maison, l'équipage entra dans la cour, et la porte se referma, au grand désappointement des curieux.

Cette voiture renfermait d'abord un vieux seigneur en habit de voyage dont l'air insignifiant cherchait à prendre de l'importance ; puis une jeune fille et sa sui-

vante. Toutes deux sautèrent à terre avec la vivacité
de leur âge.

On va donner une chambre à madame, dit l'hôte-
lière, et on placera monsieur auprès des seigneurs de
Lameth, ainsi qu'ils en ont envoyé l'ordre.

La jeune dame monta, sans répondre, les degrés
qui la conduisirent aux étages supérieurs, sa fille de
chambre derrière elle. On les introduisit dans une
grande pièce noire, donnant sur la cour, avec des rideaux de serge verte et une tenture à personnages.
L'aspect de cet appartement fit pousser un gros soupir
aux étrangères. La maîtresse se laissa tomber dans un
fauteuil, sans ôter ni sa mante ni ses coiffes. Lorsqu'on
les laissa seules :

— Eh bien ! Louison, dit la jeune personne, que te
semble de ce lieu-ci ?

— Je le trouve abominable, mademoiselle. Il ne doit
pas y faire clair en plein midi, et il y règne une odeur
de renfermé qui fait mal au cœur.

— Aller choisir dans Paris un trou comme celui-
là ! il n'y a que M. de Bussy capable d'une chose semblable.

— C'est tout à fait dans leur plan, mademoiselle.

— Que veux-tu dire par là ?

— Ce que j'ai tardé à vous apprendre, dans la crainte
de vous faire de la peine, et parce que j'ai cru qu'ils
n'auraient pas le courage d'y persister.

— Et quoi donc ?

— A présent qu'ils exécutent leurs menaces, je m'en

vais tout vous révéler. Il y a un mois, M. le comte se promenait à Sissone, dans le grand verger, avec M. le comte de Bussy-Lameth le père. J'étais à cueillir des raisins, cachée derrière la treille, j'eus peur qu'ils ne me vissent, car M. le comte m'aurait grondée si je me gardait bien de me montrer. Ils vinrent juste s'asseoir sur le banc en face de la tonnelle, et j'entendis toute leur conversation. D'abord je n'écoutai pas, mais ils prononcèrent le nom de mademoiselle, je pensai que cela pourrait lui être utile et je prêtai l'oreille.

— Oui, monsieur, disait M. le comte, ma fille veut aller à la cour, et il me faudra lui accorder cette grâce ; c'est une condition qu'elle met à son mariage, et vous connaissez Henriette, elle ne cédera pas.

— Je connais Henriette et je vous connais, monsieur, elle est forte et vous êtes faible ; vous ne savez pas avoir une volonté, vous avez fait de cette enfant un despote auquel vous obéissez au lieu de la faire obéir. Vous ne soupçonnez pas les conséquences de cette education. J'ai deviné ce caractère, moi, que le bonheur de mon fils a placé près d'elle en avant-garde, et (je demande bien pardon à mademoiselle de ce que je vais dire, mais ce n'est pas moi qui parle) Henriette est ambitieuse, elle est passionnée, elle est vaine surtout. Je ne sais pas si elle aimera mon fils ; ce qu'il y a de certain c'est qu'elle ne l'aime pas. Il serait donc dangereux de la conduire à la cour, où sa beauté lui attirera des hommages empressés ; elle ne voudra plus en sortir. Cependant, si vous avez du caractère, nous

1.

pouvons tourner cette difficulté en parlant au plus impérieux de tous ses penchants, à l'orgueil.

— Comment cela, dit M. le comte.

— Châtelaine de Pinon, comtesse de Lameth, elle mènera un train de princesse, elle aura la plus belle position de la province; à la cour, elle sera comme tout le monde, moins que tout le monde, et elle sera humiliée. Vous n'avez pas une grande fortune, monsieur, vous avez plusieurs enfants, il vous est donc bien difficile de lui donner à Paris tous les plaisirs auxquels elle s'attend, surtout de la placer aussi haut que le voudrait sa fierté. Cédez à son désir, elle se lassera bien vite et elle demandera elle-même à revenir en Picardie.

— Mais, reprit M. votre père, si elle rencontrait à la cour quelque godelureau qui lui tournât la tête, comment nous y prendrions-nous pour l'empêcher de faire une folie?

— Cette supposition n'est pas admissible, interrompit M. de Bussy-Lameth, nous avons votre parole, vous êtes gentilhomme, mademoiselle de Roucy sait trop ce qu'elle doit à son nom pour vous y faire manquer.

— Nous irons donc à Paris?

— Sans doute; aux conditions que je vous ai posées, ce voyage ne peut être que favorable.

— Comme elle va être contente!

— Vous voilà toujours le même, uniquement occupé du plaisir que vous ferez à Henriette, au lieu de penser aux choses sérieuses. »

Et il a fait à M. votre père un sermon sur sa faiblesse, sur sa tendresse aveugle pour vous, ajoutant qu'il gâterait votre avenir, qu'il dérangerait tous les plans, et mille discours de ce genre. M. le comte l'a assuré qu'il serait ferme, qu'il ne se laisserait pas séduire; ils se sont levés et ils sont rentrés au château. Le soir notre départ a été annoncé, je n'en sais pas davantage.

Mademoiselle de Roucy avait écouté sa suivante la tête appuyée, les yeux sur les charbons et dans l'attitude d'une réflexion profonde.

— Ah! c'est là leur projet, dit-elle lentement et comme une personne qui cherche à deviner une énigme; ils veulent m'humilier pour me faire accepter comme un bienfait la main de M. de Lameth. Eh bien! continua-t-elle en se levant résolûment, je ne me laisserai pas jouer ainsi et ils n'en sont pas où ils croient. Mon bon père a raison, je trouverai quelque godelureau qui me tournera la tête ou à qui je la tournerai, et nous verrons. Je ne suis point faite pour leur province, je dois rester à la cour, de brillantes destinées m'y attendent. Je serai aimée d'un homme de sang royal, la bohémienne de Sissonne me l'a prédit l'année dernière, tu le sais bien... Quant à la fin moins favorable de l'oracle, je la changerai, cela dépend de moi. Ah! M. de Bussy, M. de Bussy, vous verrez que je suis aussi fine que vous!

En parlant ainsi elle se promenait dans la chambre, faisant des gestes animés et avec tous les signes d'une émotion vive. Son coqueluchon, tombé sur les épaules, laissait voir son admirable visage encadré par les boucles de ses cheveux blonds qu'elle rejetait souvent en arrière d'un mouvement gracieux et prompt tout à la fois. Il y avait dans sa physionomie une expression intraduisible de dédain et de colère; elle semblait avoir totalement oublié la présence de Louison. Celle-ci la rappela à lui-même, en lui demandant si elle ne voulait pas souper.

— On nous servira sans doute dans de l'étain, répliqua la jeune fille, cette auberge est le commencement de la leçon; c'est égal, va demander à M. le comte de Roucy ses ordres pour le repas, et tâche de savoir si nous jouirons de l'aimable société des comtes de Lameth.

La suivante sortit; pendant ce temps, mademoiselle de Roucy s'approcha du miroir cassé suspendu au-dessus de la cheminée, et se mit à raccommoder sa toilette. Elle sourit malgré elle en voyant ses traits charmants illuminer, pour ainsi dire, cette glace antique, et ne put se défendre d'un mouvement de vanité à l'aspect de ses yeux noirs bordés de cils d'ébène, et surmontés de deux sourcils arrondis par l'amour, de sa bouche semblable à une cerise, et de son teint, nuancé des couleurs les plus suaves. Puis elle admira sa belle taille, si richement dessinée par son corset de damas noir; sa main et son pied mignons; et, faisant quelques pas en arrière, elle se sentit reine du monde par ses charmes et par sa volonté.

Louison rentra.

— Réjouissez-vous, mademoiselle, s'écria-t-elle en riant, vous aurez l'honneur d'une compagnie magnifique. On soupera dans cette chambre, et MM. de Bussy attendent chez M. le comte votre bon plaisir.

— Je m'en doutais. Aussi vois, Louison, comme je me suis faite belle !

— Eh ! pour plaire à qui ? mon Dieu !

— A qui ? à mon prétendu apparemment. Je ne veux pas qu'il en réchappe. Ah ! ils s'imaginent que je les laisserai arranger ma destinée sans m'occuper de la diriger ! Cela leur plaît à dire. Il me plaît à moi de rendre le jeune comte de Lameth amoureux fou de sa fiancée ; il me plaît de lui apprendre par avance le métier de mari, puisqu'ils ont décidé qu'il sera le mien ; chacun use de ses armes, nous verrons qui se lassera le premier.

L'entrée des servantes, qui venaient dresser le couvert, interrompit ce propos. Henriette regarda d'un air de mépris le gros linge et la poterie commune qu'elles étalèrent.

— N'y a-t-il donc pas d'autre porcelaine que celle-là à Paris ? demanda-t-elle.

— Oh ! si, madame, il y en a de toute dorée, dans les grandes maisons, répliqua une des filles.

— Cette auberge-ci reçoit-elle beaucoup de gens de qualité ?

— Presque jamais, madame. Ce sont des bourgeois et des marchands de province, que nous voyons le plus souvent.

— C'est bon ! Quand le souper sera servi vous avertirez MM. les comtes de Bussy-Lameth, et M. le comte de Roucy qu'ils peuvent venir se mettre à table.

Henriette appuya avec une sorte d'emphase sur ces titres pompeux, et sa voix trahissait une nuance de moquerie bien prononcée.

Elle continua à se promener en attendant les convives ; on ouvrit enfin la porte et ils parurent sur le seuil.

Celui qui marchait en tête, le comte de Roucy, était un homme d'une soixantaine d'années, faible et maladif. Ses traits insignifiants, sa petite taille, ses manières peu élégantes le destinaient à passer inaperçu. Il portait néanmoins dans toute sa personne un air de bienveillance qui prévenait en sa faveur. Ce devait être nécessairement un *bon homme* et rien de plus.

Derrière lui marchait un vieillard de plus de soixante et dix ans. Sa physionomie hautaine, son immense perruque brune, ses sourcils grisonnants froncés et rapprochés l'un de l'autre, son teint rouge et ses yeux perçants annonçaient un homme d'un caractère violent et presque mauvais. Il avait près de six pieds et se tenait tellement droit qu'il semblait défier les années. C'était le comte de Bussy-Lameth.

Enfin à quelque distance se tenait, avec une sorte de respect, un jeune seigneur dont la ressemblance frappante avec le comte de Bussy-Lameth le faisait reconnaître pour son fils. Il était, comme lui, d'une taille remarquablement noble et élevée. Il avait la même expression de regard, modifiée par la jeunesse, et était beau sans être agréable. On devait le remarquer malgré soi, pour ainsi dire ; cependant une sorte de répulsion inexplicable ôtait à l'instant le désir de le connaître davantage.

Tous les deux saluèrent profondément Henriette, que son père embrassa au front.

— Que vous êtes belle, ma fille ! s'écria-t-il d'un air joyeux, vous nous faites regretter de ne pas avoir de plus nombreux admirateurs à vous offrir.

— Je n'en désire point d'autres, répondit-elle avec une révérence toute de grâce, je suis très-contente de ce qui m'est accordé.

Le comte de Lameth remercia par un salut plus profond encore et en rougissant beaucoup.

— Vous trouvez-vous bien dans votre chambre, continua M. de Roucy, et que pensez-vous de notre établissement ?

— Il me paraît tout à fait commode. Quelle différence de cette hôtellerie avec nos vilaines auberges de province ! Comme tout y est propre et avenant en comparaison !

Les deux vieillards se regardèrent étonnés.

— C'est comme notre équipage de voyage. On avait, je crois, choisi un carrosse du temps de mon grand-père, et les rosses les plus étiques de l'écurie. J'en étais honteuse en quittant Sissone. Eh bien ! je ne sais pas quelle en est la cause, mais en entrant dans Paris, j'ai trouvé tout cela superbe. Il y a dans cette atmosphère quelque chose d'enivrant, le reflet de ses merveilles embellit tout, jusqu'à ce plat d'étain qui me fait vite oublier nos plats d'argent ciselé.

— Cependant, mademoiselle, reprit le comte de Bussy-Lameth, à Sissone, à Pinon, quand vous en serez la maîtresse, vous trouverez les jouissances du luxe et de la fortune, vous aurez des laquais, des pages, vous serez entourée de respects. Ici il faudra vous contenter de Louison Beaupré pour tout domestique, il faudra vous résoudre à passer inaperçue au milieu de la foule.

— Louison me sert à merveille, monsieur, et quant à passer inaperçue, cela m'est parfaitement égal. D'ailleurs...

Elle s'arrêta en faisant une petite moue coquette, qui laissait deviner la certitude d'être remarquée à Paris comme en province.

— D'ailleurs ? répéta le comte de Roucy.

— Eh bien! mon père, à Sissone, à Pinon, je m'ennuierais, et ici je m'amuserai.

— Voilà un vrai argument de jeune fille, dit en riant, le père, si facile à séduire.

— A mon sens il est très-dangereux, car il peut mener loin, répliqua sentencieusement M. de Bussy-Lameth. Vous êtes donc décidée à être contente de tout à Paris?

— De tout! même de vous, ajouta-t-elle malignement.

— Vous vous soumettrez aux privations ?

— Sans doute.

— Vous irez à la cour sans diamants, sans perles, sans dentelles ?

— J'irai.

— Dans le vieux carrosse de votre grand-père, traîné par des rosses efflanquées ?

— J'irai.

— Avec Louison Beaupré et Champagne pour toute suite ?

— Cela m'est égal.

— Eh bien ! mademoiselle, voici votre ordre de présentation. Madame la marquise d'Heudicourt, ma parente, vous mènera dimanche à Versailles, et vous présentera à Leurs Majestés. Madame a promis de vous vous admettre au nombre de ses filles d'honneur, et j'espère que vous serez reçue de façon à vous satisfaire.

— Vraiment tout cela est certain ! mon bon père ? s'écria-t-elle avec l'étourderie de son âge, oubliant déjà le rôle qu'elle s'était imposé ; vous me prêterez les diamants de ma mère pour ce jour-là.

— Je le voudrais de tout mon cœur, ma chère enfant ; mais je les ai confiés à M. Chardu, notre notaire à Laon, qui m'a avancé la somme nécessaire à notre voyage, sans cela nous n'aurions pas pu venir ici.

La physionomie d'Henriette se rembrunit ; puis reprenant toute sa gaieté, elle s'écria d'un air de coquetterie, en jetant un regard à son prétendu, qui n'avait

2

pas dit une parole, et qui ne se lassait pas de la contempler :

— Je friserai mes cheveux et je tâcherai d'avoir bonne mine ; c'est assez pour une fille de mon âge.

Le comte de Roucy secoua la tête en lançant un coup d'œil à M. de Bussy-Lameth. Celui-ci ne se déconcerta point.

— Permettez-moi, mademoiselle, de vous faire une observation paternelle, et ne m'en veuilliez pas de ma franchise. Ne vous laissez point enivrer par les séductions. Rappelez-vous toujours que vous êtes accordée avec un brave gentilhomme qui ne cédera jamais ses droits sur vous ; rappelez-vous qu'une belle existence vous attend dans notre château, que vous y commanderez en souveraine, et le jour où vous serez lasse des grandeurs d'emprunt, le jour où il ne vous plaira plus de servir votre maîtresse et de vous soumettre à ses caprices, venez régner à Pinon, vous y trouverez non-seulement les diamants de la feu comtesse de Roucy, mais encore tous ceux de notre maison, et nous serons fiers d'orner tant de beauté.

Il y eut un moment de silence. Il reprit :

— Et si plus tard vous voulez prendre votre revanche à la cour, soyez sans inquiétude, la comtesse de Bussy-Lameth n'aura rien à envier à personne.

— Je vous remercie, monsieur, répondit-elle froidement.

Le souper était fini ; ils se retirèrent.

— Bon Dieu ! mademoiselle, s'écria Louison, mon-

sieur votre prétendu vous a tellement mangée des
yeux pendant toute la soirée, qu'il n'a pu ni parler ni
toucher à quoi que ce soit; il n'a pas même bu un
verre de vin.

— Tu as vu cela, Louison? J'ai donc bien rempli
mon devoir de fiancée !

Et quelque chose de diabolique brillait dans les yeux
de mademoiselle de Roucy, lorsqu'elle prononça ces
mots en souriant.

II

LA PRÉSENTATION.

Le grand jour était arrivé. Dès le matin, Henriette
se mit à sa toilette et commença à se parer.

— Louison, dit-elle, retiens bien ceci : Il faut que
mademoiselle de Roucy, qui va être présentée ce matin
en simple robe de gros de Tours blanc, sans bijoux,
sans points de Hongrie, ni de Venise, soit remarquée
de toute la cour. Arrange-toi donc de manière à empêcher le moindre pli à mes cheveux et à mon corsage,
que mes boucles soient tombantes et gracieuses, que
cette branche de houx avec ses graines rouges, qui
formera toute ma coiffure, soit placée artistement en
arrière. Je l'ai apportée du bois de Sissone, et je ne m'attendais guère qu'elle paraîtrait devant le roi de France.
Ce sont les diamants de ma couronne à moi.

Lorsqu'elle fut prête et que madame d'Heudicourt vint la prendre dans son carrosse, son père et MM. de Lameth reculèrent de surprise en la voyant si belle.

— Hélas ! monsieur, dit le jeune homme à l'oreille de son père, on la remarquera toujours !

— Comme vous voilà fraîche et jolie, mademoiselle, s'écria la marquise à son aspect ; je vais ce matin être bien questionnée.

Pendant tout le voyage, Henriette fut distraite et préoccupée. La nouveauté du spectacle, la beauté de la route, les équipages qui se croisaient autour d'elle, lui causaient une sorte d'étourdissement. Lorsqu'elle aperçut le château de Versailles, lorsqu'elle descendit de carrosse, lorsqu'elle monta cet escalier de marbre, encombré de tout ce que la France avait de beau, de vaillant, de noble, elle sentit son cœur battre, et elle jura en elle-même de ne plus quitter ce séjour enchanteur.

Bonne de Pons, marquise d'Heudicourt, était une des femmes les mieux placées à la cour. Liée d'amitié avec madame de Montespan, admise à l'intimité du roi et de sa favorite, elle était de leurs parties de chasse et de jeu ; on la considérait, en un mot, comme une puissance. Aussitôt qu'elle parut, les flatteurs l'entourèrent. Elle fut saluée par mille compliments, et chacun lui demanda le nom de sa charmante compagne. La simplicité étrange de son costume, dont sa beauté était plus parée que d'une couronne, attirait tous les regards. Quand le roi parut, il fit le tour de la galerie,

saluant les femmes, leur parlant selon le degré de
faveur où elles étaient classées. En passant devant madame d'Heudicourt, il s'approcha d'elle et lui adressa
quelques phrases bienveillantes. Ses yeux tombèrent
sur Henriette, rouge d'émotion, et plus belle que madame de Montespan elle-même.

— Quelle est cette charmante personne ? demanda-
t-il.

— Sire, c'est mademoiselle de Roucy de Sissone;
Madame a daigné l'admettre parmi ses filles. Sa famille a toujours servi le roi dans les armées.

Le roi regarda longtemps Henriette.

— Je serai charmé de rencontrer mademoiselle chez
Madame, dit-il enfin, et il continua sa marche en retournant souvent la tête.

Il n'en fallut pas davantage pour apporter à Henriette un succès furieux. Dès que le roi entra au con-
seil, on se dispersa dans les salons, et ce fut à qui ap-
procherait de la merveille du jour. Madame d'Heudicourt ne pouvait suffire à lui nommer les gens de
qualité qui réclamaient cette faveur. Elle ne s'en
montra point embarrassée, répondit à toutes les questions qu'on lui adressa, à tous les compliments qu'elle
reçut, comme si elle n'eût fait que cela toute sa vie.

Madame de Montespan, inquiète et jalouse de cette
nouvelle rivalité, voulut savoir si son esprit ressemblait
à son visage. L'altière jeune fille ne baissa pas son regard en rencontrant celui de la favorite. Elle se sentait
son égale en beauté, et elle la surpassait en jeunesse.

— Mademoiselle arrive de province? dit-elle.

— Oui, madame.

— Et quand comptez-vous y retourner?

— Est-ce qu'à la cour il y a un lendemain ? On m'a toujours répété qu'il n'y fallait pas penser.

— Il faut s'occuper du passé et surtout du présent, c'est le dieu des courtisans, mademoiselle.

— Je vous remercie, madame, de cette leçon politique, je ne l'oublierai pas.

Madame de Montespan se mordit les lèvres et comprit qu'elle avait affaire à forte partie.

— Cette jeune fille a un aplomb singulier pour son âge, dit-elle en se retirant, elle ira loin.

Les gens qui se rappelaient mademoiselle de Tonnay-Charente, avant son mariage avec M. de Montespan, pensèrent que la marquise devait s'y connaître.

Mademoiselle de Roucy fut présentée à Madame, qui lui fit son compliment de ses triomphes, en ajoutant :

— Prenez garde, mademoiselle, prenez garde, la tête tourne vite à Versailles, et on s'en repent, ajouta la princesse en lui montrant madame de la Vallière, pâle et dolente dans un coin du salon.

Henriette chercha parmi les seigneurs à apercevoir son père et les comtes de Lameth, elle les découvrit bientôt debout près d'une colonne et assez désorientés. Elle compara sa propre assurance à leur timidité gauche, et son orgueil s'en applaudit.

— Ces gens-là ne sont pas faits pour moi, pensa-t-elle, voyez un peu la belle figure que fait là mon futur mari avec son justaucorps vert-pomme ! il a l'air d'un paysan picard.

De ce jour mademoiselle de Roucy commença son service de fille d'honneur. Madame, seconde femme de Monsieur, duc d'Orléans, et frère de Louis XIV, était une princesse d'un esprit juste et droit, avec des formes allemandes et une franchise qui dégénérait souvent en brusquerie. Elle aimait que ses filles conservassent des dehors modestes, et prétendait qu'elle n'aurait pas souffert, comme la première Madame, les assiduités du roi près de mademoiselle de la Vallière. Aussi lorsqu'elle était présente, ces demoiselles prenaient des airs graves, fort peu en harmonie avec leurs habitudes.

Henriette s'accoutuma sur-le-champ à cette existence. Ses compagnes, qui toutes enviaient sa beauté, la raillaient quelquefois de l'excessive simplicité de sa toilette. Elles lui détaillaient leur richesse, leur élégance ; il s'élevait dans son cœur une révolte douloureuse contre son père et surtout contre M. de Lamoth, qui l'avaient exposée à ces humiliations, mais elle n'en laissa jamais rien paraître. Elle plaisantait sur elle-même de la meilleure grâce du monde.

— Voyez-vous, mesdemoiselles, disait-elle, vous serez bien magnifiques aux fêtes qu'on donnera à carnaval. Eh bien ! moi je ne porterai que ma branche de houx. Eussé-je tous les diamants de la couronne, je ne m'en parerais pas. Peut-être aurai-je comme vous l'honneur de donner une devise pour le Carrousel, et ce sera celle-ci : Qui s'y frotte s'y pique.

Un matin les filles de Madame étaient réunies dans leur chambre, elles travaillaient en causant, elles riaient et passaient en revue les personnages un peu connus de la cour.

— Qui de vous, mesdemoiselles, a vu le colonel du régiment de Navare ? demanda mademoiselle de Hautefort.

Personne ne répondit.

— Eh bien ! je suis la plus heureuse, continua-t-elle, j'étais près de Madame, lorsqu'il a fait sa visite d'arrivée.

— Et qui est-il ? demanda mademoiselle de Pons.

— Vous savez donc bien mal votre nobiliaire, si vous ignorez que c'est messire Charles Amanireux, marquis d'Albret, chevalier, sire de Pons, prince de Mortagne, comte de Mossant, baron de Vorray de Gerderé, et autres lieux, neveu de M. le Maréchal d'Albret, et parent du côté des femmes, de notre glorieux roi Henri IV.

— J'espère que voilà une généalogie ! s'écria en riant aux éclats mademoiselle de la Mothe, et laquelle de vous, mesdemoiselles, aspire à partager ces titres pompeux ?

— Ajoutez, s'il vous plaît, que le marquis est jeune, qu'il est beau à miracle et d'une élégance qui passe toute idée, ajouta mademoiselle de Hautefort. Il était ce matin chez Madame, d'un air à faire retourner toutes les filles d'honneur.

— Lui connaît-on un sentiment?

— Non, pas jusqu'ici. Il a uniquement vécu pour la gloire. Madame en faisait un éloge brillant, et louait surtout son indifférence. Elle l'a appelé *mon cousin*, en disant que la parenté à laquelle elle tenait le plus était celle de Henri IV, et que tout ce qui venait de lui était en vénération pour elle. Elle a dit même qu'elle ne consultait pas le roi pour ces sortes de choses dans ses particuliers.

— Et nous trouverons ce beau colonel à la fête de demain? interrompit Henriette toute pensive.

— Sans doute, et c'est à lui qu'il faut donner la branche de houx.

— Pourquoi pas? si cela me plaît.

— Il est certain que personne ne vous en empêche.

— Rochefort, vous ne pensez pas à ces deux gardes du corps établis près d'Henriette, qui ne lui parlent jamais, qui la couvent du regard, comme on regarde un enfant qui essaye ses premiers pas, reprit mademoiselle de Cossé; croyez-vous qu'ils laisseront approcher le loup ravissant de leur jeune et timide brebis?

Toutes ces jeunes filles se mirent à rire.

— Qui est, ou plutôt qui sont ces gardiens de la pomme d'or du jardin des Hespérides? continua mademoiselle de Pons. Qui sont-ils? Roucy, dites-nous cela entre nous.

— Tout bonnement messieurs de Bussy-Lameth, propriétaires du château de Pinon, à quelques lieues de Sissone.

2.

— Et c'est en qualité de voisins qu'ils vous gardent ainsi ? C'est bien généreux de leur part !

— Ils me font peur, répondit mademoiselle de Rochefort, et je ne voudrais pas les avoir, comme Henriette, en manière de défenseurs. Enfin on peut aimer quelquefois à être attaquée, ne fût-ce que pour apprendre à triompher.

— Enfin, mesdemoiselles, il est bien arrêté que demain au bal, chacune d'entre nous respectera M. d'Albret, comme livré aux séductions de mademoiselle de Roucy ; nous ne nous permettrons pas la plus petite œillade à ce mari-là, jusqu'à ce qu'il nous soit démontré que notre champion a échoué et que c'est à nous de venger notre honneur ! s'écria mademoiselle de Pons.

— J'accepte le défi, répliqua vivement Henriette, vous serez mes témoins.

— Nous le voulons, crièrent-elles toutes en chœur.

— Malgré tout, nous voilà bien folles ! et, si madame de Navailles nous entendait, elle répéterait partout que les filles de Madame sont coquettes, frivoles, et qu'à force de vouloir chercher des maris, elles n'en trouveront jamais, dit mademoiselle de Cossé avec une mine de béate.

— N'importe ! j'ai consenti à tout. Cependant il me vient un scrupule : si le marquis ne me plaît pas, suis-je tenue à l'épouser ?

— Cela vous est permis, répliqua mademoiselle de Rochefort avec une gravité comique, mais cela ne vous est pas ordonné.

— Mesdemoiselles, vous envoyez à la boucherie ce charmant colonel de Navarre, interrompit mademoiselle de la Mothe. Le gardien d'Henriette ne souffrira pas qu'elle en épouse un autre, et cette grande figure rouge est capable de tout.

— Croyez-vous? demanda Henriette en tressaillant.

— Elle a déjà peur!

— Oh! c'est que l'on m'a prédit des choses si étranges!

— Ne songeons plus à cela, voici l'heure du dîner de Madame, rendons-nous à notre service, reprit mademoiselle de Cossé. Demain nous aurons un beau sujet d'examen durant le bal.

Et elles se séparèrent.

Henriette rentra seule dans sa chambre, et pour la première fois de sa vie elle réfléchit sérieusement. Elle ne pouvait se dissimuler que ses propos avaient été plus que légers, et que si son père ou M. de Bussy-Lameth en étaient informés, elle serait sévèrement grondée. Elle eut un instant l'idée de ne pas paraître à la fête, de se faire malade et d'éviter ainsi l'imprudente gageure qu'elle avait risquée; l'amour-propre, le désir de s'amuser un moment la retinrent.

— Et si je ne réussissais pas! pensa-t-elle. Oh!

Un sourire de triomphe erra sur ses lèvres, elle n'osait pas se mentir à elle-même.

Madame la désigna pour l'accompagner, et ses irrésolutions se trouvèrent fixées. Il ne lui était pas possible de refuser, à moins d'une maladie, et son frais

visage démentait toute crainte de ce genre. Elle remit
donc sa robe de gros de Tours, sa branche de houx,
et pourtant elle était encore la plus belle.

La fête parut magnifique. Le roi dansa avec madame de Montespan et avec mademoiselle de la Vallière. Celle-ci avait peine à retenir ses pleurs, et ce
supplice officiel lui était odieux. La pitié de ce que
l'on aime est le plus grand des maux, après son ingra-
titude.

Mademoiselle de Roucy ne quitta pas sa place
derrière Madame, jusqu'au moment où celle-ci se leva
pour passer dans la salle de Diane. Le cortége nombreux de la princesse fut divisé par la foule, et Henriette resta bientôt seule au coin d'une porte, assez
éloignée de ses compagnes. A côté d'elle deux jeunes
seigneurs se tenaient debout et causaient, l'un était le
marquis de La Fare, l'autre lui était inconnu.

— Quoi donc? disait La Fare, vous êtes demeuré en
route pour si peu de chose?

— Ce n'est pas peu de chose, à mon sens, qu'une
femme dévouée, répondait l'étranger, je n'ai pas osé
l'abandonner ainsi.

— Et l'aimiez-vous donc?

— Je crois que oui, cependant je ne suis pas malheureux de son absence.

— Alors cela n'est pas dangereux.

— Je ne suis pas de votre avis, et je pense que ce
souvenir ne s'effacera pas.

En ce moment, il se retourna et se trouva en face

d'Henriette. Ils rougirent tous les deux en même temps.

Le jeune homme avait un justaucorps gris perlé avec des hauts-de-chausses pareils ; ses nœuds et ses crevés couleur de rose, ses dentelles, ses canons, son linge, de la plus fine batiste, ce je ne sais quoi d'indéfinissable qui trahit l'excessive élégance, firent souvenir Henriette du colonel de Navarre ; elle le regarda encore une fois.

Sa beauté noble et mâle n'était point au-dessus de l'éloge qu'en avait fait mademoiselle de Rochefort. Sa tournure pleine de souplesse et de grâces ne ressemblait à rien de ce qu'elle avait rencontré jusque-là. Elle rougit encore, car elle sentit qu'elle avait à présent grand'peur de perdre sa gageure.

— Au nom de Dieu ! quelle est cette charmante personne ? dit M. d'Albret à l'oreille du marquis de La Fare.

Leurs pensées se rencontrèrent ainsi pour la première fois.

Mademoiselle de Roucy sentit enfin qu'il fallait retourner à sa place ; lorsqu'elle chercha autour d'elle, elle trouva deux personnes qui la regardaient avec des yeux étincelants, le marquis d'Albret et le comte de Bussy-Lameth. Il lui prit un frisson glacial, et elle se hâta de se perdre dans la foule.

Deux heures après, Madame alla s'asseoir près du roi. Sa Majesté manda le marquis d'Albret, pour l'interroger sur une danse étrangère qu'il avait apprise en Allemagne et dont on disait des merveilles.

— Vous nous la montrerez un de ces jours chez madame de Montespan, ajouta le roi.

— Je suis trop heureux d'obéir à Sa Majesté, cependant je ne puis pas exécuter ce pas sans une danseuse.

— Choisissez-en une.

— Le roi et Madame me donnent-ils la permission de demander celle que je désirerai obtenir ?

— Sans doute, mais prenez garde, vous vous ferez bien des ennemies.

— Cherchez parmi les filles d'honneur, continua Madame; je saurai bien maintenir celles qui se plaindraient.

Le regard du marquis se promena longtemps sur ce groupe de jeunes visages, qui tous cherchaient à lui plaire et à attirer son suffrage. Il s'avança enfin vers Henriette.

— Mademoiselle, lui dit-il avec un léger tremblement dans la voix, le roi et Madame m'ont autorisé, me refuserez-vous ?

Henriette fit une grande révérence, et remercia par un geste plein de modestie et de dignité.

— Il n'est pas maladroit, murmura le roi, il ne prend que la *belle Picarde.*

— Henriette, disait tout bas mademoiselle de Rochefort, vous avez magnifiquement gagné votre pari et je le proclamerai demain dans notre appartement. Mais silence ! le roi se retire, il vous faut suivre Madame, et n'ayez pas la contenance trop fière, si vous ne voulez pas qu'elle vous retienne une heure pour vous prêcher.

La fête arriva à sa fin. Henriette, retirée dans sa petite chambre, ne dormit pas une minute, l'image du marquis d'Albret était sans cesse devant elle.

— C'est ainsi qu'il me faudrait un époux, soupirait-elle.

Aussitôt la promesse de son père, ses engagements, l'impossibilité de les rompre, et surtout la crainte du comte de Bussy-Lameth lui revenaient à la mémoire, et sa tristesse n'avait pas de bornes. Le matin de ce jour, elle se leva découragée, pensive, sans espoir et sans énergie. Elle n'écouta point les plaisanteries de ses compagnes et leur répondit encore moins; elle ne causait qu'avec ses pensées. Sur le midi on lui apporta une lettre. Elle l'ouvrit indifféremment, mais après en avoir regardé la signature, son cœur battit à briser sa poitrine; elle était du marquis d'Albret.

Cette lettre contenait ces mots :

« Mademoiselle,

« Le roi, et Son Altesse Royale Madame, ayant désiré de me voir danser un pas moscovite avec une personne de la cour, et m'ayant permis de choisir parmi les filles de Son Altesse Royale celle à qui je demanderais de vouloir bien me faire l'honneur de figurer avec moi, j'ose espérer que vous ne me refuserez pas le bonheur d'être votre cavalier. Si vous daignez y consentir, nous nous réunirons chez madame la marquise d'Heudicourt, pour arranger les entrées et les passes qui devront être exécutées par nous. Croyez bien, mademoiselle, à toute ma reconnaissance pour un semblable bienfait, car on ne saurait être, plus passionnément que je le suis,

« Votre très-humble et très-obéissant esclave.

« Le marquis d'ALBRET. »

— Comme Henriette a rougi ! s'écria mademoiselle de Rochefort.

— C'est quelque billet doux, répliqua mademoiselle de Pons.

— Et du colonel de Navare encore ! reprit mademoiselle de Cossé.

— Faut-il vous le montrer, mesdemoiselles ? Vous verrez que rien n'est plus simple. Un arrangement à prendre pour ce pas étranger, qu'il me faudra danser devant le roi, ce qui ne m'amuse guère. Lisez plutôt.

— *Le plus passionné de vos esclaves.* Voilà qui m'éclaire, dit mademoiselle de la Mothe.

— Oh ! mon Dieu ! cela ne signifie rien, continua Henriette. M. de Benserade, M. Voiture, et tous les beaux esprits, ne s'écrivent pas autrement entre eux.

— Alors vous voulez donc avoir perdu la gageure ? ajouta mademoiselle de Rochefort.

— Ni perdue, ni gagnée ; c'était une folie, qu'il n'en soit plus question, répondit mademoiselle de Roucy.

— Mesdemoiselles, cria follement mademoiselle de Pons, Henriette devient mystérieuse. Je crois que M. Albret a plus gagné encore à cette gageure, que notre compagne elle-même.

— Allons donc, ma chère, minauda Henriette, je ne sais ce que vous entendez par là. Je vais chez madame d'Heudicourt. Il me faut apprendre cette ennuyeuse entrée ; en vérité, j'en suis excédée d'avance.

Et légère comme un oiseau, elle courut mettre ses coiffes pour se rendre chez la marquise. M. d'Albret l'y attendait déjà. Ils se firent un profond salut, qui aurait montré leur embarras d'une lieue. Chacun se regarda, et madame d'Heudicourt dit à l'oreille de madame la princesse de Tarente près de laquelle elle était assise :

— On marie cette enfant à mon cousin de Lameth, ne vaudrait-il pas mieux cent fois la donner à ce joli marquis que voilà ? Je ne puis y rien faire à cause de ma parenté ; mais j'ai idée qu'il arrivera quelque chose de tout ceci.

— Voulez-vous que j'en parle à Madame ? répliqua la princesse.

— Gardez-vous-en bien ! Madame ferait un grand bruit, et vous ne sauriez plus comment la faire taire. Laissons aller les choses.

Pendant ce temps les jeunes gens répétaient leurs figures sous l'inspection d'un maître à danser qui jouait du violon : ils ne se parlaient pas, ils se regardaient à peine, et cependant leur cœur battait bien fort.

— Mademoiselle, dit madame d'Heudicourt lorsqu'ils eurent terminé, vous reviendrez demain, n'est-ce pas ? Surtout n'amenez pas ma nièce de Pons, qui nous troublerait, car elle ne sait pas se tenir tranquille. Votre suivante va vous ramener à la chambre des filles. Je suis bien à l'étroit dans ce petit salon, mais enfin à ce château de Versailles, lorsque Sa Majesté accorde un logement, il faut s'y arranger à merveille.

Henriette, de retour chez elle, n'écouta ni les questions, ni les quolibets de ses compagnes. Elle se mit à rêver seule dans un coin, elle se rappela jusqu'aux moindres gestes du charmant colonel, elle se demanda mille fois si elle était assez belle pour lui plaire ; son miroir lui répondit. Plusieurs jours se passèrent ainsi, elle le voyait chaque matin, elle le rencontrait chaque soir chez le roi ou chez Madame ; jamais il n'avait été aussi assidu à faire sa cour. Pourtant pas un mot d'amour n'avait été prononcé entre eux ; la timidité du marquis, fondée sur sa passion profonde, surpassait encore celle d'Henriette, plus orgueilleuse que tendre.

Le pas moscovite fut dansé avec toute la grâce possible devant le roi, chez madame de Montespan. Louis XIV trouva mademoiselle de Roucy adorable, il lui fit un compliment dans des termes plus galants qu'il n'en avait l'habitude. Madame de Montespan s'en aperçut, et ne vit pas d'autre moyen de parer à une infidélité, que de raconter au monarque tout un roman sur l'amour du marquis et de la belle Picarde. Madame d'Heudicourt lui avait fait part de ses soupçons, il n'en fallait pas davantage pour fournir un thème à l'imagination de la favorite. De ce moment, le roi ne regarda plus Henriette, car l'ombre d'une rivalité, même passée, lui était odieuse.

On célébrait alors les fêtes de la paix. La jeunesse avait demandé un carrousel. Louis XIV, passionné pour cet exercice, l'accorda sur-le-champ. Ce furent de tous côtés des préparatifs immenses ; chaque femme orna son chevalier d'une écharpe et d'une devise. M. d'Albret s'approcha un soir de mademoiselle de Roucy, au moment où elle était seule près d'une fenêtre.

— Mademoiselle, lui dit-il, il n'est pas un homme de qualité devant jouter au carrousel qui n'ait un emblème et une couleur. Jusqu'ici je n'ai pas osé en choisir une, voulez-vous bien me donner votre goût ?

— Vraiment, monsieur, je suis bien ignorante de ces sortes de choses.

— Que penseriez-vous d'une branche de houx, avec cette phrase : *Que si frotte s'y pique ?*

Henriette sentit qu'elle avait été trahie par une de ses compagnes.

— Je trouverais cela très-bien choisi pour un combattant, et surtout pour un vainqueur.

Et elle se retira vers madame de Ludre qui l'appelait.

C'était alors le temps des jeux de mots, des concetti, et il fallait, pour être une personne spirituelle, savoir deviner les énigmes. M. d'Albret comprit très-bien celle-ci, et jura qu'à tout prix il serait vainqueur.

Je n'entreprendrai point la description d'un de ces carrousels si fameux auquels Louis XIV prit part toute sa première jeunesse, à l'époque de ses poétiques amours avec madame de la Vallière. Au moment où se passe ce récit, entièrement subjugué par madame de Montespan, qui n'avait ni cœur ni imagination, et à laquelle on ne pouvait accorder qu'un des esprits les plus brillants et les plus délicieux qui fut jamais, il se renferma dans sa grandeur et se contenta d'être juge. L'honneur fut pour le marquis d'Albret, commandant le quadrille des Mores et portant pour cimier à son casque la branche de houx en émeraudes, avec les grains en corail. La richesse de son costume, la beauté de son visage et de sa taille, l'adresse qu'il déploya dans les différents exercices, faisaient l'objet de toutes les conversations. En même temps on exaltait jusqu'aux nues les charmes de mademoiselle de Roucy, à laquelle ses hommages s'adressaient bien visiblement, et qui ne paraissait pas les repousser loin d'elle.

Le comte de Roucy était retourné à Sissone, mais MM. de Bussy-Lameth restèrent à Paris. Tous les deux assistaient au triomphe du marquis d'Albret, et il est impossible de rendre leur colère lorsqu'ils entendirent parler de l'amour qu'il portait à Henriette. Le soir du carrousel, au jeu du roi, belle d'orgueil et de passion, elle s'enivrait de l'encens dont elle était entourée, lorsque la figure pâle de son fiancé parut à côté d'elle.

— Mademoiselle, lui dit-il, me sera-t-il permis de vous faire mon compliment sur le succès qu'ont obtenu aujourd'hui vos couleurs?

Elle s'inclina sans répondre.

— J'avais osé espérer que vous n'oublieriez pas les promesses que j'ai reçues, et que vous ne me feriez pas l'injure de douter de moi.

— Je n'en doute pas, monsieur.

— Alors pourquoi me jeter un défi aussi insultant que de permettre à un autre de se parer de vos dons? Croyez-vous donc que je puisse supporter cette audace insolente?

— Allons donc! répliqua-t-elle à demi effrayée, une simple galanterie de cour.

— Mon père vous en a prévenue, mademoiselle, cette cour que vous préférez à tout n'est faite ni pour lui ni pour moi.

— C'est-à dire que vous n'êtes pas faits pour elle!

Le jeune comte pâlit encore, regarda un instant Henriette et se retira sans ajouter un mot.

Cette conversation, à voix basse, n'avait été entendue de personne. Henriette en resta atterrée; un pressentiment lui disait qu'elle ferait le malheur de sa vie en blessant ce jeune homme auquel on l'avait attachée depuis son enfance ; mais sa fierté se révoltait à l'idée du moindre ménagement.

— Qu'importe ! s'écria-t-elle, je ne puis consentir à être traitée ainsi, ils ploieront ou je les briserai. Ne doivent-ils pas être à mes genoux ? Que sont-il donc, eux, pauvres gentilshommes de campagne, malgré leur fortune et leur noblesse, auprès de la femme choisie par le beau marquis d'Albret ?

La lutte entre toutes les passions des différents personnages s'engagea dès ce jour, ardente, impétueuse, incessante. Hélas ! notre cœur est leur champ de bataille, et le triomphe coûte cher au vainqueur !

III

UN ASTRE ÉCLIPSÉ.

Quinze jours s'écoulèrent. Mademoiselle de Roucy sentait s'accroître dans son cœur son amour pour le marquis, mais rien dans sa conduite ne l'avait trahie. Elle se montrait coquette, impérieuse, jamais tendre ni empressée. On annonça vers cette époque un voyage à Fontainebleau. Madame de Montespan, par calcul sans doute, donnait de l'ombrage au roi contre le duc de Lauzun. Le roi ne daigna pas s'en montrer jaloux, mais il résolut de se venger. Un matin chez la reine, la marquise était présente avec quelques femmes de son intimité.

— Votre protégée reste-t-elle chez Madame ? dit le roi à madame d'Heudicourt.

— Oui, sire, du moins jusqu'à présent rien ne s'y oppose.

— Les filles de Madame sont des écervelées, assez mal conduites et encore plus mal surveillées. Elles reçoivent des jeunes seigneurs dans leurs chambres ; Madame, tout en se plaignant sans cesse, ne donne pas les ordres nécessaires pour corriger ces abus.

— Que faire alors, sire ?

— Je m'intéresse à cette jeune fille, continua le monarque, et pour qu'elle soit en sûreté, pour que sa vertu soit à l'abri de tout danger, j'ai envie de la donner à la reine. Sous la garde de madame de Navailles il n'y a rien à craindre.

La reine regarda un instant le roi avant de répondre. Son premier mouvement fut la crainte d'approcher d'elle une autre rivale, et de se préparer ainsi un supplice nouveau, mais ses yeux tombèrent sur madame de Montespan, elle devina la colère à laquelle elle était en proie, et le désir de la tourmenter fut plus fort que son inquiétude. La douce Marie-Thérèse ne fut jamais outrée que contre cette favorite ; elle supporta les autres, parce qu'elles lui rendaient les respects dus à son rang et à sa vertu, mais il lui fut impossible de s'accoutumer à la domination impérieuse de la marquise.

— J'accepte volontiers ce présent, si toutefois Madame veut bien me le faire, répliqua la reine, et je recommanderai à madame de Navailles une sollicitude toute particulière pour cette belle Picarde.

— La reine sait qu'on peut tromper madame de Navailles, reprit madame de Montespan, faisant allusion aux amours du roi et de mademoiselle de la Vallière.

— Hélas ! madame, je sais qu'on peut tromper tout le monde, mais on ne trompe ni Dieu ni sa conscience.

A la suite de cet entretien, il fut donc signifié à mademoiselle de Roucy qu'elle allait passer chez la reine. Ce fut un étonnement général parmi ses compagnes, elles ne pouvaient s'en taire, surtout en apprenant que le roi l'avait arrangé ainsi.

— C'est bien autre chose vraiment que M. d'Albret, disait mademoiselle de Pons, le roi !

— Cela va faire une seconde la Vallière, répliqua mademoiselle de Rochefort.

— Cela n'ira même pas jusque-là, madame de Montespan ne le permettra pas, continua mademoiselle de la Mothe.

— Oui, mademoiselle, reprit Henriette, entrée sans qu'on l'entendît, vous voulez dire sans doute quelque chose dans le genre de votre cousine, mademoiselle de la Mothe-Houdancourt, une faveur de trois semaines. Soyez tranquille, ma bonne amie, rien de tout cela n'arrivera. Je serai fille de la reine au lieu d'être fille de Madame, et voilà tout. Madame la duchesse de Navailles me tourmentera jour et nuit, ce sera la seule parlé sans témoins, je vous aurais entendue, vous vous seriez justifiée peut-être.

« Henriette, au nom du ciel, ne me refusez pas une heure de conversation, une minute, si vous voulez, mais que je vous voie. Je vous en supplie à genoux. Si vous m'aimiez encore, rien ne nous séparerait plus. J'abandonnerais tout pour vous, ambition, fortune, famille, tout.

« Prononcez, Henriette ; un mot, un mot, de grâce. Vous tenez dans vos mains ma destinée. Jamais femme ne fut aimée comme vous, jamais homme ne fut plus dévoué, plus esclave que je ne le suis. Et vous m'avez trahi pourtant ! J'attends, ma belle maîtresse, j'attends et je souffre. Ayez pitié de moi.

« Charles-Amanieux d'ALBRET. »

— Comme il m'aime, Louison ! dit la comtesse après avoir lu cette lettre, comme il m'aime ! Ah ! que je suis heureuse !

— Oh ! oui, madame, il vous aime. J'en étais sûre !

— Je veux le voir. Cher d'Albret ! Que j'ai été trompée ! Quelle infamie ! M'avoir annoncé sa mort, m'avoir forcée à chercher dans un autre hymen l'oubli de mes douleurs ! Je ne leur pardonnerai jamais.

— Il faut dissimuler, madame.

— J'en suis lasse. Je n'ai pas exprimé une fois ma pensée intime à mes bourreaux, j'ai posé un masque

7

sur mon visage et sur mon âme, c'est assez, je n'en veux plus.

— Madame, au nom du ciel...

— Qu'ai-je à craindre? Leur colère? Je la brave; leurs persécutions? Je les supporterai, je serai vengée, enfin.

— Et M. le comte, votre père?

— Mon père! il a été trompé comme moi, sans doute. Je veux le savoir, et je lui écrirai dans la journée. Il faut d'abord répondre au marquis. Que lui dirai-je, Louison? Où, quand pourrai-je le voir?

— Eh! madame, cela est bien difficile. Tant qu'il sera dans ce pays, madame la comtesse n'aura pas un moment de liberté.

— Ils en sont bien capables.

— Convenez qu'ils n'auront pas tout à fait tort.

— Cherche un moyen, cherche, Louison.

— Si madame lui écrivait de partir officiellement avec M. le comte de Fiesque et ses gens; puis M. le marquis reviendra déguisé, se cachera dans le pays, nous aviserons ensuite à le rapprocher de madame.

— Tu as raison, ma mie, et c'est un bon moyen, ils s'y laisseront prendre.

— M. le comte de Bussy est bien méfiant!

— Et il me fera épier, ce Joguet fera tout ce qui lui plaira.

— Oh! quant à cela, madame, absolument tout.

— Eh bien, qu'importe! s'écria Henriette en se promenant par la chambre; s'ils me surprennent, je leur jetterai la vérité à la face, je me vengerai ainsi plus

sûrement. Ah! ils m'ont trompée! Ils se sont joués
de moi, ils m'ont déchiré le cœur par la nouvelle de
sa mort, ils m'ont laissée aller dans ce couvent, où je
suis restée à le pleurer, pendant qu'il se mariait avec
une autre! Ils me payeront tout cela. Ils me le payeront plus cher qu'ils ne le pensent.

— Madame, j'ai peur.

— Et de quoi? Que peuvent-ils faire? Mon mari ne
m'aime-t-il pas follement, et souffrira-t-il qu'on me
fasse le moindre mal?

— C'est parce qu'il vous aime qu'il sera jaloux.

— Je le rassurerai.

— M. le comte de Bussy le forcera à un éclat.

— Et lequel? Une séparation? Tant mieux; je retournerai chez mon père.

— Ce n'est peut-être pas tout.

— Quoi! un duel? Ils n'oseront pas. M. d'Albret est
aimé du roi, son parent; Madame, qui le protége, le
ferait venger trop sévèrement, si le roi l'oubliait. Ils
le savent bien.

— N'importe, madame! il serait mort.

— Il fait un beau soleil, Louison, l'air est frais, allons faire un tour de parc. Qui sait? Il y a bien près
d'ici à Anizy. Apporte-moi ma mante et mon parasol?

Louison obéit sans répondre. Elle connaissait assez
le caractère de sa maîtresse pour comprendre cette
versatilité qui la guidait d'une idée à une autre. L'espoir de rencontrer le marquis conduisait madame de
Lameth dans les jardins. Aussitôt qu'elle eut passé le

seuil de la porte, Joguet marcha derrière elle, à quelque distance, comme indifféremment, et n'ayant pas l'air de la suivre.

— Le voyez-vous, madame ? dit tout bas, Louison.

— Certes, je le vois, et je vais faire cesser cet espionnage, ou les forcer à m'en faire l'aveu ; ceci m'est insupportable. Joguet, continua-t-elle en marchant droit à lui, je désire être seule, choisissez un autre but pour votre promenade.

— J'ai ordre de M. le comte de marquer les arbres de cette allée, pour la coupe qu'il doit faire bientôt, madame la comtesse.

— Vous y reviendrez dans un autre moment, lorsque je n'y serai plus.

— C'est à cette heure que j'y dois être, madame la comtesse, pour rendre compte ce soir à mon maître.

— Et moi, je vous ordonne de retourner au château, je me charge de tout auprès de M. de Lameth.

— C'est à M. le comte de Bussy que j'ai des comptes à rendre.

— Eh bien ! je les lui rendrai, moi ; encore une fois, retirez-vous. On ne vous a pas commandé de me manquer de respect, je suppose ?

Joguet salua et retourna sur ses pas.

— Le voilà parti, madame. C'est un coup d'autorité dont je crains les suites, mais enfin vous êtes libre.

— Je devais agir ainsi, Louison, ils m'y ont forcée. J'aperçois le toit d'Anizy entre les charmilles, je voudrais bien aller jusqu'à la grille.

Un bruit léger se fit entendre dans le bois, tout près d'elles.

— Qu'est-ce ceci? Un sanglier venu de la forêt.

— Ils ne sautent pas les murs, madame.

— Non, ce sont des pas dans les feuilles tombées. Louison, on nous suit encore. Eh bien! je vais leur donner de l'ouvrage.

Et, légère comme une biche, elle courut dans la direction du château d'Anizy.

— Joguet ne m'attrapera pas, criait-elle en riant aux éclats.

En effet, il perdit complétement sa trace.

Elle arriva bientôt au bord de la rivière, à la séparation des deux parcs. En cet endroit se trouvait un gros saule, dont les branches tombaient jusqu'à l'eau, et s'y baignaient. Elle s'y arrêta, et regarda devant elle. Le marquis d'Albret était de l'autre côté, les yeux fixés sur la grille, et ne la voyant point encore. Elle jeta un cri, et tendit les bras vers lui ; en un clin-d'œil il fut à ses pieds.

— Veille, Louison, veille, dit-elle, qu'on ne nous soupçonne pas.

— Henriette! s'écriait-il en baisant ses mains, mon Henriette, vous voilà près de moi.

— Les moments sont précieux, car on est à ma recherche. Je ne sais quel génie m'a inspiré la certitude de vous trouver ici, et j'y suis venue. Charles, vous m'aimez donc encore?

— Plus que jamais, cruelle, et vous m'avez trahi.

— J'ai tenu mon serment, Charles, je vous suis restée fidèle *tant que vous avez été en ce monde*. On m'a montré une lettre annonçant votre mort, j'ai failli mourir aussi. Je me suis jetée au couvent. J'y voulais demeurer, mais ils m'ont tant persécutée, ils m'ont entourée de tant d'ennuis, de tourments, que cela était au-dessus des forces d'une femme, j'ai cédé.

— Oh ! madame, j'aurais résisté, moi.

— Pourtant vous en avez épousé une autre.

— Par dépit, par vengeance, j'aurais tout tenté.

— Et maintenant nous voilà séparés à jamais ?

— Non pas, si vous m'aimez encore !

— Oui, je vous aime, et à mon tour je veux me venger de nos ennemis. Mon mari m'est odieux, je ne craindrai rien pour me rapprocher de vous.

— Et moi j'ai pour ma femme une indifférence complète.

— Nous nous verrons donc.

— Comment ?

— Ce sera difficile, mais j'y réussirai. Partez bien bruyamment. Emmenez vos gens, qu'on en parle dans tout le pays. Leurs soupçons s'endormiront alors. Tenez, ajouta-t-elle en lui donnant la moitié d'un anneau d'alliance, lorsqu'on vous portera l'autre partie de cette bague vous aurez confiance dans le messager, et vous viendrez où je vous demanderai de venir.

— Madame, interrompit Louison, j'entends du bruit, prenez garde !

— Adieu, Charles, sauvez-vous, il nous importe

qu'on ne se doute de rien. Cachez-vous vers le quinconce de M. le cardinal.

— Adieu, ma belle comtesse, me serez-vous fidèle
et m'aimerez-vous toujours ?

— Toujours, toujours, répéta-t-elle en lui envoyant
un baiser et en se dirigeant à toutes jambes vers un
pavillon situé assez près de là. Elle y entra, elle eut le
temps de s'y asseoir et de se remettre avant que son
mari, qui la cherchait, ne fût arrivé près d'elle.

— Vous avez quitté votre appartement, madame ?
dit-il en la saluant d'un air soupçonneux.

— Pourquoi non, monsieur ? y suis-je prisonnière ?

— Non certainement, il fait bien chaud néanmoins.

— J'avais besoin de prendre l'air.

— Vous allez avoir une visite.

— Et qui donc ?

— La jeune madame de Corcy et M. son oncle, le
lieutenant criminel de Coucy.

— Ils ont fait prévenir ?

— Oui, et M. le cardinal d'Estrées vient également
savoir des nouvelles de votre indisposition.

— Je vais rentrer pour les recevoir.

Elle se leva sans accorder un regard à son mari, dont
la jalousie commençait à céder devant sa tranquille
indifférence. Il marcha à ses côtés. Ni l'un ni l'autre
ne parlèrent pendant le trajet jusqu'au château.

— Je vais faire ma toilette, dit négligemment la
comtesse, peut-être les seigneurs qui sont chez Son

Éminence l'accompagneront-ils, et puisque vous désirez me voir belle, je tâcherai de l'être.

Le comte devint rouge comme un pavot.

— Vous êtes toujours belle, madame; d'ailleurs je ne pense pas que ces seigneurs se permettent de venir chez moi sans y être engagés.

— Avec M. le cardinal...

— Madame! madame!...

— Eh bien! monsieur, d'où vient cette colère? Les gens de qualités ne se visitent-ils pas entr'eux, surtout à la campagne? Nomme-t-on ces messieurs?

— Non, madame... Je ne sais...

— Nous les connaissons, peut-être.

Le comte ne répondit pas.

— Très-bien, ajouta Henriette, il paraît que votre humeur d'hier dure encore, n'en parlons plus.

— Elle soutint cette conversation d'un ton de persiflage qui ne laissa pas de doute à M. de Lameth. Elle ne pouvait lui avouer plus clairement qu'elle avait tout appris et qu'elle ne craignait pas sa colère. Elle le laissa au bas du degré, et se dirigea vers son appartement.

— Maintenant, Louison, dit-elle, je les défie. J'aurai de la patience jusqu'à ce qu'une occasion se présente, et elle se présentera. Nous allons jouer au plus fin, et dans cette guerre, la force est du parti des femmes.

— Madame n'écrira-t-elle pas à M. son père?

— Non, j'ai réfléchi; je ne ferai aucune démarche officielle, ils en tireraient avantage.

— Madame, voilà le carrosse de Son Eminence.

— Je vais descendre. Qui est avec monseigneur l'évêque ?

— Madame de Corcy et M. son oncle.

— Pas d'autres ?

— Et le chapelain de monseigneur.

— C'est bien.

En entrant au salon, madame de Lameth y trouva ses hôtes et les deux comtes, dont le visage grave formait un contraste frappant avec la gaieté répandue sur ses traits.

— Nous venons savoir de vos nouvelles, madame, dit le cardinal.

— Je me porte à merveille, monseigneur. Votre Eminence est bien bonne de se déranger pour si peu de chose.

— Nous étions très-inquiets, madame la comtesse, continua le lieutenant criminel.

— Ce n'est rien, une sotte frayeur dont je suis guérie.

— Vous voilà donc tout à fait brave, madame ? interrompit madame de Corcy.

— Absolument et sans retour.

— Prenez garde, madame, reprit le comte de Bussy, la crainte est le commencement de la sagesse.

— Je n'ai pas besoin de crainte pour être sage, monsieur, répliqua-t-elle avec hauteur.

La conversation s'engagea ensuite sur la fête de la veille, sur les regrets de madame de Lameth de l'avoir manquée, sur l'espoir d'en retrouver une autre promptement.

— Et vos hôtes, dit-elle le plus naturellement du monde, que sont-ils devenus, monseigneur ?

— Ils partent ce soir, ils retournent à l'armée, leur congé est expiré.

Les deux comtes se regardèrent.

— Je ne les retiens point, continua l'évêque, je sais que quand le devoir commande il faut obéir.

— Voilà une belle pensée, monseigneur, et digne d'un prince de l'Eglise, répondit en riant la comtesse.

Madame de Corcy portait à la main un bouquet de roses, dont madame de Lameth lui fit son compliment.

— Vous les trouvez jolies, madame, répliqua finement madame de Corcy, elles ont été cueillies pour vous.

— Pour moi ?

— Oui, je me promenais il y a une heure dans le parc d'Anizy, près d'un quinconce entouré de rosiers, j'ai formé ce bouquet dans l'intention de vous l'offrir s'il vous était agréable.

Henriette rougit beaucoup, elle venait de comprendre.

— Je l'accepte, madame, et nous ferons un échange ; j'ai coupé quelques œillets pour les attacher à mon corsage, je vous les abandonne et les remplacerai avantageusement par vos charmantes roses.

Madame de Corcy sourit en la regardant, et les bouquets furent acceptés.

— Vraiment, madame, reprit la comtesse, votre deuil vous a trop éloignée de nous ; à présent qu'il est terminé, ne pourriez-vous venir passer quelque temps à Pinon ? Je suis jalouse de Son Éminence chez laquelle vous êtes depuis huit jours.

— Je dois retourner demain à Coucy avec mon oncle, madame la comtesse ; un peu plus tard...

— Vous viendrez, n'est-ce pas?

— Puisque vous daignez me faire cet honneur...

— Nous nous amuserons beaucoup. Nous irons à la chasse, nous cueillerons des fleurs, ajouta-t-elle un peu émue, et ce sera charmant, n'est-il pas vrai, messieurs?

Le comte de Bussy et son fils balbutièrent une invitation. Henriette s'en aperçut.

— Oh ! mon Dieu ! reprit-elle, dans nos causeries de jeunes femmes vous ne m'apprendrez rien, je sais aussi bien que vous les propos du pays, les détails de la fête de monseigneur, les habits des seigneurs et des dames qui s'y trouvaient. Quoique MM. de Lamoth ne m'en aient point parlé, je n'ignore rien, les femmes sont si malignes!

Le cardinal prit congé, la comtesse l'accabla d'amabilité, presque de coquetterie. Elle l'engagea à revenir bientôt.

— Madame, dit-il en souriant, si je n'étais pas un vieux prêtre, je ne paraîtrais plus devant vous, il y a danger du mort, vous êtes trop séduisante.

— Personne n'en est mort encore, monseigneur, cela doit vous tranquilliser.

Après le départ des visiteurs, madame de Lameth rentra chez elle, son mari suivit son père. Lorsqu'ils se retrouvèrent au souper la physionomie des deux hommes conservait leur tristesse sombre, dont rien ne put les faire départir à dater de ce moment. Henriette feignit de ne pas s'en apercevoir, et continua à rire de tout.

— Pourquoi avez-vous engagé madame de Corcy sans m'en avoir parlé, madame! dit le jeune comte.

— Parce que sa jolie figure me réjouit à voir et qu'elle me plaît infiniment. Jusqu'ici, je n'ai pas eu besoin de votre *permission* pour faire les honneurs de ce château. Vous m'avez toujours répété que j'en étais la reine et vous mon esclave dévoué.

M. de Lameth baissa la tête sans répondre.

— Madame de Corcy est fort raisonnable, continua Henriette, elle vit à Coucy près de son vieil oncle, sans distractions ni plaisirs, c'est une bonne liaison pour moi, nous sommes si voisins!

La conversation finit là.

Quelques semaines s'écoulèrent et rien ne changea au château de Pinon. La comtesse continua sa vie dissipée sans s'inquiéter de l'humeur trop apparente de son mari, elle courut les environs, elle visita ses voisins, accompagnée de ses gens, parmi lesquels Joguet trouvait toujours sa place. Ses promenades même furent espionnées, elle ne voulut pas s'en apercevoir, et cette sécurité en rendit un peu à ses gardiens.

Madame de Corcy arriva. Elles passaient de longues

heures en tête-à-tête dans la chambre de la comtesse, où personne ne pouvait pénétrer et où l'on ne risquait pas d'être entendu. Là madame de Corcy avoua à Henriette qu'elle avait reçu les confidences du marquis, qu'elle avait partagé ses peines et qu'elle lui avait promis de le servir.

— Il m'a fait pitié, vraiment, et je n'ai pas osé le refuser. Votre histoire est si intéressante et votre amour si pur !

— Oh! oui, dit la comtesse.

— Si vous aviez vu de quel air il baisait les œillets que je lui ai donnés de votre part, comme il leur parlait, comme il les couvrait de larmes! c'était à fendre le cœur.

— J'ai gardé les roses, moi, répliqua la comtesse, elles sont enfermées dans cette cassette.

— Il ne vous a point écrit?

— Oh! non, je le lui ai défendu, il faut attendre, les soupçons s'endormiront.

— Nous en parlerons beaucoup d'ici là.

— Et j'y penserai encore davantage.

Madame de Corcy resta trois semaines à Pinon. Elle gagna la confiance et les bonnes grâces de MM. de Lameth, au point qu'ils la virent partir avec regret, et qu'ils l'engagèrent à revenir promptement. La comtesse voulut la reconduire jusque chez elle. Elles montèrent en voiture seules avec Louison. Pichard, l'écuyer du comte, les suivait à cheval; pour la première fois, l'éternel Joguet resta au logis.

— Vous êtes en grande faveur, madame, dit en riant la comtesse, vous tenez la place de Joguet.

— Je n'ai jamais aimé MM. de Lameth, me permettrez-vous de vous l'avouer? Ils ont gagné contre feu M. de Corey un procès très-injuste qui nous a presque ruinés, et sans vous, je ne les aurais pas revus. Je ne sais donc pourquoi ils me traitent si favorablement.

— Parce que vous êtes une sirène et qu'on ne peut vous résister.

— Vous viendrez quelquefois à Coucy, vous me le promettez?

— Je vous le promets.

— Eh bien! j'ai mon idée, nous en parlerons.

IX

LES DEUX GABRIELLE.

Six mois se passèrent ainsi. Henriette se conduisit avec tant d'adresse, qu'elle écarta les soupçons de MM. de Lameth. Quoiqu'il lui en coûtât, elle n'écrivit point au marquis, n'en reçut aucune lettre, et ne voulut pas permettre à son amie de s'informer de lui.

— Il ne faut qu'une minute pour perdre le fruit de nos travaux, disait-elle; on peut regarder l'adresse de vos lettres, il peut s'en égarer : soyons plutôt en garde contre nous-mêmes. MM. de Lameth vont aller en Bourgogne, où un procès les appelle, car ils sont trèsprocessifs, ils me laisseront seule ici. Alors nous verrons.

Madame de Lameth disait vrai. Son mari et son beau-père se mirent en route au commencement de l'été. Ils la quittèrent parfaitement tranquilles et délivrés de toutes craintes, le jeune comte du moins. Quant à son père, plus éclairé sur le caractère de la comtesse, il recommanda à Joguet de veiller sur elle et de lui rendre compte du plus léger incident. Après leur départ, Henriette resta quinze jours à Pinon, presque seule, ou du moins ne recevant que sa famille et ses voisins les plus proches.

Un matin, Louison entra chez elle, l'air préoccupé et presque triste.

— Madame se croit libre? dit-elle.

— Jusqu'à un certain point.

— Nous avons encore un espion ici, ce monstre de Joguet.

— Je m'en doutais; mais comment le sais-tu?

— Je causais tout à l'heure avec le nouveau laquais recommandé par madame de Corcy, ce Lambert, qui a l'air d'un drôle très-éveillé; nous riions ensemble, très-innocemment, lorsque Joguet est venu à pas de loup se cacher derrière la porte. Il a cru que nous ne l'avions pas entendu. J'ai prononcé le nom de M. le marquis d'Albret, nous sommes entrés dans le parc, et il nous a suivis, sans nous perdre de vue. Nous n'avons fait semblant de rien.

— J'en suis très-fâchée pour M. Joguet, mais je n'en

verrai pas moins le marquis à Coucy la semaine prochaine.

— Et s'il le découvre?

— Je le laisserai ici.

— Il ira malgré madame, s'il en a reçu l'ordre, et je le crois.

— Nous le tromperons.

— M. le marquis est prévenu?

— Madame de Corcy lui a envoyé la moitié de la bague et la lettre par Deschamps, le sergent de ville de Coucy, qui sera muet comme la tombe; il a cru servir M. le lieutenant criminel.

— Cela est à merveille. Quelle fine mouche que madame de Corcy!

— Elle m'aime beaucoup, et elle déteste cordialement MM. de Lameth, et puis elle espère que le marquis protégera son fils lorsqu'il sera en âge d'être quelque chose.

— Où est M. le marquis?

— A la cour; il n'ira à l'armée que plus tard. Quel bonheur de le revoir, et comme je l'ai acheté cher!

— Madame a été admirable, le plus adroit s'y fût pris.

— Oh! c'est que l'amour et la vengeance sont deux puissants maîtres!

La comtesse donna des ordres pour son départ. Elle se fit accompagner de ses femmes et d'une partie de ses gens. Joguet demanda à la suivre: elle le refusa, et à son grand étonnement, il ne fit point d'observations.

Madame de Corcy et le lieutenant criminel accueillirent la comtesse à bras ouverts. Ils étaient très-fiers de l'honneur qu'ils recevaient, et ils ne négligèrent rien pour qu'elle fût satisfaite de leur empressement.

— Avez-vous la réponse ? dit madame de Lameth, aussitôt que les deux amies furent seules.

— La voilà, madame. Il viendra, il sera heureux; il remercie sa belle amie, comme l'homme le plus amoureux de la terre.

— Pauvre marquis ! il est ici peut-être.

— Je ne le crois pas. Je lui ai indiqué l'Écu de France, en face de cette maison. J'ai bien veillé, et aucun voyageur n'a encore paru.

— Il aura pris un petit équipage sans doute.

— Le plus petit du monde, à ce qu'il me mande; un seul valet, son Rémond, tous les deux déguisés en marchands forains. Et, tenez, voilà deux quidams qui m'ont bien l'air de quelque chose comme cela, continua la veuve en s'approchant d'une croisée.

— C'est lui, murmura la comtesse, je le reconnaîtrais entre mille.

— Vous allez donc lui écrire? et cette nuit il entrera, par le jardin, dans un pavillon qui donne sur la vallée : là on ne peut être vu ni surpris que d'un seul côté, où Louison et moi nous ferons bonne garde.

— Qu'il a de peine à cacher son élégance sous des vêtements grossiers ! Qu'il est bien fait ! n'est-ce pas, madame ?

— Il est charmant !

La comtesse écrivit, on envoya la lettre par la femme de Deschamps, bonne créature sans malice et sans curiosité. Elle revint rendre compte de sa mission.

— Que t'a-t-on dit ? demanda madame de Corcy.

— Je suis allée à l'Écu de France ; j'ai parlé à l'aubergiste, il m'a dit que les deux hommes arrivés tout à l'heure étaient dans leurs chambres. J'y suis montée. Sur la galerie j'en ai vu un. Je lui ai remis la lettre.

— C'est pour monsieur ? a-t-il dit.

— Oui, ai-je répondu.

L'autre est sorti. J'ai bien compris que le premier était un homme de chambre, pourtant ils étaient habillés de même. Il a lu la lettre, et il a dit : « C'est bien. » Et je suis revenue avec un écu dans ma poche.

— Je rendrai compte à M. le lieutenant criminel de ton intelligence, je suis très-contente.

Et elle lui donna une pièce d'argent.

— Ce qui m'étonne, c'est que le marquis n'ait pas donné de l'or, dit la comtesse.

— Oh ! il est devenu prudent, depuis qu'il vous aime... belle comtesse ; il a tant peur de vous perdre !

— Nous sommes bien malheureux ! Et quand je pense que sans M. de Bussy, nous serions unis à présent ; car ce n'est pas mon père qui a imaginé cette histoire, sans laquelle je n'aurais pas cédé.

— M. d'Albret s'était battu néanmoins ?

— Battu pour moi, parce qu'on m'insultait. Il est si généreux !

— Voulez-vous venir visiter votre asile de cette nuit?

— Bien volontiers. Ce pays-ci est charmant.

Elles descendirent au jardin situé en haut de la ville de Coucy. Les remparts en formaient l'enceinte, et une petite porte donnait en face des ruines.

— Mon Dieu! quelle jolie vue! s'écria la comtesse.

— Voilà notre pauvre château qu'on nous a démantelé et réduit à cet état du temps de la Fronde. Le cardinal Mazarin a tué Coucy. Je me rapelle confusément dans ma première enfance l'avoir vu habité, et mon oncle y a été maintes fois reçu, lorsque M. de Lameth en était gouverneur. Nous en avons eu plusieurs de votre nom, depuis celui qui traita avec Henri IV, en 1591.

— Et en quelle année cette belle demeure fut-elle ruinée?

— En 1652. Le maréchal d'Estrées venait de prendre la ville.

— Savez-vous que vous vous donnez encore des airs de forteresse? Vos portes, vos fossés, vos murailles, c'est presque comme autrefois.

— Hélas! nos portes ne se ferment plus, nos fossés se comblent, nos murailles s'écroulent. Il n'y a que ce vieux donjon qui reste là immuable comme la Providence. Il durera autant que le monde.

— Vous avez ici bien des souvenirs?

— C'est une terre couverte de ruines et de regrets depuis le commencement de la monarchie.

— Y a-t-il encore des Coucy ?

— Pas un, et depuis des siècles. Le dernier est Enguerrand VII, maréchal de France, mort en 1397. Il n'y a pas même de branches collatérales ou entées par les femmes sur cette noble maison, l'émule des maisons royales, pas même un bâtard ; c'est un nom éteint à jamais.

— Quelle fière divise que la leur ! Ce nom de sire de Coucy élevé par eux au-dessus des couronnes et des principautés, c'est admirable !

— Maintenant nous appartenons à Monsieur, duc d'Orléans, frère du roi, et nous sommes un marquisat.

— M. Cœur de Roy est le magistrat du prince ?

— Oui, madame ; il gère les biens et rend la justice de concert avec mon oncle.

— Me voilà bien au fait de Coucy maintenant, et je pourrai tenir tête à mon père sur la législation du pays.

— Vous aurez le plus beau clair de lune possible ce soir, et vous pourrez jouir d'un spectacle magique, l'effet de ce paysage et des ruines éclairés par *l'astre des amants*. Vous en serez charmée.

— Peut-on entrer dans le château ?

— Je vous en remettrai une clef et celle de cette petite porte. Vous ferez ce qui vous plaira.

— Que la journée est longue !

— Ah ! madame, le bonheur qui lui succède console de l'attente ; mais quand la vie s'écoule dans l'isolement, sans espérance, sans souvenirs ; quand le soir ressemble au matin, et le jour à la nuit, c'est alors qu'on est malheureuse !

— Oui, cela doit être bien pénible, répondit avec distraction la comtesse.

— Égoïste ! pensa madame de Corcy.

Madame de Lameth rentra dans sa chambre et y trouva Louison.

— L'as-tu vu, Louison ? Il est là en face, à l'Écu de France.

— Et il regarde derrière les carreaux, et il cherche madame la comtesse, triste et inquiet de ne pas l'apercevoir.

— Ouvre cette fenêtre, Louison ; si je puis lui procurer ce petit bonheur, je ne le lui refuserai pas.

La comtesse parut dans tout l'éclat de sa jeunesse et de son incroyable beauté, au milieu de cette petite rue sale et noire. Tous les yeux se fixèrent sur elle. Le marquis, caché sous ses rideaux, s'enivrait du bonheur de la contempler, son cœur battait d'amour et d'orgueil. Cette femme si adorable, elle l'aimait, elle lui appartiendrait peut-être.

— Oh ! se disait-il, j'en deviendrai fou !

— Savez-vous, madame, pourquoi madame de Corcy déteste tant messieurs de Lameth ? demanda Louison à sa maîtresse.

— Elle me l'a raconté ; un procès... je crois.

— Non, non ; j'ai découvert cela en causant avec sa femme de chambre.

— Eh bien !

— Elle a dû épouser M. le comte.

— Allons donc ! notre mariage est arrangé depuis notre enfance.

— C'est justement cela, madame ; elle a connu M. le le comte à Anizy, où elle allait très-souvent, M. le cardinal est son parrain. Il lui a fait des galanteries, madame était encore au couvent, et il ne la connaissait pas. M. le comte lui a promis de l'épouser, et lorsqu'il en a parlé à M. le comte de Bussy-Lameth, celui-ci a refusé d'y consentir, en lui donnant pour raison ses promesses à M. votre père, absolument comme M. d'Albret ; seulement M. d'Albret aime toujours madame, et M. le comte a vite oublié mademoiselle Marie Jourdieu dès qu'il a eu vu sa fiancée. Voilà pourquoi madame de Corcy se venge de son infidèle en vous excitant à le tromper.

— Voilà pourquoi aussi mon mari ne voulait pas que je la visse, pourquoi mon beau-père a tant cherché à l'éloigner.

— Elle a eu l'esprit de les ramener à elle, sans doute avec des soumissions au sujet des choses passées, peut-être en laissant croire que sa passion dure encore...

— Et qu'elle se sacrifie au bonheur de son amant, en l'adorant en silence. C'est bien possible ; les hommes ont tant d'amour-propre ! M. de Lameth aura cru cela.

— Elle ne parle jamais de cette union manquée, elle a défendu qu'il en fût question vis-à-vis de vous. Cela a été fort secret.

— Je ne lui en dirai rien. Qu'est-ce que cela me fait? Elle se lamentait ce matin sur son isolement. Je comprends le but.

— Voici l'heure du souper; madame ne va-t-elle pas descendre?

— Oui; je voudrais que le temps courût le double plus vite que de coutume.

— Et lui donc, M. le marquis? Je suis sûre qu'il compte les minutes.

— Tâche de voir Rémond.

— Oui, madame; ce ne sera pas bien difficile.

Pendant le souper, la comtesse fut distraite, au point de ne pas entendre les galanteries du lieutenant criminel, qui ne les lui épargnait pas.

— Madame la comtesse est souffrante, dit-il enfin, surpris de ce qu'elle ne lui répondait pas.

— Un peu fatiguée, monsieur; et je me retirerai de bonne heure, si vous me le permettez.

— Vous êtes ici chez vous, madame.

— D'ailleurs mon oncle lui-même rentre chez lui dès qu'il fait nuit. Il lui est interdit de veiller. Nous demeurerons toutes les deux. Vous prendrez l'air dans le pavillon; cela vous fera du bien.

La nuit tant désirée arriva. Le vieillard et les domestiques se couchèrent. Il ne resta plus debout que les trois femmes. Louison ouvrit la porte de la rue, et le marquis, en embuscade, entra sans le moindre bruit.

Madame de Corcy le reçut la première et le conduisit près de la comtesse, qui l'attendait. En l'apercevant, il courut à elle et couvrit sa main de baisers.

— Mon Henriette! s'écria-t-il.

— Charles!

Madame de Corcy s'était éloignée en discrète confidente; ils se trouvèrent seuls.

— Oh! que j'ai souffert pour arriver à ce moment! murmura M. d'Albret.

— Et moi, mon ami!

— J'ai cru que je n'aurais pas le courage d'aller jusqu'à la fin.

— Et si vous saviez comme j'ai menti!

— Cela vous a-t-il été bien difficile?

— Rien ne me coûte pour vous, monsieur.

— Chère Henriette! vous voilà plus belle que jamais.

— Vous trouvez? reprit-elle en minaudant.

— Mais aussi plus chérie, si cela est possible.

— Et la cour, que s'y passe-t-il?

— Je l'ignore, je n'ai pensé qu'à vous.

— Le roi aime-t-il toujours madame de Montespan?

— Je n'en sais rien; je vous aime, cela me suffit.

— Est-il vrai que madame de la Vallière soit aux Carmélites?

— Peut-être. Que vous importe?

— Vous êtes un grand enfant, marquis.

— Et vous trop raisonnable, trop froide.

— Oh! froide! Charles, vous ne le pensez pas.

— Vous me parlez des autres, de la cour, du roi.

Y a-t-il un roi, une cour ? Lorsque je suis près de vous,
je n'ai que vous au cœur et dans la mémoire.

— Je vous apporte un présent.

— Lequel ?

— Devinez.

— Je n'ose.

— Que désirez-vous le plus ?

— Je ne serai pas assez hardi pour vous le dire.

— Mais encore ?

— Vous !

— Taisez-vous, monsieur, répondit-elle en rougissant, et cherchez mieux.

— Une boucle de ces beaux cheveux blonds ?

— Non.

— Un anneau ?

— Pas davantage.

— Si c'était ? Oh !... je ne suis pas assez téméraire
pour cela.

— Il faut que je vous aide. Vous n'êtes pas habile.

— Je ne suis qu'amoureux.

— En mon absence que demandez-vous au ciel ?

— De vous revoir

— Sans doute. En vérité il faut tout vous dire. Eh
bien ! regardez alors.

— Votre portrait ! il ne me quittera qu'avec la vie.

— Le trouvez-vous beau ?

— Il vous ressemble !

— Êtes-vous content ?

— Oh ! merci ! merci !

8

Il y eut un moment de silence. Le marquis baisait alternativement et le portrait et la main charmante qui le lui avait donné.

— Qu'on est heureux d'être jeune ! dit-il enfin, et quelle belle fête que l'amour ! Voyez, la nature entière s'est parée pour nous. Cette vallée, ces ruines, cette lune qui éclaire tout cela, et votre beauté qui m'éblouit, et ma passion qui me dévore, qui me brûle. Oh ! je ne puis exprimer ce que j'éprouve, c'est du délire, c'est de la folie !

— Oui, répondit la comtesse, il fait beau temps.

Il la regarda étonné. Ces deux âmes si différentes, qui se trouvaient en présence, ne pouvaient se comprendre. Le marquis, jeune homme au cœur chaud, à l'imagination poétique, divinisait tout par l'exaltation de sa tendresse. Son caractère noble et dévoué le rendait susceptible des actions les plus généreuses. Il aimait de toutes ses facultés réunies; malgré ses vingt-cinq ans, la beauté sa maîtresse et la solitude où ils se trouvaient, le premier de ses besoins n'était pas peut-être de la posséder. Son cœur parlait plus que ses sens dans ces premiers moments d'ivresse. Il aurait voulu rester à ses pieds, la regarder, la regarder encore, et attendre qu'elle-même, heureuse de le rendre heureux, se fût jetée dans ses bras.

La comtesse, d'une nature opposée, n'avait pas l'ombre de poésie ni d'affection. Elle aimait de tête et non de sentiment. Elle avait l'amour-propre satisfait de son choix et blessé de la conduite de son mari. En

lui ôtant la vengeance on lui eût pris une bonne moitié
de sa joie. Si elle avait dû sacrifier au marquis sa position, son avenir, elle l'eût repoussé sur-le-champ.
L'esprit humain est si inconséquent qu'elle s'exposait
à tout cela néanmoins par une sorte de bravade roma-
nesque. Elle savait que si M. de Lameth l'abandonnait, elle trouverait dans l'honneur et la passion de son
amant un dédommagement certain. Peut-être l'idée de
faire parler d'elle, de devenir célèbre par ses aventures, comme elle l'était par sa beauté, lui souriait-elle
infiniment. Peut-être aussi marchait-elle en aveugle,
guidée par la fantaisie et son orgueil offensé. Quoi qu'il
en fût, elle n'apportait dans cette liaison que des élé-
bien faibles en comparaison de M. d'Albret. La suite
de ce récit développera les nuances de ce caractère,
trop étrange s'il n'était pas historique, et auquel je me
reprocherais d'ajouter un trait quelconque. Rien ne
me coûte autant que de dire du mal des femmes.

Depuis une heure ils causaient ainsi sans s'entendre, sans se répondre, car l'amour a cela de particulier qu'il se comprend lui-même, qu'il jette sur ce qui
l'entoure un reflet de sa propre lumière. Voilà pourquoi il nous aveugle sur l'objet qui l'inspire, c'est
nous que nous voyons et non pas lui. M. d'Albret rêvait, madame de Lameth riait; lui heureux et mélancolique, elle contente et folâtre.

— Que j'aimerais à parcourir ces belles ruines avec
vous, chère Henriette ! que de souvenirs elles me rap-
pellent !

— Le voulez-vous ? rien n'est plus facile, en voici la clef.

— Allons-y, je vous en conjure.

— Bien volontiers. Nous n'avons rien à craindre à moins que ce ne soient des esprits, personne ne nous y surprendra à cette heure.

Minuit sonna à l'église de la ville.

— Marchons, dit-elle, c'est l'heure du mystère.

Ils pénétrèrent dans cette enceinte redoutée, qui avait résisté tant de fois aux ennemis de ses maîtres. Le bruit de leurs pas troublait seul le silence. Ils marchaient en s'appuyant l'un sur l'autre. Henriette même se sentit émue dans ces lieux respectés. Elle serra vivement la main du marquis, et ses lèvres murmurèrent presque à son insu des mots d'amour. Ils entrèrent dans une petite tour ronde où se trouvaient des peintures à fresque très-bien conservées ; une grande fenêtre donnait sur la campagne

— Ici votre Henri IV passa de longues heures près de sa Gabrielle, Charles, car ils y restèrent ensemble plusieurs mois, et cette pièce était sa retraite favorite. Ici ils se sont aimés comme nous.

— Vous avez raison de dire *mon* Henri IV, chère Henriette, ce héros fait ma gloire. C'était mon parent très-proche. Mon arrière grand-père était le frère de Jeanne d'Albret, non pas d'un côté très-catholique, mais il fut reconnu légitimé et obtint la permission de porter le nom et les armes de la famille qui n'avait point d'héritier mâle.

— Vous êtes alors très-proche de Sa Majesté.

— Oui, et elle ne l'oublie point.

— Ce château est presque une propriété de famille.

— Comme Henri IV j'ai ma Gabrielle, mille fois plus belle, j'en suis certain, et je n'aurai pas comme lui sacrifié mon amour à une alliance couronnée.

— Cela est vrai, Gabrielle mourut malheureuse.

— Ne craignez rien, mon amie, aucun malheur ne vous menace.

Ils gardèrent un instant le silence.

— Voyez-vous là-bas ce petit château dont la lune fait briller le toit pointu? reprit la comtesse.

— Oui.

— Eh bien! c'est encore un souvenir d'amour. C'est le château de Fayel.

— Oh! quelle triste histoire! ne me la rappelez pas.

— Là vécut une autre Gabrielle.

— Oui, là vécut une autre Gabrielle, qui perdit celui qu'elle aimait, qui le perdit par la main d'un mari jaloux, et qui ne put lui survivre!

— Oh! vous avez raison, Charles; il ne faut pas rappeler cette légende.

— Et ce festin affreux! qu'eussiez-vous pensé, Henriette, à la place de Gabrielle de Vergy?

— Oh! taisez-vous, taisez-vous, mon ami, vous ignorez le mal que vous me faites.

— Et pourquoi, mon amie?

— C'est une prédiction qui ne sortira jamais de mes lèvres. Non, parlons plutôt de la Gabrielle qui fut au roi de France, C'est celle-là dont la vie me paraît belle et enviable ; gloire, fortune, puissance, elle eut tout.

— Et l'amour de Henri IV que vous oubliez !

— Ici elle commandait en souveraine. Toutes les campagnes des environs sont remplies de ses aventures ; ses caprices réglaient la volonté d'un puissant monarque.

— Hélas ! Henriette, si j'étais roi, je mettrais à vos pieds ma couronne.

— Que ne l'êtes-vous !

— Comment ?

— Sans doute, vous feriez comme Henri IV, vous m'arracheriez à mon mari, et nous ne nous quitterions plus.

— Hélas !

Un nuage de tristesse s'étendit entre les deux amants. Le marquis pensait à la séparation inévitable qui devait suivre ces instants de bonheur ; madame de Lameth songeait, malgré elle, à cette prophétie qu'elle voulait oublier, que le moindre mot rappelait à sa mémoire.

— Croyez-vous aux bohémiens, Charles ? dit-elle comme malgré elle.

— Je n'en ai jamais vu que de loin, et je ne me suis guère inquiété d'eux.

— Plût au ciel que j'en eusse fait autant !

— Que vous est-il donc arrivé ?

— Une bohémienne, que j'ai rencontrée à Soissons, m'a annoncé... Mais non, je ne le répéterai pas.

— Tâchez surtout de n'y plus penser, ce sont des menteries.

— Que Dieu vous entende, Charles !

La lune commença à se couvrir de nuages, le vent s'éleva, l'air de la nuit devint froid.

— Il faut rentrer, mon ami, reprit-elle.

— Nous nous reverrons demain ?

— Oh! oui, demain.

— Et serai-je moins dédaigné qu'aujourd'hui ?

— Dédaigné, Charles !

— Mon Henriette, je n'ai rien osé demander, j'ai respecté ma déesse, j'attendrai son bon plaisir; mais je suis bien malheureux.

— Voilà les hommes, ils sont malheureux jusqu'à ce qu'ils deviennent ingrats.

— Henriette !

— Eh bien... à demain, Charles.

V

EXPLICATION.

Le lendemain, lorsque la comtesse s'éveilla, la pluie tombait par torrents. Le paysage, si riant la veille, ne se distinguait plus qu'à travers une brume froide et épaisse.

— Voilà la vie, madame, dit madame de Corcy, au-

cun de nos jours ne se ressemble. Pourtant vous avez
encore du bonheur pour aujourd'hui.

— Et comment faire, chère hôtesse ? Nous ne pourrons pas sortir.

— Rien de plus simple que de conduire le marquis
jusqu'ici.

— Dans ma chambre ? interrompit-elle en rougissant.

— A moins que vous ne préfériez laisser passer ce
jour sans le voir.

— Oh ! non !

— Alors tout s'arrangera. Voulez-vous être souffrante et ne pas quitter votre appartement ? Mon oncle demandera la permission de vous y saluer, et vous
n'entendrez plus parler de lui.

— Cela ne serait pas poli, madame.

— Mon oncle n'y songera point. Si vous saviez
comme il est bon !

— Si mon beau-père était ainsi !

— M. de Bussy ! oh ! il est intraitable.

— Qui le sait mieux que moi ?

La comtesse reçut un instant le lieutenant criminel,
puis elle resta toute la journée à causer avec madame
de Corcy et Louison, de l'entrevue de la veille, du
marquis, de l'avenir, de tout ce qui occupe les amoureux, c'est-à-dire eux-mêmes.

Le soir, M. d'Albret revint, et ils passèrent tête à
tête une grande partie de la nuit.

Madame de Lameth resta huit jours à Coucy, et

les mêmes entrevues se renouvelèrent tous les jours.

Il fallut partir néanmoins. La veille, au moment de se séparer, elle dit à son amant :

— Je veux vous revoir encore, Charles, je veux que vous visitiez ce vieux château où je dois passer ma vie. Nos adieux se feront là, jusqu'à ce que nous puissions nous réunir de nouveau. Hélas ! quand cela sera-t-il ? Les soupçons de mes cerbères sont endormis, je vais le décider à me conduire à la cour ; mon mari ne me refusera pas, et alors nous serons plus libres.

— Mais ne craignez-vous pas, mon amie, que ma visite à Pinon ne compromette cet avenir.

— Non. J'ai un seul espion je saurai l'écarter. Gardez votre habit de marchand, mes gens n'y prendront pas garde.

— J'obéis avec bonheur.

La comtesse partit. Le lendemain de son arrivée, elle donna à Joguet une lettre à porter à son père à Sissone : cette lettre contenait une prière au comte de Roucy, d'envoyer le sommelier à Saint-Quentin, traiter une affaire pour madame de Lameth avec un avocat de cette ville. M. de Roucy, esclave des volontés de sa fille, n'eut garde de se soustraire à celle-là, quelque singulière qu'elle lui parût.

Joguet écarté, le marquis arriva. Il fut introduit par Louison et Lambert, plus d'à moitié dans la confidence. Les amants trouvèrent tant de choses à se dire, qu'ils restèrent vingt-quatre heures dans l'appartement de la comtesse, et que, sans les avertissements de

Louison, ils s'y seraient oubliés plus longtemps encore. Le soir du second jour, ils descendirent à la fontaine du parc, où Lambert tenait le cheval du marquis. Là ils se quittèrent avec un véritable désespoir.

— Nous nous reverrons bientôt, disait la comtesse au milieu de ses larmes.

— Aimez-moi toujours, répondait le jeune homme, car vous êtes ma vie !

Il monta à cheval, et il s'éloigna par la même allée où il lui était apparu, lorsqu'elle ne croyait voir en lui qu'un habitant de l'autre monde.

— Pauvre Charles ! murmura-t-elle, il m'aime bien !

Joguet revint le surlendemain, et rapporta des réponses à ses commissions.

— Mon maître va arriver, madame, dit-il ; voici le moment fixé pour son retour.

— Comment le savez-vous ?

— M. le comte me l'a confié en partant ; et il est d'une exactitude parfaite.

— Il est parti depuis si peu de temps !

— Depuis un mois, madame.

— Cela est vrai.

— Il faut alors que j'aille à Villers-Cotterets, ainsi qu'il m'en a donné l'ordre, pour m'entendre avec M. le forestier sur des achats de bois.

— Vous êtes parfaitement libre.

— Madame la comtesse voudra bien dire à M. le comte de Bussy que je ne me suis éloigné que d'après son commandement, et que je reviendrai aussitôt que cela me sera possible.

— Je n'y manquerai pas.

Henriette reçut en effet, le lendemain, une lettre de son mari, qui annonçait son retour.

— Encore des mensonges, Louison ; quelle vie !

— Madame en a reçu d'avance le prix.

— Oh ! nous irons à la cour ; tu verras.

— Si madame le veut, M. le comte ne lui refusera rien.

MM. de Lameth arrivèrent.

Le jeune comte se jeta dans les bras de sa femme et la couvrit de caresses. M. de Bussy demanda Joguet.

— Il est à Villers-Cotterets, d'après vos ordres, monsieur, et m'a bien expressément priée de vous le dire.

— Cela est bien.

— Mon Henriette, disait le jeune homme, comme vous êtes belle ?

Elle pensa que le marquis lui avait aussi répété la même phrase en l'abordant.

— Cela doit être bien vrai, puisque c'est le premier mot à tous !

L'orgueil, chez cette femme, dominait et faisait taire jusqu'à la honte, jusqu'au remords !

Le comte de Bussy fronça le sourcil lorsqu'il vit M. de Lameth entourer sa femme des soins les plus empressés. Il montra de l'humeur, et rien ne put le dé-

cider à se mettre à table. Il rentra de bonne heure
dans sa chambre, malgré les agaceries d'Henriette,
qui, pour la première fois de sa vie, employa ses séductions à son égard.

Le lendemain, Joguet arriva. Il eut un long entretien avec le comte de Bussy, avant que les jeunes
époux ne fussent sortis de leur appartement. Cet entretien fut sans doute d'une grande importance, car
M. de Bussy envoya chercher son fils, qui le fit assez
lonptemps attendre, et, lorsqu'ils furent réunis, ils
s'enfermèrent avec l'injonction la plus expresse de ne
laisser pénétrer qui que ce fût au monde, pas même la
comtesse.

— Je ne sais ce qu'il y a, madame, dit Louison, qui
venait de l'office. Joguet est chez M. le comte de Bussy
avec M. de Lameth, ils ont mis les verrous et ils s'entourent du plus grand mystère.

— Que veux-tu qu'il y ait? Quelque bavardage de
Joguet, peut-être, quelque soupçon tout au plus. Il ne
sait rien, il n'a rien vu, et d'ailleurs il n'a pas de preuves. Mon mari aimera mieux me croire que lui, si
nous en venons à une explication.

— C'est égal, madame, j'ai peur.

— Coiffe-moi, fais-moi bien belle; quelque coquetterie avec cela, et je te réponds du comte de Lameth.

On vint avertir que le déjeuner était servi, et que
MM. de Lameth attendaient dans la salle à manger.

— Tu vois, m'amie Louison, ils n'ont pas l'air féroce,

différence. Je préférerais rester ici, mais il n'y a pas
moyen de refuser.

Henriette emporta chez la reine sa préoccupation de
tous les instants. Son imagination s'exaltait à la pensée
d'être marquise d'Albret, d'obtenir des honneurs, des
richesses, de passer sa vie à cette cour brillante où
tout lui semblait si magnifique et si délicieux. Quand,
à côté de cela, la Picardie, Laon, Pinon, Sissone, les
révérences de province, madame la baillie et madame
l'élue lui revenaient en mémoire, c'était pour maudire
les promesses de son père, et pour jurer qu'elle ne
consentirait jamais à se sacrifier ainsi. Elle trouvait aussi
le marquis d'Albret mieux fait et plus élégant que
M. de Bussy-Lameth. Son amour-propre était plus
flatté par l'un que par l'autre ; pour le cœur, je le dis
à regret, celui d'Henriette était problématique.

Le voyage de Fontainebleau eut lieu sur ces entre-
faites, il fut décidé que la cour y passerait un mois.
L'espèce d'attention factice accordée par le roi à mademoiselle de Roucy cessa dès que madame de Montespan, avertie par cette fausse alerte, eut sacrifié le
duc de Lauzun. Mais Louis XIV conserva cette sorte
d'épouvantail en cas de récidive. Ni le roi ni la marquise n'oublièrent leurs rivaux d'un jour ; Lauzun
l'expia à Pignerol, et Henriette comme on le verra plus
tard.

Le séjour de la cour de France dans le vieux château
de François Ier fut marqué par des fêtes presque
champêtres, c'est-à-dire par des chasses, des courses

3

dans la forêt et des parties de cheval. Rien n'était plus galant que tous ces équipages, et Henriette trouva le moyen d'y briller, malgré la simplicité dans laquelle on s'obstinait à l'entretenir. Elle avait surtout un habit de chasse de drap vert qui lui donnait un air si conquérant qu'elle ne pouvait répondre à tous les compliments dont elle était entourée.

L'amour du marquis augmentait chaque jour, il en perdait la tête; il ne quittait pas sa belle maîtresse. MM. de Bussy-Lameth étaient retournés en Picardie, de sorte que rien ne lui portait ombrage et ne gênait leurs entrevues. Un matin, ils suivaient la chasse à côté l'un de l'autre, à cheval, par un beau temps et dans une de ces admirables allées qui ressemblent à un jardin. M. d'Albret s'enivrait du poison répandu dans les regards d'Henriette, et celle-ci, qui s'en apercevait à merveille, l'excitait encore par le manège de la plus adroite coquetterie. Tantôt elle poussait son cheval, tantôt elle l'arrêtait brusquement et le faisait cabrer sous elle. Le marquis devenait pâle et se suspendait à la bride. Enfin, une fois, le docile animal, lassé d'être tourmenté ainsi, fit un saut en arrière et manqua de la renverser. Elle eût peur, jeta un cri et étendit les mains vers le marquis, en l'appelant à son aide. Lorsqu'ils furent revenus de cette frayeur, ils se trouvaient très-loin du reste de la compagnie, et pour ainsi dire seuls sous une voûte de feuillage.

— Quel bonheur de passer ainsi sa vie, belle Henriette! et que ne donnerais-je pas pour me promener

avec vous, chez moi, sans contrainte et pouvant vous
nommer tout haut ma dame et maîtresse !

— Ce serait beaucoup d'honneur pour moi, monsieur !

— De l'honneur ! de l'honneur ! est-ce cela que je
vous demande ? Vous ne m'aimez pas, mademoiselle,
puisque vous me parlez ainsi !

— Je ne vous ai jamais dit que je vous aimais, répondit-elle en baissant les yeux.

— Non ! mais je l'ai quelquefois espéré en vous
voyant écouter doucement mes propos et mon amour.
Vous savez trop votre empire sur moi pour douter
un instant qu'un mot de vous ne me jette à vos pieds.
Prononcez-le, et moi, et tout ce que j'ai, tout ce que
je suis, est à vous !

— Vous connaissez ma position, monsieur ; vous
savez que je ne suis pas libre ; ma main est promise.

— Au moins, votre cœur ne l'est pas ?

— Si, répliqua-t-elle avec un sourire de coquetterie
ineffable.

— Il est promis, votre cœur ? Vous aimez quelqu'un ? reprit-il en tremblant.

— Hélas ! oui, je ne l'ai avoué à personne ; je voudrais me le cacher à moi-même ; mon cœur parle plus
haut que moi.

— Et... c'est votre prétendu ?

— Ce n'est pas celui de mon père, c'est le mien.

— Et qui est-il ? Nommez-le. Nommez ce mortel trop
heureux,

— Je me suis promis de ne le lui dire que s'il le devinait.

— Oh! mon Dieu! que dois-je croire? Cela est-il vrai?

— Vous le savez mieux que moi.

Il sauta à bas de son cheval et vint baiser le bout de son pied.

— Monsieur le marquis! que faites-vous?

— Je vous consacre ma vie, je me prosterne devant vous.

— Oh! monsieur, cela sera-t-il ainsi quand nous nous promènerons ensemble dans vos domaines, et que je vous appellerai tout haut mon maitre et seigneur?

— Cela sera toute ma vie; peut-il en être autrement?

— Vous me jurez donc de m'adorer toujours?

— Oh! toujours! toujours!

— Et moi je vous aimerai de même. Il faut donc vaincre les obstacles qui nous séparent, et pour cela nous avons besoin d'abord d'une fermeté inébranlable.

— Comptez sur moi.

— Si nous n'avions à combattre que mon père, rien ne serait plus facile, il me préfère à tout en ce monde; mais nous avons MM. de Lameth; ils persuaderont à mon père que c'est se déshonorer que de manquer à sa parole.

— Comment faire alors?

— Je ne sais.

— Un seul moyen nous est offert ; je défierai M. de Lameth fils, nous nous battrons, et je le tuerai.

— Ne me parlez pas ainsi : ne mettez pas de sang entre nous, s'écria-t-elle en pâlissant.

— Que devenir, mon Dieu ! Si je vous perds, je meurs.

— Et moi aussi ; mais je ne veux pas que nous soyons séparés, et j'ai une volonté de fer, entendez-vous, monsieur, jusqu'à ce que mon mari la brise.

— Je la bénis, au contraire.

— Il faut, oui, c'est cela, il faut obtenir du roi qu'il me demande pour vous à mon père, qu'il lui donne ordre, s'il le faut, de nous unir.

— Le roi ne le fera pas.

— Pourquoi non ? il m'a montré tant de bontés ?

— Cette bonté n'ira pas jusqu'à vous marier à un homme de votre choix.

— Alors, je résisterai à mon père. Je me ferai tuer plutôt que de céder... et nous attendrons.

— Attendre ! oh ! cela m'est impossible.

— Je suis seule ici, mes Argus se sont ennuyés de notre brillante vie, ils sont rentrés dans leur tanière. Nous pourrons alors nous voir souvent ; d'ici là, le ciel viendra peut-être à notre secours.

Hélas ! ainsi est la jeunesse ; pour elle l'avenir est dans le lendemain, même lorsqu'il s'agit d'une passion qui souvent n'en a pas.

— Oh ! oui, nous nous verrons, nous nous verrons

3.

chaque jour. Ne pouvez-vous vous échapper quelques
instants pour me rejoindre dans cette belle forêt ? Il
me semble que là, je jouis mieux de notre réunion.

— Madame de Navailles est bien sévère ; pourtant
j'essayerai.

En ce moment, ils rejoignaient la chasse, on ne
s'était pas aperçu de leur absence. Henriette se rap-
procha de ses compagnes, parmi lesquelles elle n'avait
point d'intimité, personne ne la questionna. Le soir,
au cercle, elle resta tout le temps derrière la reine,
au-dessous des dames du palais, ayant à ses côtés mademoiselle Charlotte d'Albret, fille du maréchal et
cousine germaine du marquis. Cette jeune fille n'était
point jolie, elle avait quelque chose de parfaitement
distingué dans les manières et une grande douceur
dans le visage. Une sorte de répulsion l'éloignait de
mademoiselle de Roucy ; c'était comme un instinct de
jalousie. Elles s'examinaient sans se parler ; le marquis s'en aperçut et en fit le lendemain l'observation
à Henriette.

— Je ne suis pas maîtresse de ce sentiment, lui répondit-elle, je ne puis m'empêcher de croire que cette
jeune fille vous est destinée. Tout le monde le dit ici,
et elle-même semble le penser, comment voulez-vous
donc que je l'aime ?

Tous les matins Henriette sortait avec Louison Beaupré de la chambre des filles, sous prétexte d'aller voir
la marquise d'Heudicourt. Elle avait étudié le château, et en avait facilement découvert les escaliers

dérobés et les entrées secrètes. Elle descendait dans
le parc, et là, près d'un massif de platanes, cachée par
les branches, elle retrouvait le marquis avec lequel
elle restait autant de temps que cela lui était possible.
Ces entrevues tout innocentes augmentaient leur
amour mutuel; elles furent découvertes par madame
de Navailles, qui, sur-le-champ, défendit à Henriette
de sortir de l'appartement des filles, sous quelque prétexte que ce fût, à moins que ce ne fût pour son service.

M. d'Albret l'attendit deux fois au rendez-vous; et
son inquiétude ne connut plus de bornes lorsqu'il ne
la vit point le soir au jeu. Il demanda à sa cousine ce
qu'elle était devenue, sans penser au mal qu'en ressen-
tirait mademoiselle d'Albret.

— On dit qu'elle a été courir je ne sais où dans la forêt
et que madame de Navailles l'a sévèrement grondée; et
comme c'est une orgueilleuse, elle a refusé de quitter
le lit sous prétexte qu'elle était malade, mais pour ne
pas montrer ses yeux rouges. Je n'en sais pas davantage, je ne connais pas cette demoiselle, ajouta Charlotte
d'un air de dédain.

Il fallut se contenter de cette réponse, et trois jours
de suite elle ne parut pas. Il employa tous les moyens
pour lui faire parvenir un billet. Elle lui répondit en
deux lignes qu'elle était prisonnière et qu'elle ne sortait pas de sa chambre. Il lui vint alors dans la pensée
que jadis le roi et M. de Lauzun étaient entrés par les
toits chez mademoiselle de la Vallière, et que peut-
être il lui serait possible de tenter la même entreprise.

Sans réfléchir au danger, suivi de son valet de chambre, il commença son périlleux voyage sur les plombs du château. Malheureusement il fut aperçu, on donna l'éveil, et il lui fallut renoncer à son projet avant sa complète exécution. Le lendemain on interrogea Henriette, elle nia tout. La reine fut instruite, le roi s'en informa, en quelques heures tout le palais retentit de cette aventure

— Eh bien! dit le roi, il faut les marier!

— M. de Roucy n'y consentira jamais, répondit madame d'Heudicourt; il a engagé sa parole à M. de Bussy-Lameth, qui ne la lui rendra pas.

— Cependant la jeune fille est compromise. D'Albret doit la demander en mariage; s'il est refusé, le tort ne sera plus de son côté.

— Votre Majesté rendra le maréchal d'Albret bien malheureux, lui qui destinait le marquis à mademoiselle sa fille, répliqua madame de Richelieu.

— Il trouvera un autre gendre. Il s'agit ici de l'honneur d'une fille de la reine. On lui doit réparation avant tout, je le veux.

Cette conversation fut rapportée à Henriette et lui causa une grande joie. Elle ne pouvait croire que son père se refusât au désir du roi, déjà elle formait mille châteaux en Espagne, lorsqu'elle vit entrer dans sa chambre le comte de Roucy et le comte de Bussy-Lameth le père. La foudre tombant à ses pieds ne l'eût pas plus effrayée. Elle se leva interdite, et les salua, sans savoir ce qu'elle faisait.

— Je viens vous chercher, ma fille, dit M. de Roucy d'une voix tremblante; vous êtes restée assez long-temps dans cette cour maudite pour votre honneur.

— Vous venez me chercher, monsieur! s'écria-t-elle.

— Oui, mademoiselle, et, malgré les bruits injurieux répandus sur votre compte, nous ne reprenons pas notre parole; mon fils vous attend pour vous donner son nom, dit le comte de Bussy.

— Je vous remercie, monsieur, répliqua Henriette qui, après le premier moment de surprise, avait repris toute sa hauteur; je ne vous demande point une pa-reille grâce, et vous trouverez bon que je la refuse.

— Vous refusez, mademoiselle, interrompit son père, vous refusez un honneur auquel vous n'oseriez pas prétendre.

— Je vous répète, monsieur, que je ne veux ni grâce, ni honneur; mademoiselle de Roucy n'en reçoit de per-sonne, elle en accorde.

— Toujours la même, Henriette, toujours fière et in-domptable, même à présent où vous ne devriez pas le-ver les yeux après un pareil éclat.

— Mais enfin, monsieur, qu'y a-t-il? un homme d'un haut rang, qui réunit toutes les convenances, me demande ma main, je la lui accorde parce qu'il me plaît. Vous aviez arrangé, dès mon enfance et sans me consulter, que j'épouserais M. de Lameth; vous tien-drez votre parole comme il vous conviendra; ce qu'il y a de certain, c'est que je ne manquerai pas à la mienne.

Pendant qu'elle parlait ainsi, le comte de Bussy-Lameth se promenait dans la chambre avec tous les signes d'une agitation extrême. Enfin, il croisa ses bras et s'arrêta droit devant elle.

— Si c'était moi qui eusse reçu la promesse de votre père, je la lui rendrais sur-le-champ, car je ne consentirais jamais à unir mon sort à celui d'une femme qui me haïrait; mais mon malheureux fils vous aime au point d'en perdre la raison, si vous passiez en d'autres bras. Je ne renoncerai donc pas à un droit qui tient à la vie de mon enfant, et je vous prie, mademoiselle, de nous suivre de bonne grâce; autrement il nous sera facile d'obtenir un ordre auquel il faudra bien vous soumettre.

— Mais le roi veut que j'épouse le marquis, il l'a dit, j'en suis sûre.

— Sa Majesté a entendu M. votre père et l'a autorisé à tout faire pour briser votre insistance.

— Je n'ai donc plus d'espoir qu'en moi-même; eh bien! je ne m'abandonnerai pas.

— Vous le voyez, monsieur, dit le comte de Lameth à M. de Roucy, voilà la suite de votre faiblesse.

— Oh! elle partira, je vous en réponds.

— Je partirai, car je n'ai pas la force; mais j'ai d'autres armes, et nous verrons. Je proteste d'avance contre toute démarche qui compromettrait ma liberté.

— Tenez-vous prête, demain au lever du soleil nous nous mettrons en route.

— J'y consens, mon père, pour ne pas vous désobéir ; mais je n'épouserai jamais que l'homme choisi par moi-même, je vous prie de ne pas l'oublier.

— Vous obéirez à mes ordres.

— Encore un mot, monsieur ; je pars demain, je ne reviendrai plus à la cour, sans doute ; permettez-moi de descendre ce soir au cercle, c'est pour la dernière fois.

Deux larmes roulèrent dans ses yeux en disant ces mots ; elle les renferma.

— J'y consens, se hâta de dire M. de Roucy, pour ôter à son compagnon le temps de l'interrompre.

M. de Bussy haussa les épaules, leva les yeux au ciel et marcha vers la porte.

— Dites bien un' éternel adieu à ces folies et à ces orgueilleux projets, car je jure sur mon épée que vous n'en entendrez plus parler.

Il sortit, M. de Roucy allait le suivre, sa fille l'arrêta par le bras.

— Monsieur, dit-elle, vous avez entendu ce que vient de dire cet homme, prenez-y garde, vous me sacrifiez en me livrant à sa tyrannie, vous en répondrez devant Dieu.

Le comte, interdit de ces deux apostrophes, écarta Henriette d'un geste et se jeta dans le corridor sans répondre.

Le soir elle parut au cercle dans l'éclat d'une beauté embellie de tout le charme d'une mélancolie profonde. Chacun la regarda, elle ne chercha qu'un regard, tout en recueillant les autres. Le marquis était en face d'elle. Sa tristesse lui apprit qu'il n'ignorait rien, et qu'il ne se résignait pas à son sort. Il s'approcha d'elle lorsque les parties furent engagées.

— Vous partez, lui dit-il bien bas, on vous enlève, et je suis condamné à le voir sans m'y opposer, sous peine de vous compromettre. Recevez ici mon serment de n'appartenir qu'à vous, de passer mes jours dans les regrets jusqu'à ce que vous soyez rendue à mon amour. Dites-moi maintenant que, vous aussi, vous me serez fidèle, que rien ne nous séparera, que vous résisterez à tout pour vous conserver à moi, dites-le et je ne crains plus rien.

— Je vous dis que je vous aime, répondit-elle avec une passion concentrée dans son regard, tant elle craignait d'élever la voix au milieu des indifférents dont ils étaient entourés. Je pars, je vous écrirai, nous nous reverrons, ou je serai morte.

Ils se quittèrent; madame d'Heudicourt s'approcha d'eux.

— Venez, mademoiselle, dit-elle, madame de Montespan désire vous dire un mot.

Mademoiselle de Roucy suivit sa conductrice jusqu'à une table où la favorite jouait avec le marquis de Dangeau, Langlée et M. de Richelieu.

— Nous vous perdons, mademoiselle, dit-elle entre deux cartes, et en ramassant une pile d'or étalée devant elle en manière de jetons. Vous êtes heureuse de retourner dans votre pays, de vivre en paix dans votre

famille. Recevez-en mon compliment, ajouta-t-elle
d'un air qui affectait d'être distrait. N'est-ce pas là ce
que vous désiriez?

— Elle désirait rester à la cour, répondit madame
d'Heudicourt en montrant l'air triste d'Henriette.

— J'ai donc bien mal compris, car j'ai cru vous
rendre service en demandant pour vous à la reine la
permission de partir; en vérité, je vous croyais le mal
du pays.

— Vous avez pris, madame, bien des soins dont je
vous remercie, mais je sais que je les acquitte tous
par mon départ. Vous me devez plus que vous ne pensez, et puissiez-vous ne jamais l'apprendre!

Fière de ce trait porté dans le sein de son ennemie,
elle n'attendit pas de réponse, fit une profonde révérence et se retira.

IV

AIMÉE JUSQU'A LA MORT.

Pendant toute la durée du voyage, Henriette resta
appuyée dans le fond du carrosse, sans prononcer une
parole; elle ne répondit point aux questions de ses
compagnons, et ils finirent par ne plus lui en adresser.
Ils causaient entre eux de choses indifférentes, de la
route, des auberges, de la guerre, pas un mot de mariage ni de la cour. Ils arrivèrent ainsi à Sissone, les

4

frères d'Henriette vinrent au-devant d'elle. Elle les embrassa du bout des lèvres, et apercevant le jeune comte de Bussy-Lameth qui se tenait derrière eux, elle remonta dans son appartement, en annonçant qu'elle ne reviendrait pas souper.

Le lendemain, aussitôt son réveil, elle vit entrer son père, qui s'assit auprès de son lit, après lui avoir adressé un froid bonjour.

— Vous voilà de bien bonne heure chez moi, monsieur, lui dit-elle.

— Je voudrais vous parler, ma fille, et ne point être dérangé. Louison, laissez-nous.

Louison sortit.

— Je n'ai pas besoin de vous rappeler les motifs qui m'ont décidé à vous ramener à Sissone, vous les connaissez comme moi.

— Oui, mon père.

— Vous savez que votre mariage avec le comte de Lameth a toujours été l'objet de mes vœux les plus chers?

— Oui, monsieur.

— Et vous comprenez que le moment est venu d'exécuter mes promesses. Vous allez avoir vingt ans, Henriette, pensez-y.

— Oui, monsieur, je sais que dans un an je serai majeure.

— Vous ne songez donc pas aux suites de tous ces événements? Les seigneurs de Lameth veulent bien ne pas ajouter foi aux calomnies répandues contre vous, et ne pas retirer leur parole, d'autres ne seraient pas aussi généreux.

— Ce ne sont point des calomnies, c'est une vérité. J'ai donné ma foi à M. le marquis d'Albret, et je n'appartiendrai qu'à lui, tant qu'il sera vivant.

— Vous réfléchirez, mademoiselle.

— Je n'ai pas besoin de réfléchir. Vous le voyez, monsieur, je ne vous prie pas, je n'essaye pas d'employer l'ascendant que j'ai eu sur vous autrefois: c'est vous montrer assez que mon parti est irrévocable.

— Eh bien! ma fille, si votre orgueil ne veut pas ployer jusqu'à prier votre père, si vous vous croyez assez forte sans mon appui, je ne fléchirai pas non plus. Vous épouserez M. de Lameth, ou vous n'épouserez personne.

— Je resterai fille.

— Vous ne sortirez pas de votre appartement, où je vous ferai garder à vue.

— J'y consens d'autant plus volontiers que j'allais vous en faire la demande, je ne puis revoir le comte de Lameth.

— Et ce ne sera pas Louison Beaupré qui vous gardera, je choisirai une autre personne.

— Comme vous voudrez.

— Et vous ne recevrez ni n'écrirez aucune lettre.

— Cela m'est égal.

— Vous êtes décidée?

— Absolument.

— Adieu, mademoiselle, je reviendrai de temps en temps savoir si vous êtes moins fière.

Le comte de Roucy faisait comme tous les gens faibles révoltés contre leur tyran, il se croyait le maître, et il ne trouvait pas de chaînes assez lourdes à imposer à sa fille. Aussitôt qu'il fut sorti de la chambre, Henriette se précipita vers la porte, mit le verrou, et prenant une plume, elle écrivit :

« On me défend de vous revoir, on veut que je donne ma main à cet odieux comte ; soyez sans inquiétude, je l'ai dit à mon père, tant que vous serez au monde, aucun autre ne recevra ma foi. Je ne crains ni persécutions ni menaces, et ma famille se lassera plutôt de me persécuter, que moi de souffrir pour me conserver à vous. Écrivez-moi : adressez la lettre à Louison Beaupré, elle m'arrivera tôt ou tard. Adieu, je suis prête à tout, j'attends et je vous aime.

« HENRIETTE DE ROUCY. »

Elle appela Louison, lui remit ce billet, se fit habiller et attendit, ainsi qu'elle venait de l'écrire. Sur le midi, on lui apporta à dîner ; une vieille femme de charge de M. de Lameth le père, mariée à son sommelier nommé Joguet, parut à la suite. Elle fit une profonde révérence et dit qu'elle était envoyée près de mademoiselle, de la part de M. son père, qu'elle devait coucher dans sa chambre et ne pas la quitter un instant.

— C'est bien, répondit Henriette sans observations.

La vieille femme s'assit près de la croisée, et tricota.

— Vous ne me servirez pas, il m'est donc permis de garder Louison.

— Mademoiselle Louison peut rester, seulement elle ne parlera pas à mademoiselle à voix basse, elle ne lui remettra rien que je ne l'aie d'abord examiné, enfin elle se bornera à son service de fille de chambre.

— Très-bien. Voilà un système d'espionnage parfaitement organisé. Tu as entendu, Louison, nous nous conformerons à cet ordre. Cela ennuiera mon père avant trois jours. Patience et courage, mon enfant, il y a une fin à tout.

Et elle se mit gaiement à sa tapisserie.

Henriette avait raison. Le comte de Roucy se fatigua de sa rigueur. Il chassa toute la journée, pour tuer le temps; mais à son retour, le château de Sissone lui paraissait d'une tristesse affreuse. Les repas n'avaient plus de gaieté, les jardins privés de la folâtre et gracieuse jeune fille, lui semblaient déserts. Il commença à regretter sa sévérité, et il aurait été lui-même ouvrir la porte de sa prison, si le comte de Bussi ne fût arrivé à son secours. Il apprit avec surprise que la captive ne fléchissait point, qu'elle prenait au contraire les choses le plus philosophiquement possible, et surtout qu'elle ne cherchait pas à s'occuper du dehors.

— Elle est plus dangereuse encore que je ne le croyais, dit-il. Oh! s'il ne s'agissait pas de la vie de mon fils, avec quel empressement je vous rendrais votre parole, car il ne sera jamais heureux avec une telle femme.

— Il l'aime donc bien?

— Il en a la tête tournée, et, qui plus est, le cœur rempli. L'idée de la perdre lui donne des vertiges, et je ne sais vraiment pas ce qu'il deviendrait dans le cas où elle persisterait à le refuser. Mon fils m'est plus cher que tout, je n'ai aimé que lui au monde; l'affliger, c'est me tuer; ses larmes tombent sur mon cœur et rien ne me coûtera pour le rendre heureux. Il le sera à sa manière, car je ne crois pas qu'il puisse l'être raisonnablement. Je resterai là, il est vrai, et je veillerai pour lui.

Il y avait dans la physionomie de M. de Lameth, en prononçant ces mots, quelque chose de sombre et de résolu, qui aurait fait trembler Henriette si elle eût été présente.

— Que faire maintenant avec ma fille! dit M. de Roucy.

— La laisser dans sa chambre jusqu'à ce qu'elle se lasse.

— Elle ne cédera pas; d'ailleurs je me punis autant qu'elle en m'en séparant.

— Allez la voir comme pour savoir si elle n'est pas plus docile.

— J'ai peur de céder à ses larmes.

— Soyez tranquille, elle ne pleurera pas, elle a trop d'orgueil pour cela.

— J'essayerai donc; peut-être ma vue produira-t-elle
l'effet que nous désirons.

— Votre vue! Vous connaissez bien mal votre fille!
Madame Joguet est près d'elle?

— Toujours, elle ne l'a pas quittée. Je monte et je
vous rendrai compte de ma visite.

Lorsque Henriette vit monter son père, elle se leva
et lui fit une grande révérence, comme à un étranger
de distinction.

— Eh bien ! lui dit-il, comment trouvez-vous la vie
que vous menez?

— Je m'y résigne, monsieur, puisque je ne puis la
changer que contre une autre mille fois plus cruelle.

— Vous êtes donc toujours aussi obstinée?

— Je suis toujours aussi fidèle à mon serment.

— Oh ! ma fille ! ma fille ! vous me faites bien du mal !

— Mon bon père, si vous étiez délivré des influences
étrangères qui vous conduisent, nous serions trop
heureux. Je vous aime tant, répliqua-t-elle en lui baisant la main.

— C'est vous qui troublez notre existence avec vos
chimères. Vous savez, depuis votre enfance, que vous
êtes promise à M. de Lameth, vous vous y étiez décidée, vous n'aviez point songé à vous en défendre. Et
ce maudit voyage !...

— Vous vous trompez, mon père, je n'ai jamais
consenti à épouser M. de Lameth. Je me suis tue, mais
j'ai toujours compté sur l'avenir pour rompre ce mariage.

— Cependant, quoi de plus convenable ? N'.-t-il pas tout ce que vous pouvez désirer ? Naissance, beauté, fortune, jeunesse. Vous serez avec lui la première dame du pays, et c'est bien quelque chose.

— Je ne l'aime pas, mon père.

— Vous préférez donc le couvent ?

— Cent fois !

— Eh bien ! vous irez, puisque rien ne vous touche, ni mes ordres, ni mes prières.

— Je suis prête à partir.

Le vieillard devint pâle de colère, il eût préféré une résistance violente à cette soumission révoltée. Il se leva et sortit en répétant :

— Vous irez !

Madame Joguet avait assisté à cette scène. Elle essaya de mêler ses observations à celles du comte, Henriette lui imposa silence.

— Vous êtes ici pour me garder et non pas pour me prêcher, dit-elle.

En ce moment Louison entra. Elle avait un air de mystère et de gravité qui frappa sur-le-champ sa maîtresse. Elle ouvrait la bouche pour lui en demander la raison ; la suivante mit un doigt sur ses lèvres en regardant madame Joguet, dont les yeux ne quittaient pas son éternel tricot ; puis elle se baissa comme pour ramasser quelque chose, et montra à Henriette une lettre cachée dans son tablier. Dès que celle-ci l'aperçut, son cœur battit vivement. Elle se tourna, par un mouvement involontaire, vers l'Argus placé auprès de la fenêtre.

— Louison, dit-elle, je voudrais un livre.

Louison apporta un volume du théâtre de Cornelle.

— Non, pas celui-là ; ce Nicolle qui est là-haut sur la tablette.

— Quoi ! madame, ce gros-là !

— Oui, justement, ce gros-là.

Louison sourit, car elle venait de comprendre. Elle apporta le volume.

— Donne-moi un morceau de papier, le feu ne va pas.

— Je n'en ai point, madame. Est-ce qu'on nous en laisse ?

— Demandes-en à madame Joguet.

Louison alla près de la vieille femme, qui sortit de sa poche une liasse de papiers assez crasseux, et chercha celui dont elle n'avait plus besoin.

— Vous sentez bien l'ambre, ma mie, dit-elle en regardant la soubrette d'un air de méfiance.

— C'est ce nœud de rubans qui vient de mademoiselle, il embaume tout mon tiroir.

Madame Joguet lui donna des vieux comptes de linges, Louison les porta à mademoiselle de Roucy, mais elle y glissa d'abord la lettre du marquis d'Albret. Elle déchira avec bruit les papiers en morceaux pour les chiffonner, et de la sorte elle brisa l'enveloppe sans attirer l'attention de la duègne. Elle la jeta au feu avec le reste et plaça la lettre ouverte dans une des feuilles du livre.

— Quelle histoire vais-je vous lire? mademoiselle.

— Une très-belle.

— En voici une que j'ai commencée hier toute seule, elle vous amusera.

— Le permettez-vous, madame Joguet?

— On ne me l'a pas défendu.

— Alors écoutez, mademoiselle. Je vais vous dire ce que j'ai déjà lu. Ce sont deux jeunes gens qui s'aiment, qui veulent se marier, leurs parents s'y refusent.

— Cela arrive partout.

— Mademoiselle Louison, cette histoire me semble un peu bien impertinente.

— Du tout, vous verrez. Ils s'aiment donc. On les sépare et ils s'écrivent; j'en étais à une lettre du jeune homme, la voici :

« Vous souffrez pour moi, adorable Hen... »

Comment s'appelle-t-elle l'héroïne? je ne puis pas lire son nom.

— Elle s'appelle Charlotte, c'est écrit là.

— Je reprends :

« Adorable Charlotte, je voudrais racheter vos larmes aux dépens de ma vie. Il me faut, hélas! me soumettre et attendre ; mais les charmantes assurances que vous me donnez me comblent de joie. Le temps viendra peut-être où je pourrai vous en témoigner ma reconnaissance. Que dois-je faire? donnez-moi vos ordres. Soyez mon ange tutélaire et ma souveraine.

Je languis loin de vous. Oh! mon Dieu! si vous alliez
céder aux tortures dont vous êtes affligée, si vous alliez cesser de m'aimer! Je cesserais de vivre, car vous
l'avez dit, tant que je serai vivant rien ne pourra me
séparer de vous. Je suis à vos pieds, je les couvre de
mes pleurs. Quand me sera-t-il permis de vous exprimer toute la passion que je ressens d'être à jamais
votre esclave? »

— Voici une lettre très-tendre et fort bien tournée.
Ton héros a de l'esprit, Louison.

— Vous trouvez?

— C'est ainsi qu'on trompe les jeunes filles. Je gage
que cet homme n'était qu'un séducteur, reprit madame Joguet, d'un ton doctoral. Voyons la suite.

— La suite?

— Sans doute.

— Oui, Louison, continua mademoiselle de Roucy,
qui s'amusait de l'embarras de sa suivante, comment
cela finit-il?

— Mademoiselle, je suis bien fatiguée, je ne puis
lire davantage, mais, si vous voulez, je vous raconterai la fin, je la sais.

— Déjà fatiguée?

— J'ai un rhume affreux.

— Soit, raconte le dénoûment. Se marièrent-ils?

— Oui, mademoiselle.

— Et ils furent heureux?

— Non, mademoiselle.

— Et pourquoi?

— Parce que lorsqu'ils furent mariés, ils ne s'aimèrent plus et qu'ils se trouvèrent mille défauts.

— Madame Joguet avait raison, ton conte est très-impertinent.

— Mon conte est vrai.

— Où as-tu pris cette expérience qui te rend si instruite ?

— Eh ! mon Dieu ! mademoiselle, dans mon état on s'instruit en ouvrant les yeux.

— Qu'en pensez-vous, madame Joguet ?

— Je pense que voilà une hardie commère d'oser parler ainsi à madame.

— Vous savez bien, madame Joguet, que tout lui est permis.

Madame Joguet fit un gros soupir en levant les yeux au ciel ; la conversation en resta là.

Après quelques jours, Henriette, qui avait trouvé moyen de se procurer un crayon, en coupant un morceau d'une couverture de plomb adaptée à une boîte, répondit au marquis une lettre toute pleine de ses résolutions et de son amour. Louison trouva moyen de la faire partir ; elle avait séduit un garçon d'écurie par ses mineauderies, et, en lui promettant de causer avec lui de temps en temps, elle lui imposait ses commissions dangereuses.

Un matin, madame Joguet descendit, après avoir enfermé Henriette seule dans sa chambre, elle remonta au bout d'une demi-heure, et se remit à travailler, Louison était sortie.

— Mademoiselle doit bien s'ennuyer, dit la vieille femme, voilà plus d'une heure qu'elle ne parle pas.

— Que voulez-vous que je dise?

— Si mademoiselle avait envie de voir une gazette, on m'a prêté celle-ci?

— Donnez. Qui vous l'a remise?

— Le maître d'hôtel de M. le comte.

Henriette la parcourut.

— La guerre recommence, dit-elle, ah! le roi et toute la cour sont à l'armée.

— Il y a déjà plus d'un mois.

— Oui, sur le Rhin. Les régiments de Champagne, de Navarre et de Normandie sont à ce corps d'armée, à ce que prétend cette feuille.

— On s'est battu, m'a-t-on dit.

— C'est dans cette gazette?

— Oui, mademoiselle, un peu plus loin, je crois!

— Ah! mon Dieu!

Elle vit en effet les détails d'une bataille, quelques noms de sa connaissance se trouvaient cités, mais elle respira, le marquis n'y était point!

— Mon père doit-il savoir que vous m'avez prêté ceci?

— On ne m'a pas défendu de vous donner des imprimés.

— C'est bien. Il y a quelque machination dans tout ceci, pensa-t-elle.

Plusieurs semaines se suivirent sans apporter le moindre changement dans la position d'Henriette.

Elle commençait à s'accoutumer à sa solitude, et d'ailleurs l'amour-propre la détournait d'aucune soumission. Un soir Louison vint la prévenir que son père et le comte de Bussy allaient monter chez elle.

— J'ignore ce qui est arrivé, dit la suivante, mais ils ont un visage triste comme s'il s'agissait d'un enterrement. Ils viennent peut-être s'avouer vaincus.

— Mon père, ce serait possible, mais le comte, jamais. Il y a entre cet homme-là et moi une lutte qui ne finira pas tant que tous les deux nous serons dans ce monde.

On entendit des pas dans l'antichambre, c'étaient les visiteurs annoncés. Henriette composa son visage sur le leur, et les reçut aussi sérieusement que possible.

— Ma fille, dit le vieux comte, je viens de recevoir une lettre, et, quoiqu'il m'en coûte de vous affliger, je crois devoir vous en donner connaissance.

— J'écoute, monsieur.

— Vous allez apprendre une triste nouvelle. Mais c'est une punition de votre désobéissance, vous avez résisté à votre père, vous en êtes châtiée dès cette vie, tel est le commandement de Dieu.

— Mon père, vous me faites mourir d'impatience!

— Cette lettre est du duc de Villeroi. Il me mande de Paris que le marquis d'Albret a été tué en duel à l'armée, par le chevalier d'Artagnan; vous pouvez la lire.

Henriette ouvrit de grands yeux, elle ne voulait pas comprendre.

— Vous dites... mon père, reprit-elle en tremblant de tous ses membres.

— Hélas ! mon enfant, ne tremblez pas ainsi, vous me faites un mal affreux. C'est un malheur sans doute, ayez du courage, le temps vous guérira.

— Oh ! mon Dieu ! mon Dieu ! s'écria-t-elle.

Et elle se mit à fondre en larmes.

M. de Bussy-Lameth la regardait sans changer de physionomie.

— Mademoiselle, lui dit-il, je sens que ma présence doit vous être désagréable, mais je suis venu moi-même vous assurer qu'à dater d'aujourd'hui vous n'endurerez plus aucune persécution de notre part, nous attendrons tout de l'avenir et de notre bon droit.

Il salua, ouvrit la porte et laissa ensemble le père et la fille.

— Mon père ! mon père ! criait Henriette au milieu de ses sanglots, dites que cela n'est pas vrai, dites qu'il existe encore !

— Ma fille, mon Henriette, n'aimez-vous donc que cet homme au monde, et ne puis-je pas vous consoler ?

La jeune fille pleurait toujours.

— Cette affreuse lettre, où est-elle ?

— La voilà, vous pouvez la lire.

Henriette lut.

— Eh bien, mon père, dit-elle après un moment de silence, je vous prie de me faire conduire à Laon, au couvent des Ursulines. C'est là désormais que je veux

vivre, jusqu'à ce qu'il me soit permis de prononcer
mes vœux.

— Vous voulez me quitter, Henriette !

— Mon père, je ne puis supporter le monde lorsque
tout ce que j'aimais en a disparu. Je n'ai plus qu'à
prier pour lui.

Le lendemain mademoiselle de Roucy coucha aux
Ursulines de Laon.

V

PINON.

> Sur les ailes du temps la tristesse s'envole,
> Le temps ramène les plaisirs.

a dit le bon La Fontaine. Mademoiselle de Roucy était
depuis trois mois au couvent, et déjà elle commençait
à tourner ses regards vers le monde. Elle avait d'a-
bord pleuré à flots, les premiers jours, puis elle avait
séché ses larmes pour se livrer à la mélancolie. Ses
beaux cheveux épars commençaient à se relever en
tresses, son habit de couleur foncée arriva peu à peu
au bleu de ciel, et lorsque madame l'abbesse lui proposa d'entrer parmi les postulantes, elle répondit
qu'elle voulait rester encore quelque temps pensionnaire.

Son orgueil se soutint longtemps après la fin de sa

douleur. Elle ne voyait personne que le comte de Roucy, parce qu'elle l'avait déclaré dès son entrée au monastère. Aucune nouvelle du dehors ne parvenait jusqu'à elle, parce qu'elle l'avait voulu ainsi.

— Mon Dieu ! Louison, dit-elle un jour à sa suivante, il me semble que je deviens laide dans cette affreuse prison.

— Mademoiselle devrait en être dehors depuis long-temps. Ce n'est pas à son âge et avec sa beauté qu'on s'enterre ainsi.

— Comment veux-tu que j'en sorte ? Je serais la risée de la province.

— Pas le moins du monde. Tous les jours on se met en pension et on en sort, cela n'a rien détrange. N'a-vez-vous pas au contraire toujours refusé d'entrer en religion ?

— Que te semble de la belle flamme de M. de La-meth ? Il prend son parti bravement, ce me semble. N'est-il point marié, par hasard ?

— Oh ! que vous savez bien que non, mademoiselle, que vous êtes certaine de votre empire !

— Hélas ! ce pauvre marquis ne m'aurait pas ou-blié, lui !

— Qui sait ? Les gens de la cour sont sujets à caution.

— Il m'aimait tant !

— Et puis il habitait Versailles.

— Je ne me consolerai jamais de sa perte. Louison, tu crois que je pourrai quitter ce couvent sans ridi-cule ? reprit-elle après un moment de silence.

— J'en suis certaine.

— Alors demande-le pour moi à mon père, tu comprends ? comme de toi-même. Engage-le à me le proposer, je me ferai prier un peu, et puis je céderai.

— Il en sera ravi. Je vais engager madame l'abbesse à lui écrire.

Le lendemain matin le comte de Roucy était au parloir.

— Je vous trouve changée, ma fille, dit-il à Henriette. Ne seriez-vous donc plus bien dans ce saint asile ?

— Je ne dis pas cela, monsieur, mais ma tristesse est si profonde !

— Il faudrait cependant prendre un parti, vous ne pouvez rester toujours pensionnaire aux Ursulines ; madame l'abbesse m'a écrit à ce sujet.

— Vraiment, mon père ?

— Certainement, ma fille. Vous avez à choisir entre le voile ou la main de M. de Lameth.

— Ni l'un ni l'autre, mon père.

— Prenez huit jours de réflexions, mademoiselle, d'ici là je ne veux pas de réponse. Enfermée dans votre appartement avec Louison Beaupré, vous ne verrez personne. Dimanche prochain, je viendrai savoir ce que vous aurez décidé, et songez bien que c'est irrévocable !

Lorsque le comte fut sorti, Henriette resta accablée sous le poids de son étonnement.

— C'est mon père qui me parle ainsi ! s'écria-t-elle,

Mon père! il faut qu'il soit bien dominé par cet abominable Bussy. Qu'en penses-tu, Louison?

— Je pense, mademoiselle, que cela vaut la peine
d'y réfléchir. Vous avez deviné juste, M. le comte est
conduit et soutenu par un esprit ferme que rien ne
fera dévier de sa route; il a de plus le préjugé, si vous
voulez que c'en soit un, de sa parole engagée, il tiendra bon.

— Moi, je ne puis supporter l'idée de prendre le
voile!

A cette heure, le soleil dorait de ses joyeux rayons
la petite chambre d'Henriette; assise en face de la fenêtre ouverte, elle regardait la campagne embellie de
toutes les splendeurs du mois de juin, son œil se portait au loin sur les plaines vertes et fleuries. Louison
était debout appuyée contre le dossier de son fauteuil,
c'était un tableau ravissant de grâce et de jeunesse.

— Il faudrait ne plus voir tout cela, il faudrait renoncer à mes courses dans la forêt, à cheval par un
beau temps comme celui-ci!

— Il faudrait couper ces boucles, enfermer ce visage sous une coiffe noire!

— Il faudrait renoncer au sommeil que j'aime tant,
mettre de gros linge, porter de gros souliers et des
robes de bure.

— Il faudrait oublier les compliments, les hommages des jeunes seigneurs; si par hasard vos yeux se
portaient en dehors de la grille, il faudrait les baisser
bien vite pour ne pas rencontrer de profanes regards!

— Il faudrait me séparer de toi, ma pauvre Louison !

— Au lieu de cela, à Pinon, du monde, des équipages, des robes de velours, des diamants !

— Ah ! oui.

— Des fêtes, des chasses, des adorateurs, des fleurs, des dentelles !

— Tu as raison.

— Et la liberté ! la liberté ! madame, dont vous ne parlez pas !

— Louison, que ferais-tu à ma place ?

— Ce que je ferais, mademoiselle ? j'écrirais à mon père de tout préparer pour mon mariage.

— Mais, Louison, je n'aime pas le comte de Lameth.

— Mais, mademoiselle, l'amour s'en va si vite que ce n'est pas la peine de le compter en face de toute la vie.

— Tu crois ?

— N'avez-vous pas cru mourir de la mort du marquis d'Albret ? Ne vous êtes-vous pas consolée ?

— Consolée, Louison ! oh ! non, je ne suis pas consolée ! répliqua-t-elle avec un gros soupir...

— Enfin, vous n'en êtes pas morte, et vous vous déciderez à en épouser un autre, c'est déjà beaucoup.

— Oh ! je ne puis me résoudre...

— Eh ! mademoiselle, devenez comtesse de Lameth, dame de Pinon, et puis vous vous résoudrez après.

— Vraiment, tu me fais rire, quoique je n'en aie guère envie.

— Vous en avez besoin, c'est bien pis !

Ces discussions se renouvelèrent cent fois. Louison, comme un démon tentateur, montrait toujours la magnificence et les plaisirs pour compenser l'époux qu'on n'aimait pas. Henriette essayait de se persuader à elle-même qu'elle céderait pour le bonheur de son père. Dès que cette idée fut entrée dans sa tête, elle s'y cramponna ; c'était en effet le plus saint prétexte à donner pour colorer son inconstance.

La veille du jour fixé, elle prit une plume et écrivit :

« Mon père, vous avez toujours été pour moi d'une bonté et d'une indulgence sans pareilles. Je n'ai qu'un moyen de vous en prouver ma reconnaissance, c'est de vous obéir. Pour vous, pour vous seul, je consens à renoncer à la vie religieuse, je consens à épouser celui que vous avez choisi. Faites tout préparer, j'attendrai dans cet asile le moment fixé par vous. C'est aux pieds de ces autels, où j'ai tant prié, que je consommerai mon sacrifice, et je ne sortirai plus de ces lieux qu'avec le titre de comtesse de Lameth.

« Votre soumise et affectueuse fille,

« HENRIETTE DE ROUCY. »

— Vivat ! mademoiselle, s'écria Louison quand elle

tint cette lettre cacheté et prête à être remise au comte
de Roucy. Il y aura demain une grande joie dans
Sissone.

— Je ne verrai pas mon père, je n'en ai pas le courage, Louison; tu descendras à la grille et tu lui remettras cela. Tout est fini, me voilà donc liée !

— Et vous ne vous en repentirez pas, c'est si beau
le château de Pinon !

La lettre d'Henriette combla de joie son excellent
père. Il lui répondit qu'il ferait tout ce qui lui serait
agréable, qu'il lui permettait de rester à Laon jusqu'à
son mariage, et qu'il mettrait la province à l'envers
pour célébrer dignement cet événement tant désiré.

— Vous aurez les plus superbes présents, lui écri-
vait-il, le comte de Lameth est transporté, il veut vous
parer autant que la reine.

— Vous voyez bien, mademoiselle, disait Louison,
voilà que cela commence !

— Hélas ! répondit Henriette, cela ne commence que
trop tôt !

Les religieuses étaient à chaque instant dans la
chambre de mademoiselle de Roucy pour la compli-
menter, et pour admirer les belles choses qui lui étaient
envoyées.

Le matin de la cérémonie le couvent était en révolution, et toutes voulaient parer la mariée. Avant de
recevoir personne, elle s'enferma un instant avec
Louison, puis lui donnant un petit paquet soigneuse-
ment cacheté :

— Garde-moi cela, lui dit-elle, ce sont mes souvenirs. Je ne veux plus les revoir, et surtout je ne veux plus qu'ils troublent ma vie. Il faut avoir du courage !

Et en même temps elle examinait la magnifique robe de brocart d'argent qu'elle allait revêtir.

— Oui, mademoiselle, répondit Louison en serrant le paquet dans sa poche, oui, je comprends à merveille. Soyez tranquille, je garderai tout cela, et vous n'en entendrez plus parler.

— Hélas! il le faut bien !

Tout en soupirant elle essayait sa coiffure.

— Voilà une douleur réellement touchante, reprit Louison. Mais, mademoiselle, l'heure s'avance, dans quelques instants on viendra vous chercher; hâtons-nous de commencer votre toilette.

Les portes s'ouvrirent et les novices, les professes, l'abbesse, toute la maison vint assister à cette grande affaire. Mademoiselle de Roucy portait, comme nous l'avons dit, une robe de brocart d'argent ; son corsage était brodé en perles fines, elle avait sur la tête une couronne de fleurs d'oranger, et autour du front deux rangs de perles grosses comme des noisettes, rattachées au milieu par une agrafe de diamants. Son collier, ses girandoles étaient pareils, et un immense voile de point de Flandres recouvraient tout cela, sans cacher sa céleste beauté, l'admiration de tous.

Elle descendit à la chapelle lorsque tout fut prêt pour la cérémonie. Elle y trouva son fiancé, son père, le comte de Roucy, et toute la noblesse de Picardie qui l'attendaient. Sa contenance fut aussi aisée qu'en présence de Louis le Grand. Elle avait une foi si entière dans sa beauté, une certitude si profonde d'être admirée, qu'elle ne craignait rien ni personne.

La cérémonie fut aussi belle que possible : le comte de Lameth ne pouvait croire à son bonheur, il n'osait pas adresser la parole à sa femme, et lorsque, en sortant de l'église, il entendit appeler les gens de madame la comtesse de Lameth, il tressaillit des pieds à la tête.

— Nous allons nous rendre à Pinon sur-le-champ, dit le comte de Bussy, si cela vous plaît toutefois, madame la comtesse.

— Je suis décidée à faire tout ce qui pourra être agréable à M. le comte, répondit-elle en baissant les yeux.

Le jeune comte lui baisa la main.

Ils montèrent en carrosse. Celui de la mariée était magnifique, couvert d'or, avec des peintures charmantes ; quatre beaux chevaux gris y étaient attelés, et la livrée ne le cédait en rien à tout le reste.

Madame de Lameth se sentit enivrée. Elle entendait de tous côtés retentir son nom accompagné des éclats immodérés de la joie et de l'enthousiasme.

— Qu'elle est belle ! s'écriait-on.

Ce fut un véritable triomphe, un délire. Le pauvre marquis d'Albret était alors bien loin de sa pensée. Elle porta un regard de reconnaissance sur son mari,

dont la passion excitée au plus haut degré tenait de
l'idolâtrie.

— Je vous remercie, monsieur, lui-elle.

M. de Lameth crut voir le ciel ouvert.

On arriva à Pinon. La route était semée de fleurs ;
des jeunes filles portaient des bouquets, elles couvrirent les chevaux de guirlandes, elles chantèrent des
couplets. Et les coups de fusil, les danses, les fusées !
On n'avait jamais vu de semblables réjouissances.
Lorsqu'on entra dans l'avenue, les tours du château
de Pinon apparurent à tous les regards, pavoisées de
drapeaux, de couronnes, de rubans qui étincelaient au
soleil.

— Voilà votre royaume, dit le comte de Lameth, et
voici votre premier sujet.

Henriette, la tête tournée de vanité, l'aimait presque
dans ce moment-là.

Pinon était alors un vieux manoir dont l'origine se
perdait dans la nuit des temps. Il avait appartenu aux
sires de Coucy, et, en 1190, Raoul Ier, prêt à partir
pour la terre sainte, fit le partage de ses biens entre
ses enfants. Pinon échut à Robert, le dernier de ses
fils, qui prit le titre de *Robert de Pinon* après la mort
de Raoul, arrivée l'année suivante, à Saint-Jean-d'Acre.
Cette branche cadette conserva ce nom jusqu'à son ex-
tinction, en 1222.

Avant cette époque même, on trouve dans des
chartes relatives à l'abbaye de Prémontré, que Pinon
était déjà une place importante.

5

Robert était frère d'Alix de Dreux, petite-fille de Louis le Gros; il promit foi et hommage pour la terre de Pinon à Thomas de Vervins, son frère aîné, et s'engagea à ne pas aliéner ce domaine. Robert avait épousé Élisabeth de Roucy, une des aïeules d'Henriette, ce que le comte de Bussy lui fit observer de la façon la plus galante.

Ce même Robert combattit à Bouvines et fut fait maréchal de France; il n'y en avait alors que trois. Il mourut et laissa un fils, après lequel la terre de Pinon resta dans la maison de Coucy pendant trois générations. Robert III n'eut pas d'enfants; sa succession passa à sa sœur Jeanne, épouse de Guillaume de Ponthieu, qui ne laissèrent qu'une fille du nom de Jeanne. Ses parents lui cédèrent la châtellenie de Pinon, et la marièrent à Dreux de Crèvecœur, en 1385.

Le sire de Coucy racheta Pinon de Jeanne de Ponthieu, et sa fille le revendit le 21 décembre 1401 au duc d'Orléans, avec la baronnie de Coucy et le comté de Soissons, qu'il fit ériger en pairie en 1404. En 1406 le duc de Bourgogne, ennemi du duc d'Orléans, fit prononcer la réunion de cette pairie à la couronne, sous prétexte qu'elle n'était possédée qu'à titre d'apanage. Mais cette décision n'eut pas de suite. La terre retourna en 1409 à Robert de Bar, petit-fils d'Enguerrand de Coucy, et fils de Marie sa fille aînée.

Cette terre passa dans la suite à la maison de Lameth. Est-ce un Lameth qui en fit l'acquisition d'un descendant de Marie de Coucy? Y eut-il un possesseur

intermédiaire ? A quelle époque la jouissance des Lameth a-t-elle commencé? C'est ce qu'il nous a été impossible d'éclaircir. Le premier seigneur de Pinon du
nom de Lameth, que nos recherches nous aient fait
connaître, est Christophe, qui vivait dans le seizième
siècle. Les qualités qu'il prenait étaient celles-ci :

« Chevalier, seigneur de Pinon, Bussy sur Aïxin,
Lanissecourt, Clany et Thurin, vicomte de Laon et
d'Ansizy le Châtel. »

Il fut depuis décoré de l'ordre du Roi. Il épousa Isa-
belle de Bayencourt et en eut deux fils. Le cadet fut
héritier des noms, armes et terres de son oncle, Antoine de Bayencourt, de Bouchavannes, seigneur de
Quincy.

Charles de Lameth, fils aîné de Christophe, était
gouverneur de Coucy. Il prit le parti de la Ligue et
traita directement avec Henri IV, en 1594.

Après Charles vint Louis, puis François. Celui-ci se fit
appeler vicomte, puis comte de Bussy-Lameth, comme
titulaire de la vicomté de Laon, en ajoutant à son nom
celui de Bussy, pour se distinguer du seigneur d'Hen-
necourt. Il était proche parent et intime ami du cardinal de Retz, qui en parle dans ses mémoires et rac-
commoda le cardinal avec la cour.

C'est ce même comte de Bussy-Lameth qui figure
dans cette histoire.

Henriette fut obligée d'entendre de lui, pendant le
chemin de Laon à Pinon, toute cette généalogie.

— Vous devez savoir cela, madame, ajouta-t-il, il

faut qu'une femme connaisse la dignité du nom qu'elle porte, afin de le conserver dans toute sa splendeur.

— N'avez-vous pas eu des événements tragiques dans votre famille ? demanda-t-elle.

— Sans doute, Bussy de Clermont d'Amboise fut assassiné par le mari de sa maîtresse qui lui tendit un piége et le tua.

— Pauvre jeune homme !

— C'était justice, madame ; c'est ainsi qu'on doit venger son injure.

— Cela est barbare.

— Non, madame, cela est juste, encore une fois.

— Il me semble, mon père, dit le jeune comte, qu'il est plus honorable de demander une réparation, l'épée à la main.

— Non, monsieur, non, l'arme des lâches avec les lâches, la ruse contre la ruse. On vous a trompé pour vous enlever l'honneur, trompez pour enlever la vie. La preuve, c'est que nous ne réclamons pas contre le sort de Bussy d'Amboise, il l'avait mérité.

Madame de Lameth ne répondit pas et devint rêveuse.

Les ponts-levis du château étaient baissés. Tous les gens des deux comtés rangés en haie dans la cour, ayant les vassaux derrière eux, accueillirent le cortége aux cris de : Vive M. le comte ! vive madame la comtesse ! Henriette se montra d'une affabilité extraordinaire ; en descendant de carrosse, elle jeta à la foule le contenu de sa bourse, et salua de la main.

La grande salle, disposée pour un banquet de cérémonie, retentissait du son des instruments. Après le dîner on ôta les tables et on commença à danser. Madame de Lameth avait la plus grande réputation comme danseuse, aussi chacun admirait-il ses grâces. C'est une tradition dans la famille de Lameth qu'elle a inventé le pas de *si sol*, par corruption de son nom de *Sissone*.

Les fêtes de ce mariage durèrent plusieurs jours. Toute la province y assista. Henriette se trouvait là dans son élément, aussi se montra-t-elle parfaitement aimable. Le luxe le plus brillant l'entourait, elle n'avait pas le temps de former un désir, son mari était à ses genoux, son beau-père même laissait fléchir son invincible volonté devant un sourire d'elle. Elle eut des laquais, des écuyers, des pages, presque des gardes.

Elle tint cour plénière à Pinon pendant quelques mois; on ne parlait que d'elle dans toute la Picardie. Les gentilhommes se rendaient à ses fêtes de vingt lieues à la ronde. Elle se montra d'abord modeste et retenue, ne laissant paraître qu'une fierté sans égale, très-permise à sa beauté et à ses talents en tous genres. Puis elle devint coquette. Elle mit son plaisir à faire des malheureux; comme elle était fort enviée, on ne manqua pas de la critiquer fortement. Ces bruits arrivèrent jusqu'au comte de Bussy-Lameth, qui, en ayant sa maison parfaitement séparée de celle de ses enfants, habitait avec eux le château de Pinon. De là commencèrent une foule de querelles, qui s'envenimaient

5.

chaque jour, et dont Henriette ne se consolait qu'en redoublant de magnificence.

Le jeune comte prenait toujours le parti de sa femme, son amour s'augmentait de tous ses succès, des rivaux même qu'elle lui sacrifiait avec éclat, et à chaque nouveau désespoir, au lieu de se préoccuper, comme son père, du bruit qu'amenaient ses aventures, il s'en réjouissait avec Henriette, laquelle savait à merveille plaisanter sur toute chose.

Quelque temps après son mariage, un soir, madame de Lameth se faisait déshabiller par Louison Beaupré, passée à la dignité de demoiselle suivante.

— Eh bien! madame, disait Louison, cela ne vaut-il pas bien les Ursulines de Laon?

— Sans doute, Louison, je me trouve fort heureuse.

— Malgré votre beau-père?

— Malgré mon beau-père; mon mari me donne toujours raison.

— Et le cœur?

— Le cœur est mort.

— Vous n'aimez personne?

— Personne absolument.

— Et votre mari?

Henriette ne répondit pas.

VI

VISION.

Le château d'Anizy, situé à un quart de lieue de celui de Pinon, appartenait aux évêques de Laon. Le cardinal d'Estrées, qui l'habitait alors, était un des convives les plus assidus de madame de Lameth. Il excellait dans la galanterie, malgré son rochet et son camail, et il ne cessait de vanter les charmes de la belle châtelaine.

Anizy est un vieux manoir, dont il était déjà question en 496. Il fut donné aux évêques en 500, lorsque saint Rémi érigea l'évêché de Laon. Plusieurs fois le bourg d'Anizy figura dans nos guerres civiles, comme appartenant à l'un ou l'autre parti; enfin, en 1540 le cardinal de Bourbon fit construire le château, dont une portion existe encore aujourd'hui. C'est une des magnificences de la province, que ce superbe monument où plusieurs de nos rois, entre autres François Ier, avaient reçu l'hospitalité. Les évêques de Laon y passaient presque toujours la belle saison, et le voisinage de Pinon n'était pas un des moindres agréments qu'ils y trouvaient.

Le cardinal d'Estrées avait connu le comte de Bussy à la cour, mais n'avait pas été témoin de la brillante

apparition qu'y avait faite mademoiselle de Roucy ;
par une espèce d'accord tacite, ils ne parlaient jamais
de ces circonstances. Le cardinal était homme de trop
bon goût pour ne pas comprendre que MM. de Lameth
devaient fuir cette conversation, et peut-être d'ailleurs
ignorait-il jusqu'à quel point les relations d'Henriette
et du marquis d'Albret avaient été poussées. Ce bruit
n'avait eu qu'un très-faible écho en Picardie. Les relations entre les provinces et la capitale n'étaient pas
alors ce qu'elles sont aujourd'hui. Peu de personnes
voyageaient et il était très-rare qu'une anecdote se répandit en dehors du cercle où elle s'était passée.

Dans l'été de 1674, le cardinal d'Estrées s'établit
tout à fait à Anizy et y tint un grand état. Il y recevait tous les étrangers de distinction, et les hôtes des
seigneurs de Pinon devenaient bientôt les siens. Il y
eut une grande chasse dans la forêt de Prémontré.
Les moines et le père abbé en tête reçurent le prélat,
qui venait prendre ce plaisir dans leurs domaines,
accompagné de la belle madame de Lameth et d'une
foule d'autres personnes de distinction.

La journée était superbe ; on tua un sanglier et
plusieurs chevreuils, qui furent distribués aux assis-
ants.

— Monseigneur, dit madame de Lameth au cardinal, Votre Éminence a donc choisi le sanglier?

— Certainement, madame la comtesse, et je vous
demanderai la permission de vous en offrir une portion.

— Pourquoi faire ? hors la hure cela ne se mange pas.

— C'est au contraire une des meilleures venaisons possibles, lorsqu'elle est bien accommodée.

— Je ne m'en doutais guère.

— Eh bien, madame la comtesse, je vous en ferai goûter à Anizy ; ne le voulez-vous pas ?

— Je me risque sur la parole de Votre Éminence, mais j'ai bien peur que ce ne soit un triste ragoût.

Toutes les personnes présentes furent également engagées, et on décida que le festin aurait lieu le dimanche de la semaine suivante.

A quelques jours de là, il arriva une lettre de l'évêque. Il rappelait l'invitation, en ajoutant qu'il lui étai survenu deux seigneurs de la cour, ou, pour mieux dire, de l'armée, et qu'il serait très-fier de leur montrer la merveille de la province.

— Monsieur, dit la comtesse à son mari, vous donnerez des ordres afin que nous ayons ce jour-là notre grand équipage, n'est-il pas vrai ?

— Le plus beau, madame, je vous le promets, répondit le comte en souriant, et vous ferez, j'espère, une resplendissante toilette ; il ne faut pas qu'ils puissent dire à la cour que vous n'êtes plus la belle Picarde.

— N'irons-nous pas bientôt à la cour, M. le comte ?

— L'année prochaine, j'espère, répliqua-t-il d'un air embarrassé. Mais n'êtes-vous donc pas bien ici ?

— A merveille ; pourtant...

— Pourtant, vous trouvez qu'il faut un plus grand

théâtre à votre coquetterie, n'est-ce pas, madame? reprit le comte de Bussy, qui avait écouté jusque-là la conversation en silence.

— Encore, monsieur! s'écria-t-elle.

— Je ne comprends pas la passion aveugle de mon fils qui vous laisse courir à votre perte, et qui ne vous arrête pas sur le bord du précipice.

— Je ne crois pas qu'il y ait dans tout cela le moindre précipice, monsieur.

— Il y a un abîme, madame; vous jouez avec l'amour, et vous vous y prendrez un jour. Ici, le danger est moins grand, parce que les séductions sont moins puissantes, mais à la cour! Vous avez donc oublié le passé, madame?

— Ne me le rappelez pas, au nom du ciel! s'écria-t-elle en cachant sa tête dans ses mains.

— Mon père, interrompit le jeune comte, pourquoi réveiller des souvenirs éteints? Du reste, soyez tranquille, je vois et je sais tout ce qui se passe; je veille à notre honneur, et si jamais quelqu'un y portait atteinte, fiez-vous à moi pour le venger.

La conversation en resta là.

Henriette ne fut plus occupée que de sa toilette pour le grand jour. Elle chercha de nouvelles parures. Louison, qui partageait ses travaux de coquetterie, après avoir examiné l'un après l'autre tous les bijoux de son écrin, lui montra une branche de houx qu'elle n'avait pas osé porter encore, quoiqu'elle lui eût été donnée par son père en cadeau de noces.

— Vous avez été proclamée la plus belle à la plus belle des cours avec une branche de houx de nos bois, avait-il ajouté, je veux que celle-ci vous rende plus belle encore.

Le pauvre père crut trouver une idée des plus délicates, pourtant elle ne plut pas aux seigneurs de Lameth, qui se donnèrent de garde d'en rien dire. Henriette le devina, et elle ne se coiffa jamais avec ce bijou.

Les feuilles étaient en émeraudes de la plus belle eau, et les grains en rubis balais admirables. Dans les cheveux blonds de la comtesse, cela devait produire un effet ravissant; cette fois elle n'y résista pas.

— Ainsi que me l'a dit mon père, Louison, ils apprendront que la pauvre fille, qui autrefois n'avait pour toute parure qu'une branche de feuillage, porte aujourd'hui des feuillages de pierreries.

— Madame la comtesse a raison, et je serai fière de la voir aussi richement accoutrée, afin que cela se répète à la cour.

— Quant à l'habit...

— Madame mettra, si elle m'en croit, cet habit d'étoffe cerise brochée d'or, cela ira admirablement avec sa coiffure.

— Voilà qui est décidé. Oh! Louison, que c'est une chose à désirer que d'être riche et belle!

— Madame doit être heureuse, alors.

— Oui, l'un ne va pas sans l'autre. Belle sans être riche! avec quoi orner sa beauté? Riche sans être belle! comment dissimuler sa laideur?

— Et si madame la comtesse avait à choisir entre les deux, que prendrait-elle ?

— Je ne sais vraiment... Cependant, oui... ce serait la beauté ; car avec la beauté, on peut quelquefois arriver à la richesse, et tout l'argent du monde ne changerait pas le visage.

— Eh ! madame, l'argent donne des charmes à tout. D'ailleurs ne nous occupons pas de cela, madame a heureusement l'un et l'autre.

Ce jour-là il faisait très-chaud ; la comtesse ne put dormir ; elle appela Louison et descendit avec elle dans le parc sur le minuit. Toutes les deux s'acheminèrent vers une petite fontaine où elles espéraient trouver de la fraîcheur. Les grands arbres qui l'entouraient la cachaient aux regards. Madame de Lameth était assise depuis quelques minutes, lorsqu'elle entendit dans le lointain le galop d'un cheval.

— Qui peut être à cette heure dans ce lieu-ci, Louison ? dit-elle. J'ai peur, allons-nous-en.

— Ce cheval vient à nous, madame ; en restant ici, nous ne serons point aperçues ; si nous en sortions et qu'il nous fallût traverser l'allée, on nous découvrirait certainement.

Le bruit approchait toujours.

— C'est un cavalier avec une plume blanche, madame ; il est seul.

— C'est un homme de qualité ?

— Je le vois parfaitement au clair de la lune ; il arrête son cheval et regarde le château. Il a un justeaucorps gris de perle, il tourne le dos de notre côté.

— Attends, Louison, je veux le voir aussi. C'est peut-être un de mes amants qui vient soupirer devant ces murs où repose la cruelle. Heureusement, il ne peut nous soupçonner ici.

— Jésus! mon Dieu! s'écria Louison en faisant le signe de la croix; n'approchez pas, madame!

— Qu'est-ce? Qu'y a-t-il?

— N'approchez pas, je vous en conjure. Je viens de voir son visage; c'est bien lui.

— Et qui?... répliqua la comtesse en s'avançant.

— Monseigneur le marquis d'Albret, madame, lui-même, ou plutôt sa pauvre âme, qui vous aime encore dans l'autre monde.

Henriette fut obligée de s'appuyer contre un arbre; elle tremblait de tous ses membres. L'ombre du marquis resta quelques minutes à la même place, pâle et triste, promenant ses regards tout autour de la clairière. Il les fixa un instant sous la voûte de feuillage dont Henriette était couverte.

— Il m'aperçoit! dit-elle.

Elle tomba involontairement à genoux.

Le galop fougueux se fit de nouveau entendre; le cavalier disparut avant qu'elle eût eu le temps de relever la tête, et le bruit se perdit dans l'éloignement.

— Qu'ai-je vu? murmura Henriette. Jamais je ne pourrai retrouver le courage d'aller jusqu'au château.

— C'est un esprit, madame, assurément c'est un esprit. Le parc est fermé, monseigneur l'évêque a seul

6

la clef de la petite porte, ainsi personne ne peut y pénétrer.

— Louison, il faudra aller à la chapelle et faire dire des messes pour lui.

Après quelques irrésolutions, la comtesse se décida à rentrer. Elle traversa en courant l'espace qui la séparait du château, n'osant regarder derrière elle.

— N'avez-vous donc rien entendu ? demanda-t-elle à l'homme de garde.

— Rien, madame la comtesse.

— Nous avons vu un homme à cheval dans le parc, et cela nous a fort effrayées.

— Un homme à cheval ! cela n'est pas possible, j'en demande pardon à madame la comtesse, il faudrait que ce fût un revenant.

La comtesse jeta un cri et remonta dans son appartement. En se déshabillant elle dit à Louison Beaupré :

— Demain je demanderai à M. le cardinal quelques indulgences ; ce pauvre marquis est en peine apparemment.

— C'est justement aujourd'hui samedi, madame, la nuit des apparitions.

— Louison, tu vas coucher dans ma chambre n'est-ce pas ? et tu mettras le verrou du côté de M. le comte, je ne saurais lui dire un mot dans l'état où je suis.

La belle comtesse ne put dormir. Elle voyait toujours devant elle ce spectre pâle et défait, cette image flétrie du seul homme qui eût fait battre son cœur, devenu si insensible.

— Mon Dieu ! s'écria-t-elle, Louison, je vais être bien laide demain !

A son lever elle reçut la visite du comte, qui savait déjà, par le bruit du château, son événement de la nuit. Il l'interrogea avec anxiété sur ce qu'elle avait vu.

— C'était une illusion sans doute, lui répondit-elle, mais il m'a semblé voir un homme à cheval, entre la fontaine et le château.

— Quel homme était-ce ?

— Un homme de qualité très-certainement.

— Où voulez-vous qu'il soit passé, chère comtesse ? Un cheval ne saute pas par-dessus un mur de quinze pieds d'élévation, et ceux du parc ont bien cela.

— C'était donc un esprit, car nous l'avons vu, Louison et moi.

Le comte essaya de rire.

— Et l'avez-vous reconnu ?

— Oui, répondit-elle en baissant la voix, du moins, reprit-elle très-vite, j'ai reconnu que ce n'était point un manant.

— Voilà qui est étrange, répliqua le comte.

M. de Bussy vint à son tour interroger sa bru. Elle lui fit les mêmes réponses.

— J'espère, interrompit-il, que cela vous servira de leçon et que vous n'irez plus ainsi la nuit courir les champs en demoiselle errante. Mais si cela vous arrive et que vous rencontriez encore des fantômes, appelez-moi, madame, et je leur parlerai.

— Miséricorde ! madame, que M. le comte de Bussy a l'air méchant ! s'écria Louison, dès qu'on les eut laissées seules.

— C'est vrai, Louison. Je craindrais la vengeance de cet homme plus que celle de Dieu, je crois. Je n'ai jamais pu le souffrir.

— Heureusement M. le comte aime tant madame la comtesse qu'il n'est pas à redouter.

— Il est toujours à craindre, car il flatte les mauvais penchants de M. de Lameth, et l'excite à la colère, à la haine ; il lui répète sans cesse qu'il ne faut rien pardonner et que l'amour ne peut, dans aucun cas, servir d'excuse à la faiblesse. J'ai toute la peine possible à le calmer après ses entretiens avec son père. Mais il se fait tard, occupons-nous de ma toilette. Je vais être à faire peur après cette nuit de terreur. Oh ! Louison, je n'y veux plus penser, c'est horrible !

— Réellement, madame, je crois que nous dormions toutes deux. Il n'est pas possible que monseigneur d'Albret s'amuse à parcourir ainsi ce parc dans un galop désespéré.

— Je ne sais, Louison, mais je tremble encore.

— Madame en parlera à Son Éminence ?

— Certainement, et je lui demanderai des prières, quelque chapelet bénit. Si cette pauvre ombre me cherche, je la rencontrerai bien d'autres fois ; je craindrai moins, à l'aide de ces armes spirituelles.

— Pauvre marquis ! comme il vous aimait, madame!

— Oui, Louison, c'était un beau temps. Le roi aussi m'aurait aimée, si je l'avais voulu.

— Toute la cour était aux pieds de madame.

— Dis-moi, Louison, suis-je aussi belle que madame de Montespan ?

— Mille fois davantage, madame ; vos mains et vos pieds sont bien au-dessus des siens, et vous avez les cheveux mieux plantés.

— Quand je retournerai à Versailles, nous verrons si elle m'accablera encore de ses épigrammes.

— Elle n'osera pas, madame.

— Tu dis donc qu'à Anizy, ce matin, on faisait de grands préparatifs ?

— Oui, madame ; Deschamps, le sergent de ville de Coucy, qui a passé en venant ici de la part de M. le conseiller Cœur de Roy, a raconté toutes ces belles choses.

— Il y a beaucoup de monde ?

— Toute la noblesse du pays, et Deschamps a vu les deux seigneurs venus de l'armée ; il assure qu'ils sont les mieux faits du monde.

— Vraiment !

— Vous y trouverez aussi la jolie madame de Corcy, dont le deuil de veuve est terminé, et qui va rentrer dans les compagnies.

— Elle habite Coucy, je crois?

— Oui, madame, dans la maison de M. le lieutenant du roi, son oncle.

— Elle est jolie ?

— Oui, madame.

— Est-elle riche ?

— Très-peu.

La comtesse fit une moue dédaigneuse, qui annonçait une indifférence bien complète.

Elle continuait à se parer, et jamais elle n'avait été plus belle. La branche de houx fut placée dans ses cheveux. Son magnifique habit faisait ressortir encore la blancheur de sa peau et l'éclat de son teint. Elle sortit des mains de Louison admirablement vêtue et d'un air à faire baisser pavillon aux Grâces.

Les comtes de Lameth en furent frappés tous les deux.

— Eh bien ! monsieur, dit-elle à son mari, trouvez-vous que je sois encore la *belle Picarde* ?

— Vous êtes un ange, une déesse, une divinité.

— Voilà qui est bien exagéré pour un mari de deux ans.

Le comte de Bussy leva les yeux au ciel comme pour le prendre à témoin de cette extravagance. Il ne comprenait pas que la passion de son fils résistât au temps, à la possession, et surtout à l'indifférence de la comtesse. Il ignorait probablement que la nourriture de l'amour, c'est l'indifférence.

On avait attelé six magnifiques chevaux au plus beau carrosse, les piqueurs, les pages, les écuyers caracolaient autour de la voiture, c'était un vrai train de prince. Henriette monta la première, après avoir examiné tout cet équipage. Elle s'en montra satisfaite, et son orgueil l'emportant même sur ses craintes, elle oublia sa vision de la nuit.

Le trajet de Pinon à Anizy se fait en quelques minutes; les deux parcs se touchent. Madame de Lameth remarqua joyeusement les groupes animés qui se formaient sur la route. Les curieux du pays allaient voir descendre les nobles convives sur le perron. On les tenait à distance, mais ils parvenaient à apercevoir les plis d'une robe de soie, ou la plume d'un feutre.

Une sorte de murmure s'éleva dans la foule lorsque la comtesse parut. Accoutumée à produire cet effet, elle n'en était pas moins flattée. Ce jour-là elle le fut plus qu'à l'ordinaire. L'idée des seigneurs venus de l'armée ne la quittait pas, et le triomphe dont ils devaient être témoins avait plus de charme encore.

Pendant ce temps les jeunes seigneurs établis aux balcons regardaient et critiquaient toutes les personnes qui passaient sous leurs yeux.

— Que diable! disait l'un de ceux arrivés de l'armée à son compagnon, que diable! mon cher marquis, je te croyais plus fort que cela. Tu as voulu venir, je t'ai suivi pour t'empêcher de faire quelque sottise, et te voilà maintenant tremblant comme un enfant.

— Est-ce elle que j'entends? dis-le-moi, de Fiesque, je t'en supplie? répliqua l'autre.

— Je la vois monter l'escalier. Elle est en vérité plus belle que jamais, et si tu veux conserver ton cœur, ne la regarde pas.

— Nous voit-elle ?

— Non pas toi puisque tu tournes le dos. Ah ! elle me reconnaît, elle me nomme. Elle a pâli, je lui rappelle le passé.

Tout à coup la comtesse de Lameth, au moment d'entrer dans le salon, s'arrêta sur le seuil, jeta un cri affreux, et tomba évanouie.

VI

BELLES AMOURS.

On se hâta de transporter madame de Lameth dans un appartement du château. Son beau-père et son mari la suivirent. Monseigneur le cardinal s'empressa autour d'elle, ainsi que tous les domestiques. L'évanouissement n'était point une feinte, elle fut plus d'une demi-heure à reprendre ses sens. Lorsqu'elle ouvrit les yeux, ses premiers regards tombèrent sur l'évêque de Laon, elle se jeta en bas du lit et se laissa tomber à ses genoux en s'écriant :

— Monseigneur, sauvez-moi !

M. d'Estrées fit signe aux valets de sortir, et voulut relever la comtesse.

— Que signifient ces paroles, madame la comtesse ? dit-il aussitôt qu'ils furent seuls avec MM. de Lameth. Quel danger pouvez-vous craindre ici, dans mon château, près de M. le comte ?

— Je l'ai revu, je l'ai revu encore tout à l'heure, dans votre salon, pâle, défait, comme cette nuit. Par une faculté surnaturelle, il me tournait le dos, et j'ai reconnu ses traits.

— Mais qui ? au nom du ciel !

— Celui que j'ai aimé, que j'ai perdu, à la mémoire duquel j'ai été infidèle ; il vient me le reprocher à présent.

— Pas un mot de plus, madame, sur votre vie ! murmura à son oreille le comte de Bussy.

— Il veut que je prie pour lui, sans doute, il soufre dans l'autre monde pour m'avoir chérie dans celui-ci. Que faut-il faire ? A qui m'adresser pour être délivrée de cette vision ?

— Henriette, ma chère Henriette, répétait le jeune comte en lui baisant les mains, calmez-vous, ce sont des folies, des rêves.

— Sans doute, monseigneur, continua M. de Bussy ; madame de Lameth a été fort souffrante toute la nuit, elle a eu la fièvre, le délire, et elle a cru aux fantômes de son imagination. Malgré cela, empressée de répondre à l'honneur que vous nous faites, elle a voulu venir, nous y avons consenti pour ne pas la contrarier ; son accès lui reprend, nous allons remonter en carrosse e retourner à Pinon. Elle se couchera, on enverra chercher le médecin, et avec quelques jours de régime, tout sera fini.

— Non, non, monseigneur, je ne suis ni folle, ni en délire, je l'ai vu cette nuit dans le parc, je viens de le

6.

revoir à l'instant avec le comte de Fiesque, c'était lui.

— Avec le comte de Fiesque ? c'était...

— Au nom du ciel, monseigneur, dit M. de Bussy, ne le nommez pas.

L'évêque le regarda étonné.

— Monseigneur je vous en supplie, continua la comtesse, délivrez-moi de ce spectre !

— En vérité, monseigneur, nous vous devons mille excuses pour cette ridicule scène ; nous allons nous retirer, madame a besoin de soins.

— Je ne suis pas malade, répondit-elle, et je veux essayer si je le reverrai encore.

— Ce serait une imprudence, chère Henriette, ajouta son mari.

— Madame ce sera laissée abuser par quelque ressemblance, il n'y a pas autre chose à penser, et j'espère qu'un peu de repos la remettra de cette frayeur. Elle peut rester dans cet appartement tant qu'elle l'aura pour agréable et venir ensuite nous rejoindre, nous l'attendons pour dîner.

— Croyez-vous, monseigneur ? Au fait, c'est possible, et peut-être tout cela n'est qu'un jeu de mes souvenirs.

— Vous ne l'avez donc pas oublié, Henriette ! dit tout bas le jeune comte.

— Je me sens mieux, monsieur, et je suis de l'avis de monseigneur, dans quelques instants je pourrai rentrer au salon, où j'espère que mon accident n'aura pas fait trop de scandale.

— Je vais annoncer cette bonne nouvelle, reprit le cardinal en se levant pour sortir.

— Je vous remercie mille fois, monseigneur, mais en vérité c'est impossible, interrompit le comte de Bussy en se retournant, madame de Lameth doit rentrer.

— Est-ce votre avis, monsieur? demanda-t-elle à son mari.

Le vieillard dit un mot à l'oreille de son fils qui devint pâle comme un linge et répondit les yeux étincelants :

— Sans doute, madame, et nous partirons sur-le-champ.

Le cardinal comprit qu'il était de trop.

— Je vous laisse un instant pour voir ce que deviennent mes hôtes : mais je vais revenir m'informer de votre décision. J'espère qu'elle nous sera favorable.

— Pourquoi, monsieur, exigez-vous que je parte? s'écria Henriette, aussitôt que l'évêque eut fermé la porte.

— Votre santé le commande, madame.

— Je ne me suis jamais mieux portée.

— Vous vous trompez, madame, vous êtes fort malade.

— Je ne m'en irai pas.

— Vous allez monter en carrosse ou...

— Ou bien vous oserez employer la violence?

— Eh! morbleu, madame, répliqua le vieux comte,

vous pousserez ma patience à bout! Vous nous suivrez, parce que votre mari le veut.

— Et je ne le veux pas, moi! je ne me soumettrai jamais à la tyrannie.

— Prenez garde, madame, vous ne me connaissez point! J'ai été jusqu'ici votre esclave, mais vous ne pouvez savoir jusqu'où je porterai la violence, le jour où je me soustrairai à cette domination. Vous allez me suivre.

En achevant ces mots, il lui serra durement le bras.

— Eh! mon Dieu, monsieur, répliqua-t-elle en se levant, je vous épargnerai une action indigne d'un gentilhomme, je vous obéirai, ne me touchez point. Vous vous souviendrez seulement de cette scène. Retirons-nous avant que M. le cardinal ne revienne, il est inutile qu'il assiste à tout ceci.

En passant devant une glace elle se regarda.

— Ma belle toilette n'aura servi à rien! dit-elle avec un air d'humeur.

Singulière nature, chez laquelle la vanité et la coquetterie l'emportaient sur les impressions les plus puissantes. Elle ne pensait plus au marquis, elle songeait à peine à la conduite de son mari, sa parure fut le plus grand de ses regrets.

Le voyage se passa sans qu'elle eût échangé un mot avec MM. de Lameth, qui semblaient aussi préoccupés qu'elle-même. En descendant de carrosse, son mari lui prit le bras et l'accompagna jusqu'à sa chambre. Elle le laissa faire, mais lorsqu'elle y fut entrée :

— Je suis ici chez moi, dit-elle, monsieur. Vous avez prétendu que j'étais indisposée et vous m'avez forcée de vous suivre. Maintenant, j'espère que vous respecterez mon repos, et que vous voudrez bien me laisser libre dans mon appartement. Je n'oublierai jamais ce qui vient de se passer, et je tâcherai que vous ne l'oubliiez pas non plus.

— Si vous saviez combien je souffre, madame, vous m'épargneriez ces reproches. Je vous quitte la place, je ne reviendrai que d'après vos ordres ; mais rappelez-vous que *personne* n'y viendra plus que moi ; je vous en donne ma parole.

La comtesse le regarda sortir d'un air de dédain triomphant, qui présageait une lutte dont il lui serait difficile de sortir vainqueur. Elle resta seule avec Louison Beaupré. Celle-ci s'avança vers elle, son visage était rayonnant.

— J'ai bien des choses à t'apprendre, ma chère Louison, dit-elle.

— Et moi aussi, madame.

— J'ai eu une seconde apparition chez monseigneur d'Estrées, je l'ai vu, ma pauvre Louison, je l'ai vu comme je te vois.

Louison sourit.

— Ne ris pas, Louison, ma mie, c'était bien ce visage pâle, ces yeux tristes, ce justeaucorps gris perlé.

— Cela est très-possible.

— Oh ! oui, je l'ai bien vu, je te le répète.

— Et vous le reverrez encore souvent, s'il plait à Dieu.

— Que veux-tu dire ?

— Oh! ma chère maîtresse, préparez-vous à une grande joie.

— Qu'est-ce que c'est, mon Dieu!

— M. le marquis...

— Eh bien?

— Eh bien!... il vit encore.

— Il vit encore!

— Oui, madame. C'est lui que nous avons rencontré hier, c'est lui que vous avez aperçu aujourd'hui.

— Oh! mon Dieu!

La comtesse fut prête à se trouver mal de nouveau.

— Il vit, il vit, dis-tu? mais comment le sais-tu? comment cela est-il possible?

— Rémond est venu, son valet de chambre. Madame se rappelle celui qui était avec lui à la cour?

— Certainement. Après?

— J'ai connu Rémond à Versailles, il a cent fois apporté des lettres pour madame, de la part de son maître. Dès qu'il a été libre, il est accouru ici pour me raconter ce qui s'est passé depuis notre séparation. Oh! il y en a de belles!

— Avant de continuer, Louison, va voir si tout est clos, si monsieur mon mari n'écoute pas aux portes, et surtout si monsieur mon beau-père ne rôde pas aux environs.

Louison alla regarder, mit les verrous partout et revint.

— Allons, parle, dit la comtesse.

— Voici littéralement tout ce que Rémond m'a raconté :

Lorsque madame quitta la cour, M. le marquis faillit mourir. Il voulait la rejoindre, se jeter à ses pieds, attendrir monsieur son père, tuer M. le comte, que sais-je? tout ce que veulent les amoureux, qui ne font jamais guère que ce qu'ils ne veulent pas. Rémond crut qu'il deviendrait fou, et il eut bien de la peine à le calmer. La lettre de madame rendit un peu de repos à M. le marquis; il la lisait cent fois par jour, et répétait sans cesse qu'il l'aimait passionnément.

On partit pour l'armée et le régiment de Navarre en tête. M. le marquis redevint lui-même en face de l'ennemi, et se battit si bien, qu'il fut nommé maréchal de camp. Un jour le chevalier d'Artagnan, capitaine d'une compagnie de chevau-légers, se trouvait sous la tente de M. de Cavois avec M. le marquis. On parla des dames de la cour, et parmi elles, quelqu'un vous nomma comme des plus belles.

— Cette belle Picarde, dit M. d'Artagnan, a disparu de la cour bien promptement.

— Cela est vrai, répliqua le chevalier de Grignan. Sait-on pourquoi?

— Sans doute, continua M. d'Artagnan, madame de Montespan n'en fait pas un mystère.

— Et qu'est-ce donc? dit avec hauteur M. le marquis.

« — Elle a séduit le roi vingt-quatre heures; il l'a honorée de ses bontés; et promptement dégoûté de ses charmes campagnards, il l'a renvoyée dans sa province avec une bonne pension et quelques cadeaux.

« — Qui vous a raconté cela ? interrompit M. d'Albret.

« — Madame de Montespan.

« — Madame de Montespan en a menti.

« — Monsieur ! madame de Montespan est mon amie, elle a l'honneur des bonnes grâces du roi, vous lui devez le respect.

« — Je ne lui dois rien, monsieur, que ce qu'un gentilhomme doit à une femme, mais lorsque cette femme oublie son sexe et accuse l'innocence, c'est à un gentilhomme de la défendre. Mademoiselle de Roucy est la vertu même.

« — Cela signifie, monsieur, que vous avez échoué auprès d'elle ?

« — Cela signifie, monsieur, que vous êtes un fat.

« — Monsieur !

« — Eh ! monsieur, tout ce qu'il vous plaira. Nous avons ici nos épées, des témoins, battons-nous et que cela finisse. »

Il en fut ainsi. Ils se battirent. Après quelques passes, M. d'Artagnan porta à M. le marquis un si furieux coup, qu'il l'étendit baigné dans son sang.

— Et c'était pour moi ! s'écria madame de Lameth.

— C'était pour madame, ni plus ni moins. Il fut deux mois entre la vie et la mort. Le bruit courut même qu'il n'existait plus ; de là la lettre de monseigneur le duc de Villeroi. Madame sait comment on en profita.

— Si je le sais! continua Henriette.

— Le premier mot de M. d'Albret, en revenant à lui, fut pour demander des nouvelles de madame, ses lettres s'il y en avait. On ne lui répondit point, car madame n'avait eu garde d'écrire; elle ne le croyait plus de ce monde. Il se désola. Il supplia ses amis de s'informer de mademoiselle de Roucy, de lui en donner des nouvelles. On lui assura que vous étiez à Sissone, et que vous épousiez incessamment M. de Lameth.

M. d'Albret ne voulait plus ni médecin, ni remèdes. Il devint triste de plus en plus, et s'en allait dans l'autre monde. Rémond, désespéré, se mit en quête; apprit avec certitude votre entrée au couvent et rassura son maître sur votre fidélité. Il se guérit et revint à la cour.

On vous cacha tout; vous crûtes votre amant bien mort, et moi aussi; sans cela vous seriez à l'heure qu'il est dame du palais de la reine.

— Comment?

— Écoutez la fin.

Lassée des persécutions et du couvent, qui servait les projets de vos ennemis, car aucun bruit du dehors n'arrivait jusqu'à vous, et ils ne craignaient pas d'être démentis, vous consentîtes enfin à obéir, et vous devîntes comtesse de Lameth. On ne tarda pas à l'apprendre à Versailles. M. le marquis ne pouvait le croire. Ce fut monsieur son oncle, le maréchal, qui lui en fit part. Il lui assura que M. le duc de Bouillon, ami particulier du comte de Bussy, en avait reçu la nouvelle.

M. le marquis vous maudit alors dans toutes les langues; il exalta votre perfidie; il vous appela volage, et ne songea qu'à la vengeance. M. le maréchal en profita pour l'exécution de ses projets; il lui représenta qu'il ne pouvait être en reste avec vous, et que si vous l'aviez oublié, il devait vous le rendre.

Il épousa mademoiselle Marie-Charlotte d'Albret, qui, en considération de ce mariage, devint dame du palais de la reine.

La comtesse se leva en bondissant comme une tigresse.

— Il est marié! s'écria-t-elle, tu oses dire qu'il est marié!

— Oui, madame, ce dont il est bien fâché, je vous assure.

— Oh! cela est affreux! Marié!... Une autre femme a sur lui des droits que je n'ai plus. Louison, j'en mourrai de chagrin.

— Vous n'en mourrez pas, madame, car vous vous êtes mariée avant lui, et il n'en est pas mort. Vous vous consolerez tous les deux.

— Tu crois, Louison?

— On se console de tout, excepté de vieillir, madame.

— Au fait, il n'aime pas sa femme?

— Non certainement.

— Elle est laide ?

— Elle est affreuse !

— Elle est jalouse ?

— Quant à cela, madame, il paraît que oui. Rémond assure que si elle supposait où est monsieur son mari, elle viendrait le redemander.

— Et le cardinal, quel rôle joue-t-il dans cette affaire ?

— Il ignore tout. Lié depuis longtemps avec M. d'Albret, il l'a reçu à merveille, lui a donné la clef de son parc pour se promener au clair de la lune, et prie toute la province pour lui faire honneur. Il a bien entendu parler peut-être autrefois de votre passion mutuelle, mais il ne s'en souvient pas plus que de son catéchisme.

— M. le cardinal ne saurait avoir oublié son catéchisme.

— Le digne cardinal d'Estrées est au-dessus de cette plaisanterie, je ne l'ai faite que pour vous égayer. Vous êtes si triste !

— C'est bien, passons. Qu'arrivera-t-il maintenant ?

— M. le marquis veut vous voir, il est venu pour cela.

— Me voir ! et il s'est marié ! jamais !

— Il vous aime toujours, madame, Rémond l'assure.

— Que m'importe ! puisqu'il en a épousé une autre.

— N'avez-vous pas remarqué vous-même sa mélancolie, son changement?

— Les suites de sa blessure.

— Reçue pour vous, madame.

— Pour moi ? C'est vrai.

— Il a emmené le comte de Fiesque, ils ont quitté ensemble les bords du Rhin, ils sont chez M. le cardinal.

— Hélas ! je le sais bien.

— Lorsque madame est arrivée, il n'a pu la regarder tout d'abord, il s'est retourné, c'est alors que madame a aperçu son visage dans la glace.

— Pauvre marquis!

— Eh bien, madame, que dirai-je à Rémond?

— Je ne sais, je verrai, je réfléchirai.

— Il reviendra demain matin.

— Mon beau-père et mon mari sont instruits de son arrivée ; voilà pourquoi ils m'ont emmenée.

— C'est clair.

— La jalousie de M. de Lameth, sa colère, me sont expliquées à présent.

— Je n'en doute pas.

— Ils vont m'épier, mes démarches seront interprétées. Louison, je crains bien de ne pouvoir parler à M. d'Albret.

— Oh! madame, il en mourrait de chagrin.

— Tu viens de me dire qu'on n'en mourait plus, répliqua la comtesse en souriant.

La journée tout entière se passa en conversations de

cette sorte. Madame de Lameth se tint à la fenêtre, regardant dans les longues allées du parc, si un messager n'arrivait point de la part de son amant. Louison lui faisait mille contes, qui la faisaient parfois sourire, parfois soupirer. Elle refusa de se mettre à table, et se fit servir chez elle. Louison descendit à l'office.

— Soyons sur nos gardes, madame, dit-elle en rentrant, il s'arrange autour de nous la plus belle inquisition du monde. M. Joguet, sommelier de M. le comte de Bussy-Lameth, en est le chef.

— Quel homme est-ce? je l'ai à peine aperçu.

— Madame, c'est une espèce de monstre. Il n'a au cœur qu'un sentiment, sa fidélité pour son maître. Si M. le comte de Bussy lui disait de se faire tuer pour le divertir, il n'hésiterait pas une minute.

— Il est donc incorruptible?

— Comme l'or.

— Alors il faut le tromper.

— Nous essayerons.

— Sais-tu ce qu'on médite

— On s'est caché de moi, bien entendu, je n'ai que des soupçons vagues.

— Connaissent-ils Rémond?

— Non, madame, il n'est jamais venu ici.

— Alors attendons.

Vers le soir la comtesse descendit au jardin, suivie de Louison. Elle fit le tour du bois; Joguet, placé en sentinelle, les observait à quelque distance. La com-

tesse marcha droit à lui, et lui demanda impérieuse-
ment ce qu'il faisait là.

— M. le comte m'a ordonné d'accompagner madame, elle a été effrayée la nuit dernière, et il craint
que cela ne se renouvelle.

— Je n'ai besoin de personne, laissez-moi, je veux
être seule.

— Mais, madame la comtesse, les ordres de mon
maître...

— Et les miens? Il me semble que je suis la maîtresse ici. Encore une fois retirez-vous.

Joguet s'inclina profondément et rentra au château.

La comtesse alla vers la fontaine.

— Il était là hier, Louison; au lieu de dormir il
pensait à moi. Oh! pourquoi, pourquoi ce fatal mariage!...

— M. le marquis s'expliquera, madame.

— Louison, je ne dois pas le voir. Nous sommes engagés l'un et l'autre.

— Où serait le mal? Ne pouvez-vous vous rejoindre
innocemment?

— Oh! Louison, nous nous aimons encore.

Madame de Lameth ne dormit pas de la nuit. Elle
ne songea qu'au marquis, à leur passé si beau, à leur
séparation, à leurs douleurs, à leur avenir sans espérance. Un reste de principes combattit dans sa conscience le vif désir de revoir son amant. Elle se demanda si elle avait le droit de troubler ainsi deux

ménages, de jeter le déshonneur sur deux noms illustres. La passion lui fournit mille sophismes avec
lesquels elle triompha de ses scrupules. Le matin, en
entrant dans sa chambre, Louison en poussa les verrous, et après avoir donné du jour elle s'approcha du
lit de sa maîtresse, puis, se mettant à genoux près
d'elle, elle lui baisa la main.

— Je vous apporte un heureux réveil, madame la
comtesse, dit-elle ; j'espère que tout ira pour le mieux.

— Que m'apportes-tu, Louison ?

— Une lettre de M. le marquis d'Albret.

— Une lettre de lui ! Oh ! ferme bien les portes,
veille aux fenêtres, écoute aux murailles. Si on allait
nous surprendre !

— Tout est tranquille, madame la comtesse.

— Alors donne-la-moi, Louison. Que vais-je apprendre !

VIII

LETTRE.

La lettre du marquis commençait ainsi :

« Je vous ai revue, madame, je vous ai entendue,
et vous êtes près de moi encore. Après vous avoir tant
désirée, tant cherchée, tant regrettée, vous êtes là.
Oh ! mon Dieu ! que vous dirai-je ? J'ai la tête perdue.
Depuis huit jours j'ai éprouvé tant de choses, et mes

forces sont si épuisées ! Pourquoi donc m'avez-vous trahi, Henriette ? Pourquoi avez-vous donné à un autre ces droits qui n'appartenaient qu'à moi ? Vous m'avez pourtant écrit : *Tant que vous serez au monde je vous garderai ma foi.* J'ai failli mourir ; c'était pour vous, Henriette. J'étais heureux de risquer ma vie pour votre renommée. Que n'ai-je succombé ! Je n'aurais pas assisté à mon malheur.

« Il m'est impossible de vous rendre ce que j'éprouvai à cette nouvelle. Je ne pouvais y croire, et si le roi ne l'avait pas répétée devant moi, j'en douterais encore. Mon oncle profita de mon étourdissement, de ma colère, il m'arracha mon consentement à son projet favori ; j'épousai ma cousine. J'éprouvai une espèce de bonheur à me venger, à vous rendre offense pour offense. Je donnais mon nom à une femme que je ne pouvais aimer ; c'était une consolation, un soulagement pour mon cœur. Vous m'aviez oublié ; je ne vous oublierais pas, moi, je n'en aurais que l'apparence. Je pourrais garder dans mon âme ce culte, cette adoration dont vous étiez l'objet, et vous deviez l'ignorer toujours. Hélas ! je n'en eus pas le courage.

« Le besoin de vous revoir me dévorait. Je pris la vie en horreur loin de vous, je voulus vous montrer mes regrets, vous exprimer ma rage ; il fallait me rapprocher de vous à tout prix. Un ami consentit à m'accompagner. Nous quittâmes l'armée, et nous vînmes à Anizy. Pourquoi n'ai-je pas suivi ma première idée ? Je vous aurais facilement rencontrée, je vous aurais

puisqu'ils m'attendent. Tranquillise-toi, nous n'avons rien à craindre.

Elle descendit, et la manière dont elle fut reçue par son mari et son beau père, lui fit penser qu'elle s'était trompée sur leurs dispositions. Ils se placèrent en silence, et ni l'un ni l'autre ne fit honneur au repas.

— Êtes-vous souffrant, monsieur ? dit-elle enfin, après avoir essayé de mille manières de dérider le front de son mari.

— Il m'a pris un mal de tête affreux.

— Cela a été bien subit.

Il ne répondit pas.

— C'est donc une épidémie, car M. de Bussy n'a pas l'air mieux portant.

— En effet, madame, nous avons tous les deux le même mal.

Henriette ne douta pas qu'ils eussent appris quelque chose. Elle ne douta pas non plus qu'elle n'eût bientôt un assaut à soutenir; elle se prépara donc à jouer son rôle. Son orgueil et son entêtement vinrent à son secours, elle se promit de ne pas se laisser vaincre. En conséquence, elle se fit un masque d'innocence impénétrable, et elle ne baissa pas les yeux devant sa conscience, afin de ne pas les baisser devant ses juges.

On quitta la salle à manger. La comtesse se rendit dans un petit cabinet, qu'elle habitait d'ordinaire le matin. MM. de Lameth la suivirent. Elle prit un ouvrage de tapisserie et s'assit en silence près de la fenêtre. Les deux comtes se promenaient en silence; ils

9

étaient visiblement embarrassés. Enfin, M. de Bussy
rompit la glace.

— Madame, dit-il, nous avons à vous parler.

— Je vous écoute, monsieur, répliqua-t-elle, mais
d'où vient cette solennité ?

M. de Lamoth cacha sa tête dans ses mains, se mit
à sangloter en murmurant d'une voix déchirante :

— Vous m'avez trompé, Henriette !

Elle s'attendait à tout, excepté à cette explosion de
sensibilité, elle resta interdite.

— Vous m'avez trompé, répéta-t-il, et cela est infâme.

— Non, non, monsieur, je ne vous ai pas trompé,
balbutia-t-elle, on vous abuse.

Pendant ce temps, le comte de Bussy continuait à
marcher dans la chambre, en jetant des regards farou-
ches sur sa belle-fille ; il se contenait à grand'peine.

— J'en ai la preuve, madame, dit le jeune homme.

— La preuve, monsieur ! répliqua-t-elle en se levant
vivement, cela n'est pas possible.

— Il a fallu qu'elle me parût irrécusable pour que
j'y pusse croire, continua-t-il comme se parlant à lui-
même, mais il n'y a pas moyen de douter.

— Et quelle est cette preuve, monsieur !

— Vous êtes allée à Coucy, vous avez vu votre amant
dans les ruines, vous y avez passé une partie de la
nuit avec lui, sans crainte ni de vous déshonorer, ni
de compromettre la maison respectable dans laquelle
vous étiez reçue. Vous avez introduit M. d'Albret dans

votre propre chambre, à côté de madame de Corcy et de M. son oncle, qui ne se défiaient pas de vous. Ce n'est pas tout encore. Ici, à Pinon, dans la maison de votre mari, vous avez admis votre complice avec une effronterie sans exemple. Si j'étais arrivé il y a huit jours, je l'aurais surpris auprès de vous. Osez nier ces faits, madame, osez-le, devant Dieu et devant moi.

— Je l'oserai, monsieur, ce sont des calomnies. Je ne sais ce qu'est devenu M. d'Albret.

— Écoutez, Henriette, ne me faites pas croire à une dissimulation inexcusable. Dites que vous avez été légère, inconséquente, que sans réfléchir aux suites, vous avez cédé au désir de vous rapprocher d'un ancien ami, dites que vous ne m'avez point trahi, qu'à l'avenir vous l'éloignerez de vous, dites tout ce que vous jugerez convenable, mais ne mentez pas, ne me mettez pas dans l'impossibilité de vous pardonner.

— Je ne demande point de pardon, monsieur, je ne suis pas coupable.

— Je vous l'avais bien dit, mon fils, interrompit le vieux comte, jusque-là simple spectateur de cette scène, je vous l'avais bien dit, que cette femme n'avait pas de cœur.

— Qui m'accuse donc, monsieur ? ajouta la comtesse sans avoir l'air d'entendre, quels sont les témoins que vous avez à m'opposer ?

— Un homme qui vous a vue.

— Qu'il vienne, je ne le crains pas.

— Mon père ! mon père ! elle n'est pas capable

d'une hardiesse semblable, si elle avait des reproches à se faire.

Le comte de Bussy haussa les épaules.

— Encore une fois, monsieur, montrez-moi mon accusateur.

— Faut-il l'appeler, mon père ?

— Vous êtes le maître, mon fils, de faire venir Joguet.

— Joguet ! s'écria la comtesse, c'est avec un de vos laquais que vous voulez me confronter ; songez-y bien, vous vous manquez à vous-même, monsieur.

— Aussi ne le ferai-je point venir, aussi ne veux-je pas exposer la comtesse de Lameth à rougir devant l'intendant de mon père.

— Cela ne suffit pas, monsieur, il faut chasser cet homme qui a osé me calomnier ainsi.

— Henriette, Henriette, je vous en supplie, soyez noble et franche ; je ne crois pas que vous ayez oublié ce que vous me devez, ce que vous vous devez à vous-même ; je vous le répète, vous avez été inconséquente, coquette tout au plus ; un mot de repentir et je ne me souviendrai plus du passé, et je ne vous le rappellerai jamais.

— Encore une fois, monsieur, je ne puis me repentir, car je n'ai pas succombé, et si vous ne chassez pas à l'instant cet indigne serviteur, je sors de votre maison, choisissez !

Elle fit un geste pour ouvrir la porte, le comte de Bussy se plaça devant elle.

— C'en est trop, dit-il, je ne puis souffrir, je ne
souffrirai plus que mon fils s'humilie devant vous, et
que son aveugle amour le jette à vos pieds comme un
vil esclave lorsqu'il a le droit de commander en maître.
Vous ne connaissez pas cette femme, comte, vous ne la
voyez qu'à travers le prisme de sa beauté, vous ne
savez pas qu'il n'y a dans cette âme que de l'égoïsme
et de l'orgueil, vous ne savez pas qu'il n'y existe même
point de tendresse pour l'homme qu'elle vous préfère,
elle n'a pas seulement cette excuse !

— Monsieur !

— Non, je ne puis y résister davantage, je vous
apprendrai à la connaître, peut-être guérirez-vous
après. Elle a cédé aux séductions de la vanité lorsqu'elle
a accueilli la recherche de M. d'Albret à la cour ; c'est
encore la vanité qui l'a conduite au couvent, lorsqu'elle a cru qu'il n'existait plus ; cette même vanité
lui a dicté son consentement à votre mariage. Elle est
restée fidèle à ses devoirs, parce qu'il n'y en a pas un
plus grand que vous dans cette province. M. d'Albret
a reparu : son orgueil, blessé d'avoir été trompé par
nous, lui a inspiré la vengeance, elle a appris à dissimuler, elle nous a trompés à son tour, puis elle s'est
donnée au marquis, parce qu'il est grand seigneur et
qu'il est à la mode. Elle a toute sa passion dans la tête
et rien dans le cœur ; maintenant elle ment à votre
bonté, comme elle aurait menti à votre colère ; la
voilà cette femme, mon fils, la voilà telle que je
la connais depuis son enfance. Si vous eussiez voulu

9.

me croire, elle ne serait pas aujourd'hui la vôtre.

— M. de Lameth, dit la comtesse, les dents serrées par la fureur, en s'approchant de son mari, vous souffrez qu'on m'insulte en votre présence !

— Mon père, mon père, de grâce !

— Vous voulez quitter notre maison, madame, continua le vieux comte, cela ne se peut plus, car vous portez notre nom, et c'est à nous de veiller à ce que vous ne le déshonoriez pas ; vous demandez l'expulsion d'un de mes domestiques, je pourrais la refuser, je vous l'accorde à deux conditions : d'abord vous allez implorer de votre mari une indulgence que vous n'avez point méritée, vous allez vous humilier et vous avouer coupable, vous consentirez à expier votre faute selon bon plaisir du comte de Lameth.

— Jamais !

— Puis vous renverrez cette Louison Beaupré, qui vous sert dans vos intrigues adultères, vous accepterez pour fille de chambre la personne que nous vous désignerons, enfin vous abdiquerez cette couronne de reine que vous vous êtes posée sur la tête, et vous redeviendrez ce que vous auriez dû être une femme dévouée et soumise.

— En vérité, monsieur, je vous admire, répliqua la comtesse avec un sourire plein de haine, vous me proposez tout simplement de me faire votre très-humble servante et celle de mon mari, et vous voulez encore que je vous remercie. Vous demandez la vérité, la voici, monsieur, la voici tout entière : J'aime M. d'Al-

bret, je n'ai jamais aimé que lui. S'il fût mort, ainsi
que vous avez jugé convenable de me le faire croire,
je serais restée attachée à M. de Lameth, car c'était
mon devoir. Puisqu'il vit, puisque vous vous êtes joués
de moi, je ne me regarde point comme dégagée de mes
serments envers lui ; ils ont été volontaires, il ne me
les a pas rendus, ils annulent ceux qu'on m'a arrachés
pour un autre. Je n'ai point vu M. d'Albret, mais puisque vous voulez la guerre, nous la ferons, et à l'avenir,
je ne négligerai aucune des occasions de me rapprocher de lui, je les ferai naître, car je l'aime, entendez-vous ! quoique selon vous, je sois incapable de
passion. Je vais me retirer chez mon père, et là nous
verrons si vous oserez encore me faire espionner par vos
gens, comme des lâches, dans l'ombre, pendant que je
ne me cacherai pas et que je déclarerai tout haut, à la
face du soleil, mon noble amour et mon noble amant.

— Taisez-vous, madame ! s'écria le comte de Bussy,
ne poussez pas à bout ma colère !

— Mon père, vous voyez bien que je dois tuer ce
marquis d'Abret ! Je vous l'ai déjà dit, et cela sera.

— Ne tuez pas le marquis, mon fils. C'est à cette
femme que nous avons affaire à présent. Ne publiez
pas notre déshonneur en cherchant un combat qui ne
l'effacerait point.

— Que faire, mon Dieu ! que faire ?

— Aimez-vous encore madame ?

— Hélas ! mon père, je l'aime.

— Mon enfant ! mon pauvre enfant !

— Je me retire, messieurs, je ne veux pas gêner vos épanchements si tendres.

— Un instant, madame, je vous en prie.

— Je vais faire mes paquets, monsieur, et partir pour Sissone.

— Ah ! vous voulez partir ! Rien ne vous touche, rien n'arrive jusqu'à votre cœur, froid comme un marbre et dur comme l'acier. Vous avez repoussé ma tendresse ; eh bien ! écoutez votre maître, madame. Vous ne sortirez pas de ce château, vous ne verrez plus personne, vous serez attachée à mes pas, et je saurai bien vous garder de manière à vous empêcher de me trahir. Je chasserai votre servante, je briserai votre volonté et je vous contraindrai à m'obéir en tout. Je vous ai placée à la tête de ma maison, je ne vous ai rien refusé de ce que vous avez désiré, j'ai été à vos genoux attendant un de vos regards, vous serez aux miens maintenant. Vous avez méconnu mon caractère, vous m'avez cru faible parce que j'étais amoureux, vous apprendrez ce que je suis réellement. Dès ce jour nous nous dévoilons l'un à l'autre.

— Il y a longtemps que je vous apprécie, monsieur, répliqua la comtesse d'un air méprisant.

— Vous allez monter chez vous, on vous y fera servir, et...

— Et je ne vous y verrai pas, j'espère.

— Je ferai ce qui me conviendra à cet égard.

— Fort bien ; on renouvelle les scènes de Sissone, je m'y soumettrai comme la première fois. Je vous

avertis seulement que tous vos efforts ne me condui-
ront pas au couvent.

— Quelle hardiesse, mon Dieu ! pas un remords !

— Non, M. le comte de Bussy, pas un remords, la
hardiesse de l'innocence. Cependant écoutez-moi encore une minute. Vous m'avez parlé franchement, je
ferai de même. On me défend de sortir de ce château,
je ne suis pas la plus forte, je me soumettrai. On veut
m'enlever ma fille de chambre, je n'y consens pas, et
c'est la seule condition que je mette à mon obéissance.
Autrement, songez-y, je ne promets rien et j'emploierai tous les moyens possibles pour quitter Pinon.

— Cette fille est un démon.

— Surveillée par vous, qui êtes si fin politique, elle
ne peut être dangereuse. D'ailleurs je n'en recevrai
pas d'autre. Elle est enfermée dans mon appartement,
elle y restera ; il faudra user de violence pour l'en
arracher. Trouvez-vous que ce soit digne d'un gentilhomme, M. de Lameth ?

Le comte ne répondit pas.

— Je ne chercherai pas à m'échapper de ma prison,
mais j'aimerai M. d'Albret, mais je lui écrirai dès que
cela me sera possible, mais je le verrai ; car je vous
l'ai dit, j'appartiens à lui seul, et, quoi que vous fassiez, ma passion vaincra tous les obstacles.

Le comte de Bussy, qui se contenait avec peine depuis longtemps, s'élança vers la comtesse et lui prit
les deux mains en les serrant à les meurtrir ; elle ne
sourcilla pas.

— Et moi, je vous dis, madame, que vous ne le verrez pas. Je me charge de votre garde, et si la faiblesse de votre mari vous laisse votre indigne confidente, malgré lui, malgré vous, je garantis notre honneur. C'est moi, entendez-vous? madame, moi, qui n'ai jamais fléchi devant personne, moi, que votre dangereuse beauté ni vos artifices ne séduiront pas, c'est moi qui réponds de vous à mon fils.

— Eh bien! monsieur, vous ne me faites pas peur. Nous verrons.

— Et souvenez-vous de ceci : Si vous parveniez à tromper ma surveillance, si vous faisiez une seule démarche dont nous eussions à rougir, rien n'arrêterait ma vengeance, je ne reculerais devant rien.

— Pas même devant un assassinat, vous qui défendez à votre fils le duel.

Le vieux comte la regarda fixement avant de répondre.

— Eh! bien, oui. Craignez pour votre vie, c'est peut-être le seul frein qui puisse vous arrêter.

— Je ne crains pas la mort, monsieur.

— Mon père, interrompit M. de Lameth, je ne puis plus continuer cette scène, je me retire. Oh! que je suis malheureux!

— Du courage, mon fils, vous parviendrez à ne plus l'aimer.

La comtesse fit une profonde révérence.

— Ainsi, monsieur, la guerre est déclarée, je me retire chez moi, j'aime à croire que je n'y serai pas troublée. Vous n'en êtes pas encore où vous croyez pourtant ; mon père a quelques droits à connaître la destinée de sa fille, et je suppose qu'il ne verra pas tranquillement celle que vous voulez me faire. Les lois sont là, le roi, s'il le faut. Adieu, messieurs, on apprendra qui se lassera le plus vite des bourreaux ou de la victime.

— Mon père, dit le jeune homme lorsqu'elle fut partie, il était temps qu'elle s'en allât, je me serais jeté à ses genoux.

— Oh ! mon Dieu ! s'écria le comte, la maison de Bussy est perdue !

XI

RETRAITE

Le soir de ce même jour, Louison fut mandée devant les deux comtes, et subit un interrogatoire. Elle ne se laissa pas intimider, protesta que la comtesse n'avait pas vu M. d'Albret, et répondit avec tant d'assurance que M. de Lameth en vint à douter du rapport de l'intendant, et demanda sérieusement à son père si Joguet ne les avait pas trompés.

— Il n'a jamais aimé la comtesse, disait-il, et peut-être il a voulu la perdre.

— Mon pauvre fils, vous êtes bien malade !

On renvoya Louison avec une morale des plus sévères, avec des menaces terribles, elle écouta tout respectueusement et répondit de son dévouement pour ses maîtres et de la sagesse de sa maîtresse.

— D'ailleurs, ajouta-t-elle, M. le comte peut me faire surveiller, je ne crains pas ses regards.

Rentrée chez la comtesse, elle lui raconta ce qui venait de se passer, et toutes deux cherchèrent par quel moyen MM. de Lameth avaient pu être avertis.

— Joguet était absent, disait Henriette, il ne m'a vue ni ici, ni à Coucy.

— Et madame de Corcy, dont ils ignorent la coopération.

— C'est quelqu'un qui ne sait pas tout.

— Un domestique espionne, certainement, mais lequel?

— Si c'était Lambert?

— C'est impossible, madame; madame de Corcy est sa marraine, il lui est dévoué et elle vous l'a recommandé, en en répondant comme d'elle-même.

— Tâche de le questionner. Ceci me paraît suspect, car il a seul été mis dans la confidence.

— Je ne crois pas qu'il me soit possible de le voir sans témoins.

— Alors défie-toi de lui. Dans tous les cas, ne lui confie rien, c'est plus sûr.

— De longtemps, madame, nous n'aurons rien à confier à personne, on va nous tenir en charte privée.

— Heureusement madame de Corcy nous reste!

— Heureusement aussi nous pouvons la prévenir.

— Comment cela ?

— Vous vous rappelez ces pigeons que j'ai emportés de Coucy ?

— Certainement.

— Il nous serviront de messagers.

— Ah ! c'est juste. Combien en as-tu ?

— Quatre.

— En les envoyant à propos, nous pouvons les employer merveilleusement.

— Ils ont pris les plumes et l'encre.

— Et mes tablettes de poche auxquelles ils n'ont pas pensé ?

— Alors il faut de suite avertir madame de Corcy et l'engager à venir ici. Elle nous aidera peut-être.

— Mets les verrous, surtout du côté du comte. Je vais lui écrire.

— Comme je bénis la fantaisie de mes pigeons !

— Mais, Louison, s'ils retournent au colombier sans qu'on les voie.

— Ils ne sont pas du colombier, madame. Madame ne se rappelle pas que madame de Corcy les a pris dans sa volière pour me les donner.

— Cela est vrai.

Tout en parlant elle écrivait.

— Et quelqu'un sait-il que tu as ces oiseaux ?

— Les gens de madame, mais il n'entrent jamais dans ma chambre, et ils ne s'apercevront pas que je ne les ai plus.

10

— Tout est au mieux ! maintenant place ce billet au cou de ton messager, nous ne tarderons pas à savoir si nous avons réussi, madame de Corcy viendra certainement.

On attacha solidement la lettre à une faveur, Louison ouvrit la fenêtre et le pigeon s'envola.

Madame de Lameth le suivit des yeux en tremblant. Si un œil indiscret avait aperçu le joli courrier, c'en était fait de son avenir et de ses projets. Il se perdit bientôt dans les airs, volant à tire-d'aile dans la direction de Coucy.

— Il y a près de M. d'Albret un homme dont je me défie, ce Rémond, en es-tu bien sûre ?

— Que madame est peureuse, aujourd'hui !

— Je suis payée pour l'être, notre aventure est si extraordinaire !

— Je n'aime pas beaucoup Rémond non plus ; il est trop intéressé. Avec de l'argent on le mènerait au bout du monde.

— Heureusement M. d'Albret le paye beaucoup.

— M. le marquis est très-généreux.

— Qu'allons-nous faire, ma pauvre Louison ? Adieu les fêtes, les hommages, les toilettes ! Nous voilà cette fois-ci plus enfermées encore qu'à Sissone.

— Hélas ! oui, madame. Il ne nous manque que madame Joguet.

— On nous la rendra peut-être.

— Ou une autre !

— Que devenir ? à quoi nous occuper ? Faut-il regarder toute la journée par la croisée de cette tour, et obtenir pour unique distraction de voir lever et baisser le pont-levis chaque soir et chaque matin? Ce vieux château est si triste, si sombre !

— Nous travaillerons, madame, et puis nous lirons.

— Quoi? le missel du chapelain?

— Nous demanderons la clef de la bibliothèque.

— On ne nous la donnera pas.

— J'espère que si.

— Crois-tu qu'on me laissera promener ?

— Avec une garde d'honneur probablement.

— Que je hais Joguet!

— Et moi, madame! Oh! je lui jouerai quelque tour de ma façon !

— Attendons, Louison, le temps nous rendra peut-être libres.

Trois jours après, madame de Corcy arriva. MM. de Lameth lui dirent que la comtesse étant fort souffrante, ne quittait pas son appartement. On l'y conduisit. Elles eurent une conversation particulière dans laquelle madame de Corcy apprit tout.

— J'ai reçu le billet, dit-elle, le pauvre oiseau errait autour de la volière. Je l'ai aperçu, j'ai couru à lui, car je venais de le reconnaître; il s'est laissé prendre, et son message m'a frappé sur-le-champ.

Il fut résolu qu'elle interrogerait Lambert, pour tâcher d'apprendre de lui quel était le traître.

— Quant à Lambert lui-même, ajouta-t-elle, je vous en réponds encore une fois comme de moi-même.

MM. de Lameth n'avaient pas le moindre soupçon contre madame de Corcy, il lui fut donc très-facile de chercher Lambert et de lui parler sans attirer l'attention. Le résultat de cette entrevue fut que Lambert accusa Pichard, écuyer de la comtesse, d'être un espion en sous-œuvre, et que la colère de madame de Lameth se porta tout entière sur lui. On décida qu'il serait éloigné, s'il y avait moyen, et que dans tous les cas on ne lui accorderait pas la plus petite confiance. Madame de Corcy, après être restée quelques jours à Pinon, retourna près de son oncle, en promettant de revenir bientôt, et d'apporter de l'encre et des plumes pour les prisonnières.

Pendant le séjour de son amie au château, Henriette avait essayé de se promener dans le parc avec elle. On ne l'en avait point empêchée, et elle ne s'était pas même aperçue qu'elle fût suivie. Lorsqu'elle fut seule, elle descendit avec Louison, et, à la voûte, elle trouva Lambert, qui lui dit très-respectueusement qu'il avait ordre de l'accompagner, si elle désirait sortir.

— Comme on voudra, reprit-elle, je n'ai pas le projet de m'enfuir.

Elle marcha longtemps avec ses deux domestiques, sans parler et sans se plaindre, mais l'orage grossissait en elle-même. Elle se révoltait en elle-même contre son esclavage, et elle jura d'y mettre un terme. L'entreprise était très-difficile, ses Argus ne pouvaient plus se laisser prendre à une feinte tranquillité. La soumission même ne lui servirait pas à grand'chose, du moins auprès de son beau-père; le jeune comte était plus facile à gagner.

Deux jours après, le carrosse de l'évêque de Laon entra dans la cour. On ne fit point appeler la comtesse, elle comprit qu'on ne lui laisserait recevoir personne, et elle se résigna. Madame de Corcy avait tellement gagné la confiance de MM. de Lameth, qu'elle seule fut exceptée de cette loi. On répandit partout le bruit de la maladie d'Henriette. Elle en fut instruite par son amie, et le fiel gagna de plus en plus son cœur. Elle ne permettait pas à son mari l'entrée de son appartement, à moins que ce ne fût en présence de madame de Corcy. Quant à son beau-père, elle refusa absolument ses visites, et annonça même qu'elle ne descendrait plus pour les repas, dans la crainte de le rencontrer.

— Vous me faites prisonnière, dit-elle au comte de Lameth, je dois me soumettre, mais j'ai bien le droit de fuir mon geôlier.

Le malheureux jeune homme, de plus en plus amoureux de sa femme, dépérissait de jour en jour. Il ne s'accoutumait pas à cette séparation, et si son père ne s'y fût pas formellement opposé, il lui aurait rendu la liberté en lui demandant pardon de la lui avoir enlevée. C'est ainsi qu'est l'amour. Le vieux comte haïssait sa belle-fille de tout le malheur de son fils, il la surveillait avec un acharnement incroyable, et comme il ne découvrait pas le moindre indice, il commençait à désespérer de sa vengeance.

— Vous le voyez, monsieur, disait un jour le mari, il n'y a rien à dire sur la comtesse. Elle se soumet, elle ne fait pas de démarches répréhensibles. Elle vous garde rancune, c'est assez simple, voilà tout ce qu'on peut lui reprocher.

— Patience ! mon fils, patience ! ne nous a-t-elle pas trompés plus d'un an ? Elle est plus habile que vous ne pensez.

Quoique M. de Bussy eût sa maison entièrement séparée de celle de ses enfants, il n'en exerçait pas moins une influence entière sur eux. Son fils, accoutumé depuis l'enfance à ployer devant cette volonté de fer, ne trouvait pas assez de force pour lui résister. La tendresse incroyable que son père avait pour lui, malgré cette rudesse, ne lui laissait pas même la chance de la révolte. Il souffrait horriblement de son amour dédaigné, et cette tendresse paternelle était une sorte de compensation, un appui qu'il trouvait nécessaire dans son abandon. La comtesse, si fière et si puissante par son égoïsme, après avoir épuisé tous les moyens de temporisation, songea à secouer ce joug odieux à quelque prix que ce fût. Elle se consulta avec Louison, et enfin elles décidèrent qu'il fallait avant tout voir le marquis et convenir ensemble d'un moyen de fuite.

— Je vais lui écrire, le pigeon portera la lettre à Coucy, disait Henriette. Il viendra à mon appel, j'en suis sûre. Il est à l'armée de Flandre, commandée par le maréchal de Schomberg, c'est très-près d'ici, il n'aura pas besoin de permission. Mais comment entrera-t-il ?

— La nuit, par la petite fenêtre de votre cabinet au-dessous de celle-ci. Elle n'est pas grillée. Il ne s'agit seulement que de traverser le fossé à la nage, dans cette saison c'est très-facile ; d'ailleurs, le mur est dégradé près la fenêtre, le fossé n'est pas très-large, nous pourrions lui jeter une planche.

— Tout cela est bien difficile lorsqu'on est surveillée !

— J'ai déjà observé que la nuit on ne met pas d'espion autour de nous. Aucunes fenêtres que les nôtres ne donnent de ce côté du château. En évitant le bruit...

— Et le valet qui veille sous la voûte ?

— Il dort au lieu de veiller ! Il ne peut rien voir d'ailleurs. Ayons de la hardiesse, du courage, et tout réussira.

— Je m'abandonne à toi. Aussi bien il ne peut m'arriver pis que ce qui est.

— Nous nous sauverons, nous irons à Sissone.

— Et de là j'intenterai un procès pour faire rompre mon mariage.

— Sous quel prétexte, madame ?

— Oh ! j'ai une raison sans réplique !

— A la bonne heure. Écrivez donc.

— M'y voilà !

Elle écrivit une lettre très-pressante, une autre à madame de Corcy, puis elles lancèrent la colombe. Quelques secondes après on entendit un coup d'arquebuse.

— Mon Dieu ! s'écria la comtesse en courant à la fenêtre, ils ont tué notre messager.

— Non non, madame, répliqua Louison aussi inquiète qu'elle, c'est Lambert qui s'exerce contre les moineaux. Tenez, il nous montre celui qu'il vient d'abattre. Notre pigeon est déjà à moitié chemin de Coucy, grâce à Dieu !

— C'est égal, Louison, c'est un vilain jeu qu'a choisi ce Lambert, il m'a fait une peur mortelle !

— Que voulez-vous, madame ? Les hommes sont si méchants ! même en s'amusant ils nous blessent !

XII

RETOUR.

Quelques jours se passèrent dans l'inquiétude pour madame de Lameth et pour sa suivante. Elles attendaient madame de Corcy et ne comprenaient rien au silence qu'elle gardait envers elles. Leur situation était toujours la même, elles ne sortaient point, on les gardait à vue, et, d'un autre côté, la comtesse refusait obstinément la porte à son mari, qui, chaque matin, demandait à la voir. Enfin, madame de Corcy arriva. Son air était grave ; elle prit plus de précaution encore pour parler à son amie.

— Prenez garde, dit-elle ; nous sommes surveillées de tous les côtés. Comment n'avez-vous pas pris les moyens ordinaires pour m'envoyer votre lettre? une lettre si importante !.

— Comment ! ne vous est-elle pas arrivée par une de nos tourterelles ?

— Non, je l'ai reçue par un messager. Elle a été laissée chez moi hier au soir.

— Hier au soir ! mais elle est partie depuis plus de huit jours sous l'aile de notre dernier pigeon.

— Mon Dieu ! qu'est-ce que cela signifie ?

— Je suis perdue ! s'écria la comtesse en pâlissant.

— Ils savent tout ! ajouta madame de Corcy.

— Comment vous ont-ils reçue ?

— Comme de coutume. Seulement le comte de Bussy m'a paru plus froid que d'ordinaire et M. de Lameth plus triste.

— Vous a-t-on parlé de moi?

— Très-peu, seulement de votre santé. Nous avons surtout causé des difficultés d'affaires élevées entre nous. M. Cœur de Roy doit venir demain au château et nour servir d'arbitre.

— Se défient-ils de vous ?

— S'ils ont lu la lettre, je le crains; ils savent au moins que je suis votre confidente.

— S'ils l'avaient lue, madame, ils ne vous l'auraient point envoyée, interrompit Louison.

— Cela est juste. Pourtant...

— Voici comment la chose est arrivée, sans doute. Notre pauvre oiseau sera mort en route, un paysan quelconque a trouvé la lettre et l'a portée à son adresse.

10.

— Cela peut être, mais aussi il peut en être autrement. Je suis d'une inquiétude !...

— Il faut mettre un terme à cela, s'écria résolûment la comtesse. Je m'échapperai, j'irai à Sissone, et là je demanderai la rupture de mon mariage.

— On vous la refusera.

— Oh! j'ai un moyen, un cas de nullité, ainsi que je l'ai dit à Louison. Il n'est pas tout à fait vrai, reprit-elle en souriant, il répugne un peu bien à ma pudeur de femme ; mais puisqu'on m'y force, je ne reculerai pas. Ce sera une cruelle blessure à l'amour-propre de mes geôliers.

— Que direz-vous donc?

— Vous ne le devinez pas ? Vous ne comprenez pas qu'il est un détail pénible à donner dans ma position? Je dirai... que M. de Lameth n'est pas mon mari.

— Et vos deux enfants ? quoiqu'ils n'aient pas vécu, ils sont nés pourtant.

— Ah bah! murmura la comtesse en haussant les épaules, on peut répondre à cela.

— Et vous l'oseriez ?

— Ma chère Corcy, pour sortir de cet esclavage, j'oserai tout.

Madame de Corcy ne put s'empêcher de trembler en découvrant une perversité si profonde dans ce cœur de jeune femme. Elle garda le silence de l'embarras.

— Vous êtes étonnée, poursuivit Henriette. On voit bien que vous n'êtes pas enfermée comme moi, on voit bien que vous n'aimez pas comme moi, on voit bien surtout que vous ne haïssez pas comme moi. Vous ne comprenez pas la vengeance.

— Pardonnez-moi, madame, je la comprends à merveille, répondit la veuve d'un air sombre. Eh bien! oui, perdez-les, mettez-les au ban de l'opinion publique, ils n'auront que ce qui leur est dû.

— Si madame voulait essayer un tour de jardin, pendant que madame de Corcy est près d'elle, on n'osera lui refuser cette promenade. Nous trouverions peut-être un moyen d'évasion.

— J'y consens volontiers; aussi bien l'air de cette chambre m'étouffe; j'ai besoin de respirer. Donne-moi ma mante.

Les trois femmes descendirent. Elles trouvèrent sous la voûte quelques domestiques qui jouaient aux cartes. Ils se levèrent respectueusement, et Lambert, passant sa casaque de livrée, se disposa à les suivre. Elles ne s'en aperçurent qu'après quelques minutes. Madame de Corcy l'appela.

— Tu dois nous accompagner?

— Oui, madame, ce sont mes ordres.

— Faut-il que tu entendes notre conversation.

— Non, madame; cela ne m'a point été commandé.

— Alors tiens-toi loin.

Lambert obéit. Elles recommencèrent à causer de ce qui les occupait uniquement, cherchant à imaginer quelque moyen de fuite, en maudissant la nécessité impérieuse qui les avait conduites là. Au détour d'une allée, elles se trouvèrent tout à coup en face des comtes

de Lameth. Il n'était pas possible de les éviter. Le
jeune comte s'approcha avec empressement. Son père
demeura à la même place.

— Madame, dit-il d'une voix émue, je vous trouve
bien pâle ce matin. N'avez-vous pas dormi ?

— Je vous remercie, monsieur, répliqua la comtesse
avec hauteur ; je suis à merveille.

— Désirez-vous quelque chose ?

— Ce que je désire, monsieur, c'est de continuer ma
promenade sans être interrompue.

— Un mot pourtant. Madame de Corcy, permettez-
le-moi.

— Mon fils, poursuivit le comte de Bussy, ne vous
humiliez pas en vain.

— Eh ! monsieur, s'écria le jeune homme, j'ai trop
suivi vos conseils. Depuis si longtemps je souffre, que
je ne puis laisser passer l'occasion de me guérir. Vous
avez refusé de m'entendre, de me voir, Henriette, et
vous avez eu tort, car votre pouvoir sur moi est toujours le même. Puisque le hasard nous rapproche, ne
me repoussez pas, au nom de votre salut éternel ! Vous
auriez à vous en repentir.

Madame de Lameth pensa que cette explication jet-
terait peut-être du jour sur sa position et sur les projets de ses ennemis ; elle s'éloigna donc avec le comte ;
mais astucieuse dans toutes ses démarches, elle commença par lui reprocher de trahir devant une étrangère le secret de leur désunion. Son mari la regarda
avec étonnement, puis il passa la main sur son front,

comme pour chasser une idée importune, et se retourna de son côté.

— Madame, dit-il, oublions cette querelle et les autres. Je ne puis vivre ainsi séparé de vous, je ne puis accepter votre haine et vous savoir malheureuse. Je m'en rapporterai à votre parole, jurez-moi que vous romprez toute correspondance avec M. d'Albret, que vous ne le reverrez plus, et à dater de ce moment, vous reprendrez votre liberté tout entière. Vous serez comme autrefois la reine de la province.

La comtesse sourit amèrement sans répondre.

— Je vous aime, Henriette, je vous aime follement depuis le jour où je vous ai vue pour la première fois. Ma vie est attachée à votre amour, à votre possession, il me faut donc céder à cette passion insensée, reconnaître mon servage, et vous offrir à genoux ce que les autres femmes payeraient de leurs plus tendres affections, la fortune et la grandeur.

Henriette le contempla un moment à ses pieds d'un air de triomphe, puis elle fit un geste de dédain, et recommençant à marcher, elle répliqua :

— Je n'en veux point !

M. de Lameth resta stupéfait au milieu de l'allée.

— Elle n'en veut pas ! elle me méprise ainsi ! reprit-il la tête basse et les mains croisées. Oh ! cela est infâme !

— Je vous ai dit, monsieur, que je ne vous aimais pas, que j'en aimais un autre ! Vous devez le savoir, pourquoi me tourmentez-vous ?

— Mon père a raison, vous n'avez pas de cœur.

— Je suis bien aise de cette circonstance qui nous rapproche, continua-t-elle en se laissant emporter par son caractère fougueux, sans calculer les suites. Je l'ai d'abord trouvée odieuse, mais la réflexion me la rend propice. Vous saurez quels sont mes desseins. Je vous déteste ; à tout prix je veux vous fuir, par tous les moyens possibles je l'essayerai. J'invoquerai l'appui de ma famille, celui des lois, celui du roi s'il le faut. Je révélerai tout haut notre triste histoire, la manière si lâche dont on m'a trompée, et j'obtiendrai justice, monsieur !

— Henriette ! Henriette ! murmura le comte en se cachant le visage.

— Oui, je me vengerai de vous, de votre père, de votre nom odieux ; je vous livrerai à la risée publique ; je vous montrerai ce que je suis, et si vous m'avez forcée à me perdre, je vous perdrai comme moi du moins. Maintenant laissez-moi dans ma prison, condamnez-moi aux privations les plus douloureuses, je me soumettrai à tout, pourvu que je ne vous voie plus ; on ne peut pas m'imposer ce supplice.

En achevant ces mots, elle retourna vers madame de Corcy.

— Oh ! vous l'avez voulu, Henriette, continua le comte, c'est moi qui me vengerai !

Madame de Corcy et son amie continuèrent leur route du côté d'Anizy. La comtesse, à peine remise de sa colère, en laissa éclater toute la violence.

— Mon Dieu! dit Louison tout bas à madame de Corcy, comment cela finira-t-il, madame?

— Je ne sais, reprit-elle, mais je suis très-effrayée, votre maîtresse est une lionne.

— Elle ne vous entend même pas, tant elle est préoccupée d'elle-même.

— Et quel regard le comte de Bussy a jeté sur elle!

— Oh! madame, madame, pourquoi madame la comtesse a-t-elle revu M. le marquis d'Albret!

Elles approchaient en ce moment de la fontaine, placée sous les grands arbres, à peu de distance du château. Elles s'assirent sur l'herbe, la comtesse garda le silence et paraissait réfléchir profondément. Le galop d'un cheval et les grelots de son collier la tirèrent de sa rêverie. Un postillon de la poste traversait l'avenue.

— Qu'est ceci? demanda-t-elle à Lambert.

— Un message de Chavignon, pour M. le comte, sans doute, madame.

— Allez vous en informer.

— Que madame la comtesse me pardonne... mais mes ordres sont de ne pas la perdre de vue.

— Ah! c'est juste! répliqua-t-elle en souriant amèrement.

Cependant le postillon continuait sa course vers le château. Il descendit de cheval et prit un air bêtement mystérieux, qui devait attirer l'attention. La première personne qu'il rencontra ce fut Joguet.

— N'avez-vous pas ici un nommé Lambert, laquais au service de madame la comtesse de Lameth?

— Que lui voulez-vous ?

— Voici une lettre dont j'attends la réponse.

— Et qui vous l'a donnée ?

— Un seigneur descendu à l'auberge de la Croix Blanche, avec son homme de chambre.

— C'est bien, je vais la remettre à Lambert, donnez-la-moi.

— Non, on m'a bien recommandé de ne la confier qu'à lui.

— Eh bien ! c'est moi qui suis Lambert, interrompit Pichard, qui s'avançait vers eux.

— C'est différent, alors la voilà.

Pichard prit le paquet et se dirigea vers le cabinet de son maître. Il le trouva appuyé sur la cheminée, dans l'attitude d'une profonde douleur. Il lui raconta ce qui venait de se passer, et lui présenta le billet adressé à Lambert.

— C'est du marquis d'Albret, sans aucun doute, dit brusquement le comte en faisant sauter la première enveloppe ; va chercher mon fils, il faut qu'il se décide enfin à punir, car voici des preuves.

La lettre portait pour seconde suscription :

« — A madame la comtesse de Lameth. C. A. A. »

Ces trois lettres signifiaient : Charles Amanieux d'Albret.

— Elle ne pourra plus nier, l'orgueilleuse, reprit le vieillard, et ceci justifie toutes les vengeances.

M. de Lameth entra en cet instant. Son visage pâle

se colora légèrement, lorsque son père lui montra le papier qu'il tenait entre ses mains.

— C'est une lettre pour la comtesse, monsieur, dit-il, il faut la lui envoyer.

— Vous n'avez donc pas regardé l'écriture, mon fils ?

— C'est de lui ! s'écria le jeune homme. Oh ! j'ai le droit de la lire, j'ai le droit de punir l'adultère sous le toit de mes ancêtres.

A mesure qu'il lisait, ses traits s'altéraient davantage ; lorsqu'il eut fini, il sembla se recueillir, comme pour prendre des forces.

— Monsieur, reprit-il en parlant lentement, comme s'il prononçait une formule de mort, cette lettre est du marquis d'Albret. Il demande à *sa maîtresse* de le recevoir cette nuit à une heure par le moyen qu'elle lui a indiqué. Il remercie sa belle amie de sa tendresse et lui jure une fidélité éternelle. Vous comprenez que je ne puis pas souffrir cela, il y a un terme à toutes les patiences. Agissez comme bon vous semblera, je vous laisse libre et j'approuve tout aveuglément. M. l'évêque de Noyon reste à Laon jusqu'à demain, j'irai passer ce temps avec lui, je ne suis donc responsable de rien aux yeux de la comtesse. Qu'on fasse atteler mon carrosse de cérémonie à six chevaux. Je veux que chacun me remarque. Adieu, mon père, le ciel vous garde d'être trompé.

Une heure après, Lambert porta à madame de Lameth, rentrée dans son appartement, la lettre de M. le

marquis d'Albret. Elle la lut avec des transports de
joie infinis; ce fut après l'avoir dévorée vingt fois
qu'elle s'aperçut que l'adresse manquait. Elle interrogea Lambert, qui répondit du ton le plus simple
que l'enveloppe portait son propre nom et que M. le
marquis en avait probablement agi ainsi par prudence.

— Tu as raison. Attend-on la réponse?

— Oui, madame la comtesse.

— Eh bien ! par prudence aussi je n'écrirai pas, dis
que je consens à tout.

Lambert sortit.

— Savez-vous ce qu'il y a là dedans, chère amie?
D'Albret vient cette nuit. Cette nuit je serai libre, je
m'enfuirai avec lui jusqu'à Sissone, et de là je dicte-
rai mes lois. Comprenez-vous quelle joie !

— Je crains qu'il n'y ait un grand danger à cette
entrevue.

— Un danger! lequel? à une heure tout dort à Pinon, il entrera par la fenêtre, le fossé est peu large,
il l'aura bientôt franchi, c'est un fort nageur, et personne n'entendra rien.

— Comment vous enfuirez-vous, chère comtesse?
On ne nage pas avec des jupons.

— Il trouvera un moyen. L'essentiel c'est qu'il
vienne.

— Louison, êtes-vous de cet avis?

— Je ne sais pourquoi, madame, j'ai bien peur.

— Peur! quelle folie! Ne songe point à cela. Vite à
ma toilette, il faut me faire belle, il faut que je sois ce

soir la belle Picarde dans toute sa gloire. Je veux qu'il
me retrouve telle qu'il m'a quittée. Puis-je m'occuper
d'autre chose, lorsqu'il va venir, lorsqu'il sera à mes
pieds dans quelques heures, mon beau, mon royal
amant! car, vous le savez, il est cousin du roi.

En achevant ces mots, elle se mit à sa toilette, et
dénouant ses magnifiques cheveux, elle les laissa ruis-
seler sur ses épaules. Ils la couvrirent comme un manteau de reine.

— Vous devriez rester ainsi, madame, dit Louison,
vous ne serez jamais plus belle.

Henriette sourit à son image et répondit :

— Non, il croirait que je me néglige, et ce serait
lui donner de l'orgueil.

— Qu'est ceci ? s'écria madame de Corcy en courant à la fenêtre.

— M. le comte de Lameth en carosse à quatre chevaux, prenant la route de Laon, répliqua Louison
Beaupré.

— Que Dieu le conduise! reprit vivement la comtesse, au moins celui-là ne me gênera pas ce soir.

XIII

LE PORTRAIT.

A l'heure du dîner, on vint prévenir la comtesse que
son beau-père demandait l'honneur de sa compagnie
et de celle de madame de Corcy.

— Acceptez, dit vivement cette dernière, vous le blesseriez en refusant devant moi.

— Nous allons descendre, continua madame de La-meth ; nous ne laisserons pas M. de Bussy dîner tout seul.

Elle ajouta quelque nœuds à sa coiffure, qui n'était pas encore achevée, mit à son cou un collier de perles, moins blanches et moins belles que lui, et se dirigea vers la salle à manger. Joguet lui en ouvrit la porte en grande cérémonie, elle lui jeta un regard hautain, devant lequel le vieux serviteur ne baissa pas les yeux.

— Toujours insolent ! dit-elle en passant près de lui.

Il s'inclina jusqu'à terre, mais si la comtesse eût pu le voir lorsqu'il releva la tête, l'expression de ses traits l'eût fait frissonner.

Le comte de Bussy-Lameth salua d'un air grave les deux dames qu'il attendait, faisant signe à sa belle-fille de s'asseoir en face de lui ; il plaça madame de Corcy à sa droite.

— Nous aurons M. Cœur de Roy, madame, dit-il, ce qui m'est singulièrement désagréable, mon fils ayant été obligé de se rendre à Laon. Mais, comme c'est de-main la Fête-Dieu, M. le lieutenant de roi est obligé d'être à Coucy, et ne peut nous donner que cette soi-rée ; enfin, mon fils rentrera peut-être de bonne heure.

— Pensez-vous donc qu'il revienne ce soir, mon-sieur ? interrompit la comtesse.

— Je n'en fais aucun doute, madame, que votre tendresse ne s'alarme pas.

Il y eut un moment de silence.

— Nous restez-vous quelques jours, madame? demanda le comte à madame de Corcy.

— Je ne le puis pas, monsieur, mon oncle a besoin de moi, il donne après-demain un grand dîner, et je dois faire les honneurs de sa table.

— N'avez-vous pas M. le président Dubois de Gourval, actuellement à son château d'Haïval, ou à celui de Moyenbrie?

— Il me semble que mon oncle m'en a parlé.

— Voudriez-vous, alors, madame le prier de me donner audience? J'ai un procès au parlement, et je désirerais avoir son avis.

— Mon Dieu! monsieur, répliqua Henriette, vous avez autant de procès que Chicaneau lui-même.

— C'est que je suis de méchante humeur, n'est-il pas vrai, madame, difficile à vivre, sans formes, sans politesse. Il est vrai que j'ai peu de grandes manières. Depuis Bussy d'Amboise, nous ne gardons plus de muguets dans notre famille.

— Pourquoi toujours parler de ce Bussy d'Amboise, monsieur? Ce n'est point un souvenir à rappeler.

— Voici son portrait, madame, continua le comte, comme s'il n'eût point entendu madame de Lameth; c'était un fier homme pour finir ainsi. Mais pourquoi fût-il un larron d'honneur?

— On devrait ôter ce portrait de votre galerie, mon-

sieur ; un homme assez fou pour se faire tuer de cette
façon, n'est pas digne de ces vénérables figures dont
il est entouré. Fi donc ! être l'amant d'une femme, se
dévouer pour elle, un Bussy !

— Ne raillez pas le nom que vous portez, ni les ancêtres de votre mari, madame ; cela n'est pas bien, et
vous en seriez punie.

La comtesse avala un grand verre d'eau et donna le
signal pour quitter la table.

— Recevrez-vous M. Cœur de Roy, s'il demande à
vous voir, madame ? reprit le comte.

— Sans doute, monsieur, je ne suis pas gâtée par
les visites.

— Et où faudra-t-il l'introduire ?

— Dans le salon. Mon appartement est encombré
de mes tapisseries.

Ils se séparèrent après cette conversation.

— Que pensez-vous de M. de Bussy, madame ? dit
la comtesse.

— Je l'ai trouvé bien doux, il médite quelque perfidie.

— Ses yeux lançaient des flammes à travers ses
sourcils grisonnants. Quel terrible vieillard ! Quelle
énergie ! Il a les passions aussi bouillantes qu'à vingt
ans. Quelle différence avec son fils !

— Persistez-vous dans votre dessein, madame ?

— Oui.

— Et si l'on a des soupçons ?

— Comment cela serait-il possible ? Nous seules
avons lu cette lettre.

— Et si votre mari revient pendant que le marquis pénétrera chez vous, s'il l'aperçoit?

— On l'entendra venir de loin, d'Albret se cachera.

— Vous avez réponse à tout.

— C'est que je suis heureuse!

— Madame, dit tout à coup Louison, M. le marquis aura bien de la peine à retrouver son chemin cette nuit. Si on envoyait Lambert à Chavignon, il le conduirait ici bien plus sûrement que personne.

— Ceci est juste, Louison, tu es une fille sage, répondit Henriette en folâtrant par la chambre. Va donc trouver Lambert, qu'il prenne un de mes chevaux. Recommande-lui surtout d'être prudent, qu'il ne nomme jamais le marquis aux gens de l'auberge, ou tout serait perdu.

— J'y cours, madame.

— Je ne sais pourquoi, continua la belle Picarde, j'ai le cœur joyeux aujourd'hui, ou plutôt je le sais bien : il va venir, après une si longue absence!

— Vous l'aimez donc beaucoup?

— Passionnément.

— Et s'il n'était pas le marquis d'Albret, l'aimeriez-vous encore?

— Je n'ai point songé à cela; dans tous les cas il serait gentilhomme.

— Et s'il ne l'était pas?

— Allons donc! chère Corcy, est-ce qu'une femme qui se respecte le regarderait alors?

Pauvre marquis, il l'eût aimée partout lui!

Pendant que la comtesse causait avec son amie, M. d'Albret, arrivé depuis le matin à l'auberge de Chavignon, attendait avec impatience la réponse à sa lettre. Il s'était jeté sur un lit ; son valet de chambre, Rémond, buvant avec l'hôte et ses voisins, parlait beaucoup de la qualité de son maître, tout en taisant son nom, et excitait au plus haut degré l'admiration des paysans par le récit des fêtes de la cour, auxquelles il avait assisté. Vers les deux heures, l'arrivée de Lambert, portant les ordres d'Henriette, le força d'interrompre ses brillantes narrations. Les deux laquais eurent ensemble une longue et secrète conférence, dont le résultat fut l'introduction de Lambert auprès du marquis.

— Madame la comtesse m'envoie vers M. le marquis pour le prier de ne pas venir avant minuit. M. le comte de Lameth est à Soissons, ce serait une folie que d'essayer d'approcher avant sa rentrée. Les domestiques veilleront, en l'attendant, sous la voûte. M. le marquis trouvera ici un postillon qui lui servira de guide jusqu'à Anizy. Je serai là et j'aurai l'honneur d'escorter monsieur jusqu'aux environs du fossé. La planche est toute prête au bord de l'eau, je réponds de tout.

— Tu diras à la divine comtesse que je suis le plus heureux des hommes, que je suis tout dévoué à son service, et que je ferai ce qu'elle ordonnera. La nuit est belle et ce sera un double plaisir que de faire un temps de galop dans ce charmant pays. Voilà pour ta peine, ajouta-t-il en lui tendant une bourse, reste fidèle et discret, tu seras mieux récompensé encore.

Lambert s'inclina, prit l'argent et sortit ; quelques minutes après il était à cheval. A peine sorti de Chavignon, il rencontra sur la route le comte de Bussy-Lameth qui semblait l'attendre. Au lieu de fuir, comme la nature de son message lui en faisait un devoir, il s'avança vers lui.

— Eh bien ? dit le comte.

— Eh bien ! M. le comte, je l'ai vu.

— Est-ce lui, en es-tu sûr ?

— Parfaitement certain.

— As-tu parlé à son valet de chambre ?

— J'ai rempli ma mission, suivant vos ordres.

— Et il viendra ?

— Vers minuit et demi, j'irai le chercher à Anizy. Les chevaux attendront près du grand saule, à l'entrée du parc.

— C'est bien, va rendre compte de tout cela à la comtesse.

Lambert remit son cheval au galop et se perdit bientôt dans un tourbillon de poussière. Au moment où il descendait dans la cour des écuries, la carriole de M. Cœur de Roy, lieutenant général de Coucy pour le roi et monseigneur le duc d'Orléans, entrait dans l'avenue. Le magistrat était accompagné de Deschamps, son sergent de ville qui lui servait de valet de chambre, et qui le quittait rarement. Il fut conduit dans le salon, et l'on alla prévenir madame de Lameth, ainsi qu'elle en avait donné l'ordre. Elle ne tarda pas à paraître, accompagnée de madame de Corcy, et suivie de Louison Beaupré. La comtesse accueillit M. Cœur de Roy par un de ses plus aimables sourires. Elle avait résolu, ce jour-là, d'être charmante pour tout le monde.

— M. de Lameth est absent, monsieur, mais il viendra ce soir, et d'ici là vous voudrez bien vous contenter de notre compagnie et de celle de M. le comte de Bussy. Ce château de Pinon n'est pas très-gai, mais nous tâcherons pourtant de vous en rendre le séjour suppportable.

M. Cœur de Roy mettait les révérences l'une sur l'autre sans répondre. La belle Picarde, si fière à l'égard de tous, se donnait la peine de faire des frais pour lui. C'était un honneur sans exemple dans le pays !

— Nous allons donc nous établir dans ce cabinet, si vous vous sentez le courage d'assister à nos travaux, monsieur, notre tapisserie nous laisse toute la liberté d'esprit désirable.

Elle soutint de la sorte la conversation sur un ton enjoué jusqu'à l'arrivée de son beau-père. Un spectateur, ignorant de ce qui se passait en elle, n'aurait jamais pu croire que cette femme fût sous le poids d'une préoccupation aussi grave. Elle se jouait avec ses craintes, plaisantait d'elle-même et parlait de sa santé de façon à laisser croire au bailli qu'elle était réellement malade, et que sa retraite venait de là. Le comte, qui l'observait, ne pouvait comprendre cette prodigieuse dissimulation; elle acheva de lui ôter toute pitié et de l'affermir dans ses projets de vengeance.

— C'est demain la fête de Coucy, monsieur, j'irai m'y promener avec madame, je veux voir la joie de vos Picards. En vérité, ce sont de singulières gens pour s'amuser à danser sur l'herbe, à boire du mauvais vin et à se battre ensuite! Vous viendra-t-il du beau monde des environs, trouverai-je à qui parler?

— Dans ma jeunesse, reprit le comte, la fête de Coucy réunissait toute la noblesse du pays.

— Il y a longtemps de cela, monsieur, je crains que la mode en soit passée avec celle des hauts-de-chausses étroits et les rubans d'épaulettes, interrompit Henriette d'un air de dédain.

— Je ne suis, morbleu! pas si vieux que vous paraissez le croire, madame, et je vous le prouverai, murmura M. de Bussy entre ses dents.

— Je suis charmée de l'apprendre, répliqua-t-elle en enfilant son aiguille, nous aurons le bonheur de vous conserver plus longtemps.

Madame de Corcy interrompit la conversation par une question très-opposée au terrain glissant sur lequel on s'était engagé. Cœur de Roy l'aida de tout son pouvoir et sans s'en douter.

— Voici la nuit, dit-il, M. le comte de Lameth tarde bien à venir. Il couchera peut-être à Laon.

— Sans m'en avoir prévenue, dit la comtesse d'un air précieux, cela est impossible.

— Vous avez ce soir une coiffure triomphante, madame la comtesse, et un tour de Venise admirable, ajouta le vieux bailli en faisant le galantin.

— N'est-il pas vrai, monsieur ? C'est que j'attendais votre visite, et je m'habille si rarement depuis ma maladie, que j'en ai perdu l'habitude ; c'est devenu un plaisir.

— Voici la cloche du souper, poursuivit madame de Corcy, on n'attend donc pas M. le comte ?

— Mon fils désire que son absence ne change rien aux habitudes de sa maison, madame, nous nous mettrons à table sans lui.

— Je vous y suivrai seulement pour l'honneur de votre compagnie, messieurs, reprit la comtesse, car je ne prendrai absolument qu'un bouillon.

— On ne vous dirait pas malade, madame, vous êtes belle à miracle.

— Hélas ! monsieur, cependant je n'en fais plus !

Joguet vint avertir qu'on était servi, madame de Lameth offrit sa main à Cœur de Roy, on passa dans la salle à manger.

— La nuit est belle, dit Henriette, qui regardait souvent par une fenêtre ouverte sur le parc. Quel plaisir de se promener par ce clair de lune sous les grands arbres, au bord de l'eau !

— Oui, interrompit le comte, auprès des saules de la Delette, madame. Je suis de votre avis.

La comtesse le regarda interdite, il ne sembla pas s'en apercevoir.

— Je préfère les marronniers du quinconce, monsieur, répondit-elle sèchement, et le beau miroir de l'avenue.

Madame de Corcy, inquiète et troublée, les examinait l'un après l'autre, et sentait l'orage qui grondait sourdement.

— Madame, continua-t-elle, vous avez mal à la tête, voulez-vous monter dans votre galerie, et laisser ces messieurs à leurs affaires jusqu'à l'arrivée de M. le comte ?

— Vous avez raison, chère Corcy, je me sens fatiguée, rentrons chez moi ; avant de me coucher j'irai voir si M. Cœur de Roy ne manque de rien dans son appartement.

Et faisant un gracieux signe de la main, elle quitta la chambre.

En bas de l'escalier elle trouva Louison, qui lui communiqua ses craintes. Joguet avait annoncé l'intention de veiller sous la voûte avec cinq ou six domestiques jusqu'à l'arrivée de M. le comte.

— Ils ont été chercher du vin blanc au cabaret du village, et ils vont boire et jouer pour se tenir éveillés, madame, comment faire, mon Dieu? Je tremble !

— M. de Lameth reviendra avant l'heure du rendez-vous, Louison, et ils seront couchés depuis longtemps lorsque M. d'Albret approchera du château. Madame de Corcy est tout aussi effrayée que toi, moi seule j'ai de la hardiesse, et je suis sûre que tout ira bien.

En entrant sous la galerie qui communiquait aux

pièces du rez-de-chaussée, madame de Lameth se jeta dans un fauteuil.

— Enfin, s'écria-t-elle, je suis libre, je puis laisser déborder les torrents de joie qui enivrent mon cœur ! J'ai vu mon bourreau pour la dernière fois, je vais secouer ma chaîne, je vais reprendre la place qu'ils m'ont ravie, on parlera encore de la belle Picarde !

— Madame, madame, la chouette crie sur ce grand arbre, murmura Louison.

— Quand toutes les chouettes de la Picardie crieraient à la fois, cela n'empêchera pas le marquis de venir et de me soustraire à l'esclavage. Nous irons jusqu'au roi s'il le faut, le roi qui m'avait remarquée, que j'aurais pu subjuguer si je l'avais voulu, et pourtant je n'étais encore qu'une petite fille. Je n'ai rien perdu de mes charmes, ajouta-t-elle en se regardant dans le miroir, et j'ai acquis une tenue, une bonne grâce qui me manquaient alors. Le roi m'écoutera. Quelle heure est-il, madame de Corcy ?

— L'horloge de la tour a sonné dix heures, madame.

— Mon peau-père et votre bailli tardent bien à se séparer.

— Ils attendent M. de Lameth.

— C'est vrai ! Ah ! le maudit voyage ! Pourquoi l'at-il entrepris aujourd'hui ? Sans cela tout le monde serait retiré à présent !

Elle s'appuya sur la fenêtre et resta en silence. Les bruits de la maison mouraient peu à peu, on entendait

encore, de temps en temps, les pas des domestiques qui
regagnaient leurs chambres, les portes se fermaient
les unes après les autres, mais dans le côté du château
habité par Henriette, le plus grand silence régna bientôt. Une faible lueur de la lampe, posée sur une table,
éclairait à peine la galerie ; madame de Corcy, assise
auprès de la comtesse, réfléchissait les yeux baissés ;
Louison se tenait debout à l'extrémité opposée ; aucune
d'elles ne parlait en ce moment solennel, et un recueillement intime les animait seul.

Onze heures sonnèrent.

— M. Cœur de Roy doit être retiré, Louison, va t'en
informer, ma mie ; au moins nous serons certaines
que M. de Bussy est rentré dans sa tour.

Louison sortit, et revint un instant après, annonçant
que le vieillard était couché parce qu'il était obligé de
partir à trois heures du matin.

— Vous verrez, Corcy, que les domestiques attendront jusque-là ! Le bailli a fait une course inutile, et
votre arbitrage n'aura point lieu, grâce à l'incivilité de
monsieur mon mari, qui donne des rendez-vous et ne
s'y trouve pas.

Elle se promena par la chambre d'un air agité, et
s'éventant avec son mouchoir de poche. Nul mouvement ne retentissait plus autour d'elle, le moment approchait où elle pourrait distinguer les fers du cheval
de M. d'Albret, accourant vers elle, ou le roulement
du carrosse de son mari, revenant de Laon. Peut-être
ous les deux à la fois... Il y avait de quoi frémir !

— A la grâce de Dieu ! s'écria-t-elle, répondant à sa pensée. Je n'en irai pas moins jusqu'au bout : Le temps passe et il pèse ; je souffre, Louison, tes présages et tes inquiétudes me gagnent ! Je voudrais presque qu'il ne vînt pas !

Inconséquence funeste des passions ; c'est ainsi que nous sommes : nous voulons et nous redoutons à la fois la même chose. Ce qui nous rend heureux brise quelquefois notre avenir ; nous pleurons souvent nos joies et nous regrettons nos larmes.

— Il va être minuit, madame, il ne faut pas compter ce soir sur M. le comte.

Les douze coups de minuit vibrèrent sous la tourelle.

— J'entends marcher devant les fenêtres, dit Henriette, qui cela peut-il être ?

— C'est Lambert qui se met en route pour Anizy. Ils doivent s'y rencontrer à minuit et demi.

— Puissent-ils arriver sans malheur !

A mesure que l'heure avançait, l'inquiétude des trois jeunes femmes devenait plus forte. La comtesse ne cachait plus la sienne, et, comme les esprits ardents, elle ne connut bientôt plus de frein. Toutes ses facultés se concentraient dans celles d'écouter. L'oreille et le regard tendus vers l'allée qui conduisait à Anizy, elle dévorait l'espace et les minutes ; elle vécut plus dans cette demi-heure que dans tout le reste de son existence.

Cependant, le marquis avait quitté l'auberge de la

Croix blanche, à Chavignon, et monté sur un cheval
de poste, escorté d'un postillon en livrée, se dirigeait
vers le saule d'Anizy, avec toute l'impatience de l'a-
mour. Il trouva Lambert à moitié chemin et l'interrogea sur les dispositions de la comtesse, sur l'absence
du comte, sur la probabilité de pouvoir enfin délivrer
la belle recluse. Lambert était triste et ne répondait
que par monosyllabes, M. d'Albret ne s'en apercevait
pas.

— J'ai vu passer son mari à Chavignon, en carrosse
à six chevaux, il allait à Laon : ainsi nous ne serons
pas dérangés, il n'y a rien à craindre.

— M. le comte peut revenir cette nuit, M. le marquis, c'est une circonstance malheureuse que cette
absence.

— Oh ! non, Dieu nous protége ; notre cause est
trop belle. Nous avons été si indignement trompés !

— M. le marquis gardera le postillon et les chevaux ?

— Sans doute ; comme nous en sommes convenus
ils resteront sous le saule. Je reviendrai à trois heures
du matin, plus tôt peut-être, si j'emmène la comtesse.
Rémond a des ordres, et nous nous procurerons, dans
ce cas, un moyen de transport pour arriver jusqu'à
Sissone.

Ils arrivaient alors à la route d'Anizy ; déjà le saule
découpait sa silhouette sur un ciel brillant du mois
d'août. Ils s'en approchèrent, le marquis descendit de
cheval et jeta la bride au postillon, puis il courut avec

Lambert dans la direction du château. A peine eut-il fait quelques pas, qu'il retourna en arrière, et reprit ses pistolets à l'arçon de sa selle.

— Que craint donc M. le marquis ? dit Lambert.

— Je n'aime pas à m'engager sans armes dans une aventure, et celle-ci offre bien des chances de danger. Il vaut donc mieux prendre ses précautions.

Ils sortirent du bois et suivirent une allée conduisant directement aux fossés, en face de la tournelle qui devait donner accès dans l'appartement de la comtesse. Ils marchaient en silence, en étouffant leurs pas ; cependant, Henriette les entendit de sa croisée ; elle mit la main sur son cœur et dit à madame de Corcy, d'une voix si émue qu'on la distinguait à peine :

— Le voilà !

Ce mot résume tout le bonheur, toute l'espérance d'une femme qui aime. Il y a dans l'attente une sorte de fièvre qui brûle le sang ; le calme revient avec l'objet de cette attente, on se repose dans cette pensée : le voilà ! C'est le ciel, c'est l'existence, c'est tout !

Lorsqu'ils ne furent plus qu'à quelques toises du château, Lambert siffla doucement ; il était convenu de ce signal avec sa maîtresse. Il n'en était pas besoin, elle était prévenue.

— Prenez garde, M. le marquis, dit le valet avec émotion, les gens de M. de Lameth ne sont pas couchés ; s'ils nous découvrent, ils nous courront sus et nous prendront pour des voleurs.

M. d'Albret redoubla de précaution, mais lorsqu'ils

tournaient l'angle de la muraille, il se trouvèrent en face d'une grande lumière, les domestiques ayant laissé le pont baissé et la porte ouverte, afin de se procurer un courant d'air. Il fallait néanmoins passer en cet endroit périlleux, ou faire le tour de l'édifice, en longeant les communs, ce qui eût été moins sûr encore, peut-être, car on veillait toute la nuit dans les écuries.

— Que résoudre? dit le marquis à voix basse, nous ne traverserons pas devant eux sans qu'ils nous aperçoivent.

— La porte est ouverte, ils sont bien occupés à leur jeu, je vais m'approcher d'eux, réglez vos pas sur les miens, et tâchez d'arriver jusqu'au passage sombre qui longe la voûte ; de là, vous serez dans la cour ; vous connaissez le chemin de l'appartement de madame, vous y parviendrez sans vous mouiller les pieds et sans courir le risque de tomber dans l'eau vaseuse des fossés. Qu'en pense M. le marquis ?

— Ton plan ne me paraît pas mauvais, il est hardi et c'est ce qui m'en plaît davantage. Je vais suivre les arbres dans l'ombre, en mesurant mes mouvements sur les tiens ; j'évite le danger le plus pressant ; une fois sous la voûte, le reste me regarde.

Lambert se dirigea alors tout droit, et sans aucune contrainte, vers ses camarades. Ils le reconnurent et l'appelèrent. Après quelques mots échangés, tous se levèrent. Joguet et Lafrance se dirigèrent vers les quinconces, du côté de la comtesse, Desmonté resta sous la voûte, Lambert reprit, avec Pichard, le chemin d'Anizy. Les lumières s'éteignirent et ils semblèrent tous disposés à ne pas attendre davantage.

Le marquis avançait toujours. Dès qu'il toucha le passage de la voûte, il mit l'épée à la main avant de marcher dans cette obscurité. A peine avait-il fait trois pas, qu'on lui cria :

— Qui vive ?

Il se tut.

— Qui vive ? répéta-t-on.

Il se blotit contre le mur et retint sa respiration. Néanmoins, une main saisit son bras, et une voix demanda :

— Qui êtes-vous?

— Qui êtes-vous vous-même ? reprit-il alors.

— Au voleur! s'écria la même voix.

Une lutte s'engagea dans l'obscurité, le marquis y perdit son épée. Se voyant découvert et ne voulant pas tirer ses pistolets, afin d'éviter un éclat, il se mit à courir dans la direction de l'avenue, du côté de la petite fontaine, espérant se soustraire aux recherches et n'être point reconnu. Les cris : Au voleur ! continuaient, il fuyait toujours, sans se retourner ; à quelque distance de la fontaine, une arme à feu retentit et Joguet s'écria :

— J'en vois un de ces bohémiens, il ne m'échappera pas.

Le marquis comprit alors qu'il aurait à défendre, non pas la réputation d'Henriette, mais sa propre vie.

En un clin d'œil, six hommes se trouvèrent autour de lui ; on tira un coup d'arquebuse qui ne l'atteignit pas encore, il riposta d'un de ses pistolets. Joguet, qui précédait les autres, le coucha en joue ; M. d'Albret s'en aperçut à la lueur d'une torche que le cuisinier apportait en toute hâte, il tourna son arme vers lui, les deux détonations partirent à la fois , les deux hommes tombèrent ; ils étaient blessés mortellement tous les deux.

A l'aspect de leur chef étendu sans vie, les laquais furent saisis d'une alarme violente, un d'eux se pendit à la cloche du château et sonna le tocsin. Tous crièrent à l'assassin ! au voleur ! et parcoururent le parc en redoublant leurs clameurs.

Henriette et ses compagnes, après avoir attendu le marquis et Lambert, restèrent assez tranquillement quelques minutes ; lorsqu'elles virent que rien ne paraissait, leur anxiété devint de plus en plus vive. Le coup de fusil de Joguet les fit tomber sur leurs siéges.

— Il est mort ! s'écria la comtesse, je suis perdue !

Louison se précipita vers la croisée.

— Madame, dit-elle, en mots entrecoupés, ils sont tous en mouvement.

— Va voir, Louison, va vite !

Louison sortit.

Ni madame de Corsy, ni Henriette ne songèrent à se parler, elles écoutaient.

Louison revint au bout de quelques minutes le visage bouleversé, la pâleur de la mort sur le front.

12

— Madame, ma maîtresse, enfermez-vous, ils vous tueront comme lui, murmura-t-elle.

— Ils l'ont tué, Louison, ils l'ont tué.

— J'ai vu son pauvre corps sans vie, madame, cela fait pitié.

La comtesse ne versa pas une larme, ses yeux étaient baissés vers la terre, elle semblait une belle statue. Tout à coup, ses sourcils se froncèrent, ses regards lancèrent des flammes, elle se leva et courut à la porte.

— Tu l'as vu, Louison ? dit-elle. Eh bien ! je veux le voir aussi, moi !

— Au nom du ciel, madame, renoncez à ce projet ! Vous n'aurez pas la force de l'accomplir.

— Vous ne me connaissez pas, madame de Corcy, je veux le voir et je le verrai. Croyez-vous donc que j'abandonnerai à mes ennemis les preuves dont ils peuvent se servir contre moi ? il est déjà trop tard peut-être pour les leur enlever. J'ai été encore une fois trahie par cette race de Lameth, ils ont abusé de ma correspondance ; c'est résolu, je ne leur laisserai plus cette ressource, et ils me payeront cher l'assassinat qu'ils viennent de commettre.

Elle avait repris, à peu de chose près, son aspect ordinaire ; seulement, elle ne s'aperçut pas qu'en attendant son amant elle avait ôté ses souliers, pour faire moins de bruit en allant à sa rencontre, et elle descendit *nu-pieds*.

Sous la voûte elle trouva M. Cœur de Roi, éveillé

par le tapage, et qui cherchait à en apprendre la cause. Madame de Corcy heurta quelque chose et se baissa pour voir ce que c'était. Elle saisit l'épée de M. d'Albret.

— Son épée, murmura Henriette en défaillant.

— Montrez-moi cette arme, madame, reprit le bailli, elle appartient certainement à un gentilhomme.

— Au plus noble et au plus beau qu'il y eût en France, monsieur, n'en doutez pas.

— Taisez-vous, comtesse, pour l'amour de Dieu, lui dit à l'oreille madame de Corcy.

— Mais enfin, qu'est-ce que c'est? continua le vieillard, aucun de vos gens ne pourra-t-il nous l'expliquer?

— Interrogez-les, monsieur, quant à moi je n'en ai pas la force.

— Ce sont des bohémiens que nous avons aperçus dans le parc tout à l'heure, lorsqu'après avoir cessé de jouer, nous allions prendre l'air un instant avant de nous coucher, répliqua Pichard, l'écuyer de la comtesse; un d'eux a tué Joguet au moment où celui-ci lui donnait la chasse, ils sont tombés ensemble.

— Joguet est mort? Dieu est juste! reprit-elle. Après?

— Leurs corps sont près de la fontaine, gardés par nous et par les paysans du village, accourus en foule, en entendant la cloche. Celui que nous ne reconnaissons pas est richement vêtu et a l'air d'un seigneur, de sorte que nous craignons d'avoir fait une méprise.

— Conduisez-moi vers lui.

— Mais... madame.

— Conduisez-moi, vous dis-je, je veux le voir.

On apporte quelques torches; la comtesse, suivie de Cœur de Roy, qui l'exhortait à rentrer chez elle, de madame de Corcy et de Louison, s'approcha de la fontaine. Le corps de M. d'Albret était recouvert d'un manteau, et son visage d'une cravate garnie de point. La physionomie de madame de Lameth n'offrit aucune émotion lorsqu'elle aperçut le cadavre.

— Découvrez-le, dit-elle à Pichard.

Il obéit.

— Découvrez son visage.

Il obéit encore.

Elle resta quelques minutes debout à le contempler, puis elle se baissa et se mit à genoux près de lui.

— Ouvrez cette chemise.

Pichard ouvrit la chemise.

— Oui, continua-t-elle, comme se parlant à elle-même, voilà la plaie! Dieu! qu'elle est large!

Elle prit ses cheveux enfermés dans une bourse et les mania.

— Voilà, ajouta-t-elle, un homme qui a une belle tête et bien couverte (1).

Elle releva la manche de sa chemise et lui toucha le bras, semblant chercher s'il n'avait pas un bracelet.

(1) Toutes les paroles, toutes les actions de madame de Lameth, depuis l'assassinat, dans toute cette scène, sont extraites des pièces du procès. Je n'aurais pas *osé* les inventer!

— Où sont ses poches? demanda-t-elle.

On lui remit son justeaucorps et sa veste. Elle ouvrit les poches et en tira d'abord :

Un étui à cure-dents ;

Un peigne d'écaille ;

Un étui à ciseaux ;

Une petite brosse ;

Un portrait dans une boîte d'or émaillé.

On voit que le mobilier de poche d'un petit-maître du temps de Louis XIV était à peu près le même que de nos jours.

Le portrait était celui de madame de Lameth ; elle le plaça dans son corset, puis elle continua ses recherches : il y avait dans sa veste plusieurs lettres décachetées. Elle les ouvrit et les lut, en choisit deux ou trois, et remit les autres où elle les avait prises.

Cet inventaire fut fait devant tous ses gens, devant quinze habitants du village, que la cloche et les cris : Au voleur ! avaient attirés au château. Madame de Corcy et Louison Beaupré, debout à côté de la comtesse, ne comprenaient rien à ce sangfroid, à cette indifférence. Elles étaient muettes de stupeur et d'étonnement.

— Louison, reprit Henriette, coupe cette mèche de cheveux et donne-la-moi.

Louison se baissa et coupa les cheveux avec une répugnance visible, puis elle les remit à sa maîtresse.

— Maintenant, continua celle-ci, apporte ce flambeau.

Lorsque la lumière fut à sa portée, elle prit les lettres qu'elle avait choisies et y mit le feu; puis elle les regarda brûler; un fragment de papier s'envola à quelques pas, elle le reprit et le brûla comme les autres, jusqu'à ce qu'il n'en restât plus que des cendres. Ce fut le seul moment où elle montra une émotion quelconque. Une larme tomba de ses yeux et sillonna ses joues; elle ne l'essuya point et ne sembla pas s'apercevoir qu'elle avait pleuré.

Cœur de Roy lui tendit la main pour se relever; elle s'appuya sur lui, le regard toujours fixé sur le cadavre. Que se passait-il dans l'âme de cette femme égoïste dans ce fatal moment? nul ne le sut jamais. Y eut-il des regrets, des remords, des craintes? Elle ne prononça pas une parole qui pût le faire croire. Elle parut occupée seulement d'elle-même et de ce qui résulterait pour son avenir de cette affreuse catastrophe. Avant de se retirer, elle se retourna vers le corps de Joguet, également caché sous un manteau, et commanda qu'on le découvrît. Lorsqu'elle put considérer son visage, elle resta quelques minutes debout, puis elle le repoussa du pied en disant :

— Dieu! que c'est laid un homme mort!

Madame de Lameth s'arrêta encore un instant auprès du malheureux qui venait de mourir pour elle, jeta un dernier regard sur ses traits décolorés et beaux encore, puis elle marcha vers le château, accompagnée de Cœur de Roy, de madame de Corcy et de Louison. Arrivée sous la voûte, elle aperçut l'épée qu'on avait oubliée au pied de la tour.

— Ramasse cette arme, Louison, dit-elle, et emporte-la dans mon appartement. M. le bailli, poursuivit-elle en serrant fortement le bras qui soutenait le sien, ils ont tué celui que j'aimais, il sera vengé, je vous le dis, moi, Henriette de Sissone, et la vengeance sera terrible !

En entrant dans sa chambre, elle prit l'épée des mains de sa suivante, la serra elle-même dans une armoire, ensuite elle se laissa tomber sur son lit, tombant presque en faiblesse, oubliant la présence du bailli et de son amie, et s'écria à plusieurs reprises :

— Mon Dieu ! mon Dieu ! quel étrange malheur ! Oh ! la terrible prédiction, la voilà donc accomplie !

XIV

NOUVEAUX MAITRES

On fit partir immédiatement Richard pour aller prévenir le comte de Lameth du malheur arrivé dans sa maison. M. de Bussy, l'auteur de cet effroyable assassinat, garda son appartement et ne quitta même pas son lit, malgré le désordre inévitable dans un pareil moment. Cœur de Roy, après être resté un instant avec la comtesse, se rendit chez son beau-père et lui offrit ses services, comme magistrat, dans cette grave circonstance. Il le trouva entouré de ses gens.

— Monsieur, dit le maître d'hôtel, je vous demande si nous pouvons demeurer en sûreté chez vous. Quatre à cinq personnes, à nous inconnues, sont entrées dans la maison de notre maître, entre minuit et une heure ; nous avons demandé : Qui vive ? et aussitôt on nous a tiré un coup de pistolet. Nous nous sommes mis en mesure de repousser la force par la force. J'ai appelé à mon secours les domestiques ; nous les avons poursuivis, ils se sont défendus ; ils ont tué un de vos officiers, on a tué un des leurs. Voyez, monsieur, s'il y a du risque pour nos personnes.

— Qu'en pensez-vous, monsieur Cœur de Roy ?

— Si les choses se sont passées telles que le raconte cet homme, ni lui, ni qui que ce soit, ne peut courir aucun risque. Mais, enfin, quel était ce seigneur, que voulait-il à une pareille heure ?

Le maître d'hôtel se pencha à son oreille et lui répondit :

— C'est M. le marquis d'Albret, qui était venu la nuit pour voir madame.

— Que dois-je faire, M. le bailli ? interrompit le comte.

— C'est une affaire grave, M. le comte, et bien malheureuse !

— Pourquoi venait-il dans ma maison ! Je n'y peux rien. Je voudrais, cependant, que tous les valets de mon fils fussent tués et qu'il n'eût pas de mal.

— Croyez-moi, M. le comte, ne vous confiez pas en votre innocence ; allez, aussitôt qu'il fera jour, chez

M. le président Dubois de Courval. Le meurtre de M. d'Albret sera certainement poursuivi par la famille du défunt; précautionnez-vous à l'avance. Il ne m'appartient pas de vous donner des avis, mais si vous voulez prendre la peine de réfléchir au moment où le crime a été commis, aux circonstances qui l'ont précédé, vous conviendrez que la calomnie aura beau jeu d'en accuser votre famille.

— Mon fils, au moins, ne pourrait être inquiété; rien n'est plus facile que de constater son absence.

— Je ne sais pas si cette absence ne deviendrait pas une preuve de plus. Mais je me retire, M. le comte, j'ai fait mon devoir en vous instruisant des conséquences probables de tout ceci. Il faut que je sois chez moi avant huit heures, je n'ai que le temps bien juste pour arriver.

Et, saluant le comte, il sortit de l'appartement.

Madame de Lameth resta sur son lit, accablée, pendant une heure à peu près. Madame de Corcy et Henriette causaient ensemble à voix basse. Tout à coup, elle se releva:

— Où est Lambert? demanda-t-elle.

— Il n'a pas reparu depuis son départ pour Anizy. Il est mort peut-être dans quelque coin du parc.

— Ou plutôt c'est lui qui nous a vendus sans doute!

— Il faut cependant envoyer quelqu'un à Sissone, afin qu'un de mes frères vienne me chercher. Je ne veux plus rester ici, je ne dois pas habiter sous le toit d'un assassin. Cherche un messager fidèle, Louison, et

12.

mets-le en route. Aussitôt que M. de Lameth sera de retour, qu'on me prévienne.

Sur les six heures du matin, le carrosse à six chevaux du comte entra dans l'avenue, madame de Gorcy l'aperçut et en avertit Henriette. Celle-ci jeta sur sa tête un voile, et après avoir recommandé à son amie de l'attendre, elle se dirigea vers l'appartement de son beau-père. Il était en costume de voyage, assis auprès de son bureau et mettait de l'ordre dans ses papiers. En apercevant la comtesse il devint très-pâle et se leva en silence.

— Monsieur, dit-elle froidement, j'ai attendu le retour de M. votre fils pour vous parler à tous les deux à la fois. Il doit y avoir entre nous une explication claire et décisive, avant l'arrivée de mon frère que j'ai envoyé chercher. Donnez donc vos ordres pour que M. de Lameth soit introduit sur-le-champ, et pour que l'on ne nous dérange pas.

Le jeune comte ouvrit la porte en ce moment.

— Henriette ici! s'écria-t-il.

— Et où pensiez-vous donc que j'étais, monsieur? Morte, comme le pauvre marquis? Comptiez-vous sur deux victimes?

— Mon père! mon père! cela est affreux, qu'allons devenir?

— Un instant, messieurs, interrompit Henriette, vous vous occuperez de votre sort lorsque vous aurez réglé le mien. C'est à moi de vous faire la loi aujourd'hui, car vous êtes coupables et je suis innocente.

Vous avez fait tuer M. d'Albret, je n'en puis douter,
j'en ai des preuves. Ce conte de voleurs, d'hommes
armés, répandu par une partie de vos gens, cru de
bonne foi par les autres, ne m'a pas abusée un instant.
Vous avez gagné mon laquais et celui de M. d'Albret,
vous avez attiré cet infortuné dans un guet-apens, où
vous l'avez frappé dans l'ombre, par le bras d'un autre,
comme des lâches que vous êtes. Oui, messieurs, des
lâches, reprit-elle voyant qu'ils allaient l'interrompre,
car c'est votre sommelier qui a reçu le coup dont vous
deviez mourir, si vous eussiez agi en gentilshommes,
et que vous eussiez cherché une noble vengeance,
face à face et l'épée à la main. Tout ceci je le pu-
blierai à haute voix. Vous m'avez déshonorée par un
éclat, j'aurai le courage de mon déshonneur. Mon
père, dont vous m'aviez séparée depuis longtemps,
reçoit en ce moment peut-être cette confidence entière,
et il ne la tiendra pas secrète, je vous assure. Votre
crime me fait libre, entendez-vous, me voilà dégagée de
tous liens, de toutes promesses, je rentre dans le sein
de ma famille ; je quitterais votre nom si je le pouvais,
car je vous méprise, ce n'est pas assez que de la
haine.

Elle marcha vers la porte, le comte de Bussy l'arrêta.

— Puisque vous rejetez toute contrainte, madame,
puisque vous dites *tout*, répondit-il, un mot avant de
nous séparer. Je ne sais pas si nous sommes des lâches,
mais je sais que vous êtes une infâme. Deux hommes

ont perdu la vie pour vous cette nuit, deux hommes vont être déshonorés par vous, demain peut-être, et vous n'avez pas un remords, pas une larme. Vous devriez être désespérée, vous êtes altière et triomphante. Vous n'avez de pitié ni pour votre amant, dont le cadavre est sous vos yeux, ni pour votre mari dont la vie est détruite à présent. Je ne parle pas de moi ! Allez, allez chez M. votre père, nous ne vous retenons pas, mais soyez maudite ! Vous avez apporté la honte dans la maison de Bussy, le malheur dans notre existence. Il nous faut maintenant éviter l'infamie et le supplice peut-être, tout cela à cause de vous.

— Mon père, reprit le comte de Lameth, qui était resté jusque-là la tête cachée dans ses mains, laissez sortir cette femme ; nous devons rougir devant elle, puisqu'elle a raison. Ce n'était pas là la vengeance d'un gentilhomme, et si vous m'aviez cru...

— Rougir devant elle ! interrompit le vieillard, oui rougir devant elle, d'avoir si longtemps souffert qu'elle souillât notre nom et notre demeure, de ne l'avoir pas chassée plus tôt avec ignominie ; c'est une femme sans cœur, mon fils, et dès lors point de pardon pour elle !

La comtesse les regarda tous les deux avec un sourire de dédain, elle étendit les mains vers son beau-père, et prononça lentement ces paroles :

— Je ne vous demande pas votre pardon, et ne vous donnerai jamais le mien, messire de Bussy-Lameth, entre nous c'est une haine de vie et de mort.

Elle sortit sans les saluer.

Le soir elle monta en voiture avec son frère aîné, qui la conduisit à Sissone. Elle eut alors un retour de célébrité par son audace et ses aventures. Pourtant elle retomba bientôt dans l'oubli. Louis XIV, qui détestait le scandale, lui fit défendre de quitter le château de son père. L'ennui la gagna, elle languit quelque temps dans l'abandon, et mourut fort jeune encore, sans laisser un regret. Cette femme, dont la beauté et les talents avaient occupé tant de monde, n'eut pas une larme, pas une fleur sur sa tombe. Le seul souvenir qui soit resté d'elle est dans cette tragique aventure d'abord, puis dans une circonstance beaucoup plus légère. Elle inventa le pas de *si sol*, ainsi que je l'ai dit en commençant, Madame de Sévigné, Saint-Simon, tous les mémoires du temps constatent l'événement affreux qui fit périr le marquis d'Albret à la fleur de son âge; après cela, il n'est plus question de la *belle Picarde*. Pas un chroniqueur n'a daigné nous léguer un détail sur la fin de sa vie. Je suis donc forcée de la laisser dans l'ombre et de revenir au château de Pinon, dont ce livre est plus particulièrement l'histoire.

Ainsi que l'avait prévu Cœur de Roy, la marquise d'Albret, dame du palais de la reine, et veuve de son cousin germain, le marquis d'Albret, porta plainte au parlement contre MM. de Lameth. Toute la cour, le monarque lui-même, se déclara contre eux. Ils n'eurent bientôt plus d'autre parti à prendre que celui de la fuite. Ce ne fut pas, toutefois, sans intenter un procès en adultère à sa femme, qui, pour se défendre :

« Offrait de prouver, *clair comme le jour*, qu'il était
« impuissant ; et quand on lui disait qu'elle avait eu un
« enfant, elle assurait que ce n'était pas de lui (1). »

Ces faits rapportés par madame de Sévigné à Bussy-
Rabutin, ne laissent aucuns doutes sur le caractère
d'Henriette de Sissone, et empêchent de lui porter le
moindre intérêt dans ses malheurs. MM. de Lameth
trouvèrent moyen de se justifier ; ce ne fut cependant que
longtemps après ; dans la crainte de voir leurs biens
confisqués, ils vendirent la terre de Pinon à leur voisin et ami, Pierre Alexis Dubois, vicomte de Courval,
lequel, voulant effacer jusqu'aux traces de ce drame
sanglant, détruisit l'ancien château qui tombait d'ailleurs presqu'en ruine, et reconstruisit, à une autre
place, sur les dessins de l'architecte Mansard, celui
qui existe aujourd'hui.

En 1750, le président Dubois laissa, par testament,
substitution au vicomte de Courval, son second fils,
de la terre de Pinon, en y joignant la vicomté de Chavignon, les seigneuries de Vauxaillon, Allval, Vau-
desson, Allemant, Margival et autres lieux. Il fit, des
seigneuries de Moyenbrie, Landicourt, Jumancourt,
Coucy-la-Ville, Fresne, etc., la part de son fils aîné,
le vicomte d'Anizy. Plus tard, la terre d'Anizy lui ap-
partint également.

La terre de Pinon et toutes celles que je viens de
nommer restèrent jusqu'à la révolution dans la famille

(1) LV° Lettre de madame de Sévigné à Bussy-Rabutin.

de Courval. A cette époque cette immense fortune subit
quelques altérations, on démolit des châteaux, on coupa
des forêts ; néanmoins telle qu'elle est aujourd'hui, la
terre de Pinon est une des plus belles de France. M. de
Courval, père du propriétaire actuel, nommé baron de
l'empire à la suite d'importants services rendus à son
pays, y commença des embellissements, achevés avec
un rare bonheur par son fils, le vicomte de Courval.
On vient visiter la tour qu'il a fait construire sur une
colline élevée, comme une des merveilles de la contrée.
Cette tour, du gothique le plus pur et le plus élégant,
contient une salle à chaque étage. Au rez-de-chaussée
celle des gardes, au premier celle des chevaliers, au
second celle des dames. M. de Courval y a rassemblé la
collection la plus curieuse d'armes et d'armures de
toutes les époques chevaleresques, dont plusieurs offrent les écussons ou les monogrammes des personnages
illustres qui les ont portées ; on y admire aussi des vi-
traux, des meubles et des médailles. On y voit entre
autres choses curieuses des drapeaux ennemis enlevés
par le général Moreau, père de madame la vicomtesse
de Courval, et qui, excepté ceux retrouvés par la
chambre des pairs, sont les seuls qui existent en
France.

Les jardins et le parc sont un modèle de grandeur
et de bon goût. M. de Courval a tout dessiné lui-même,
et tout fait exécuter sous ses yeux. Il en est de même
à la tour qu'il a créée, et où le moindre ornement a
été composé et exécuté par lui dans le style d'archi-

tecture du treizième siècle. On mène à Pinon une
grande existence. Les chasses, les fêtes et les caval-
cades s'y succèdent tour à tour. Si je n'écrivais pas les
mémoires des temps anciens, j'aurais de belles pages
à faire sur la foule élégante que j'y ai vue briller.
Hélas! il viendra un jour où presque tous ces personnages appartiendront à l'histoire, et où on racontera aussi, en montrant les restes de ces superbes
allées, que nous avons passé, comme tant d'autres ont
passé avant nous!

Il y a quelques années, en bâtissant une maison de
garde, on a trouvé dans les fondations un anneau d'or,
appartenant évidemment au marquis d'Albret, et perdu
par lui dans la lutte qu'il eut à soutenir. Sur cet anneau se trouve le chiffre du dernier descendant de
cette race de héros, mort si misérablement, avec le
nom du régiment qu'il avait commandé. M. de Courval
possède cette relique.

Le nom de *Fontaine d'Albret* est resté à la petite
source auprès de laquelle se passèrent ces événements.
Elle est encore comme autrefois prise dans les jardins du
château.

Il semble que ce lieu si beau soit destiné aux aventures tragiques. Vers l'époque de l'empire, un paysan
essaya d'assassiner son beau-père devant la grille du
château, en l'accusant de favoriser l'inconduite de sa
femme. Un autre drame, bien touchant, s'y passa en
1782. Je vais le raconter dans tous ses détails. Comme
pour les amours de la *belle Picarde*, j'ai les preuves

entre les mains. Les pièces du procès intenté à M. de Lameth m'ont été remises, et c'est en les consultant ligne par ligne que j'ai essayé ce récit.

Pour ce qui va suivre j'ai été guidée par des lettres, par un journal, par des souvenirs. Je suis heureuse enfin de trouver un véritable cœur de femme, et de détourner mes regards de cette belle et coupable Henriette de Sissone, pour rencontrer le dévouement et la apssion vraie.

LA PARTIE DE BILLARD

I

UNE FLEUR DE SERRE.

La vie de province avant la révolution de 89, était bien différente de celle que l'on mène aujourd'hui dans les petites villes. On se plaint de la centralisation, je ne sais pas si à cette époque il n'y avait pas plus loin de Paris au chef-lieu d'un gouvernement quelconque, que de Paris actuel à la capitale d'un de nos départements. On trouvait de ces existences paisibles, ignorant le monde, ignorant les mauvaises passions, s'occupant de mille petits détails de la vie, qui deviennent des événements, et qui passent inaperçus dans le tourbillon des grandes cités. Ces ermites volontaires sont de plus en plus rares; jusqu'au dernier village on lit les journaux, et les feuilletons apportent dans toutes les têtes un penchant au romantisme, inconnu à nos pères.

Au commencement de 1782, le régiment du Roi prit garnison à la Fère, jolie forteresse de Picardie, sur les confins de la Flandre et éloignée de Pinon de cinq à six lieues. Ce fut un jour de fête pour la population. En effet, l'arrivée d'un nouveau régiment apporte avec elle tant d'espérances de différentes sortes dans un pays qui ne vit que par les militaires! Ceux qui regrettent les anciens, osent à peine élever la voix en présence des calculs que fait naître la vue de ces uniformes brillants et de ces figures inconnues. On se demande s'ils sont riches, s'ils feront beaucoup de dépense? Les jeunes filles y cherchent des maris, les jeunes femmes des adorateurs et les hommes des rivaux. Le régiment du Roi avait sous tous ces rapports de quoi satisfaire chacun. Il était composé de noblesse choisie, de gentilshommes presque tous très-élégants.

A la fenêtre d'une maison de modeste apparence, trois personnes regardaient passer le régiment et se communiquaient leurs remarques. Un beau soleil de printemps faisait reluire les armes des soldats et leurs habits blancs, à revers bleu du roi, bien brossés. Les officiers, presque tous à cheval, caracolaient autour de leurs compagnies. Les habitants de la petite maison blanche, c'est-à-dire un vieillard d'un aspect vénérable et deux femmes, attiraient aussi l'attention des militaires.

— Regarde donc, chevalier, la jolie créature entre ces deux vieilles têtes. On jurerait la déesse de la jeunesse, disait le vicomte de Jars au chevalier de Grailly.

— C'est parbleu vrai, répondit celui-ci, je n'ai jamais rien vu de plus adorable ; remarque bien la maison, vicomte, nous demanderons qui elle est.

En achevant ces mots, il donna un coup d'éperon à son cheval, qui se cabra et faillit le renverser. La jeune femme se retira en arrière et poussa un cri. M. de Gailly leva la tête à cette marque de sensibilité, et ôtant son chapeau avec toute la grâce d'un parfait écuyer, il lui montra qu'il était complétement raffermi sur sa selle.

— Voilà un monsieur bien poli, dit le vieillard à sa femme ; il a salué Marianne d'une façon avenante, parce qu'elle a eu peur.

— C'est vrai, répondit madame Mauroy, mais je n'aime pas ces politesses des gens de condition, il en résulte rarement quelque chose de bon pour nous. Lorsqu'ils donnent d'une main, de l'autre ils prennent le double.

— Cependant, ma mère...

— Cependant, ma fille, je sais que vous n'êtes point de mon avis. Et que vous en est-il revenu ? Madame de Sernes a voulu vous faire élever chez elle, comme une demoiselle de qualité, cela vous a tourné la tête, et lorsque nous vous avons proposé pour mari un bon bourgeois de notre espèce, vous avez refusé. Vous détestez le commerce et la petite magistrature. Vous avez exigé qu'on vous donnât un gentillâtre, une manière de noble, hélas ! ma pauvre enfant, mieux valait un chau-

dronnier ! Vous seriez encore ensemble au moins, et
je n'aurais pas eu besoin de vous arracher de sa maison pour empêcher qu'il ne vous tuât.

La jeune femme n'écoutait pas, elle suivait des yeux
le beau capitaine qui l'avait saluée et qui retourna la
tête, jusqu'à ce qu'il ne pût plus la voir. Le reste du régiment passa inaperçu, une fois qu'il eut disparu au
tournant de la place, elle quitta la croisée et se remit
à son ouvrage auprès du fauteuil de sa mère.

Pendant qu'elle brode au tambour, jetons un coup
d'œil en arrière et voyons ce qu'était cette femme qui
piquait déjà si vivement la curiosité du chevalier de
Grailly.

Marianne Mauroy naquit si jolie qu'elle fit l'admiration de toute la ville. La marquise de Sernes, dame
de très-grande qualité, et qui n'avait pas d'enfants,
s'éprit tellement de cette figure d'ange, pendant un
séjour de quelques mois qu'elle fit à la Fère qu'elle ne
voulut plus s'en séparer. Elle obtint de ses parents la
permission de l'emmener à Laon et de la faire élever près
d'elle, avec les soins les plus tendres et les plus empressés.

Marianne était douée d'heureuses qualités : simple,
douce et spirituelle, elle sentit de bonne heure tout ce
qu'elle devait à sa protectrice, et se fit un devoir de la
reconnaître par son application et sa tendresse. Elle
apprit promptement ce que peu de femmes savaient
alors ; on la citait partout comme un prodige, mais
hélas ! elle n'avait ni naissance ni fortune ; et en lui
donnant ainsi des talents au-dessus de sa position, la

marquise commit une grande imprudence. Une âme
moins noble et moins pure aurait méprisé ses parents,
elle souffrit pour eux et pour elle, car elle sentait
qu'une distance énorme les séparait ; elle sentit qu'elle
était sortie de sa sphère et qu'il n'était plus en son
pouvoir d'y rentrer.

A l'âge de dix-sept ans, elle fit un petit voyage à la
Fère. Ce fut alors qu'elle comprit tout cela et qu'elle
se rendit parfaitement compte de l'avenir qui lui était
réservé. A son retour chez sa protectrice, elle ne lui
cacha pas cette disposition de son âme et sa résolution
de se sacrifier elle-même, s'il le fallait, pour assurer le
repos de ses parents.

— Ils ne s'apercevront jamais que j'ai d'autres idées
que les leurs, madame, ils me trouveront toujours leur
fille soumise et affectionnée. Cependant, je vous en
supplie, empêchez qu'on ne me marie à un marchand,
je mourrais de chagrin, voyez-vous, avec de pareils
hommes, moi, que vous avez habituée à une société
telle que la vôtre.

— Tu te marieras bien, chère Marianne, je te dote-
rai et tu épouseras un gentilhomme.

— Non pas, madame, un de vos seigneurs de cour,
il mépriserait ma famille. Quelque campagnard bien
loyal, bien honorable, qui s'occupera beaucoup de sa
ferme et qui me laissera le temps de lire tout à mon
aise et de venir vous voir.

— Nous trouverons cela, mon enfant, et tu seras
heureuse, tu le mérites si bien !

Quelques mois s'écoulèrent ainsi. Mademoiselle Mauroy avait pour courtisans tous les jeunes fous de la ville et des environs. Néanmoins, comme elle était sage, et qu'elle songeait uniquement à se marier, elle repoussa les billets doux, les propositions, les fortunes qui lui furent offertes, et resta dans toute la pureté de son âme.

La famille de madame de Sernes n'aimait pas cette favorite, qui pouvait enlever une partie de la succession. Il fut donc résolu qu'on s'en débarrasserait à tout prix. Le moyen le plus honorable fut celui auquel on s'arrêta. On lui chercha un mari à peu près convenable, afin de l'éloigner et de circonvenir ensuite la marquise, qui nécessairement serait plus accessible en se trouvant seule.

Un neveu avait pour voisin de campagne une manière de gentilhomme assez bourru, ne manquant pas de fortune, et sur une espèce de pied dans le monde. Il le proposa, on l'accepta à l'unanimité, et, le soir même, madame de Sernes en fut informée. Elle sut un gré infini à son neveu de s'être occupé de Marianne. En femme impérieuse et gâtée, elle ne pouvait pas retarder l'exécution d'un projet ; elle se mit à l'œuvre sur-le-champ, envoya un émissaire à M. de la Panneterie pour lui proposer une fille charmante avec quarante mille livres de dot. Il n'eut garde de refuser. On le fit venir alors, et on consulta Marianne seulement au moment de le voir.

Celle-ci répondit qu'elle obéirait à sa bienfaitrice,

pourvu que ses parents n'y missent point d'opposition,
et qu'elle accepterait le parti qu'on lui offrait, à la condition, cependant, qu'elle viendrait deux fois par an
rendre visite à la marquise.

M. de la Panneterie arriva. C'était un homme de
trente ans, ni beau ni laid, un peu commun, très-em-
barrassé en face de sa prétendue, et surtout de madame de Sernes; il paraissait doux et facile à vivre;
les informations données par le neveu furent excel-
lentes. Il devint amoureux de Marianne, la marquise
en eut une joie extrême et pressa le mariage. Dans le
commencement d'octobre 1776, mademoiselle Mauroy
reçut la bénédiction nuptiale à la cathédrale de Laon,
en présence de toute la ville, des mains de M. l'abbé
de Sernes, beau-frère de la marquise, et chanoine de
la Sainte-Chapelle à Paris.

Son mari l'emmena, au bout de quelques semaines,
dans son petit château, situé à quelques lieues de
Saint-Quentin. Elle l'y suivit, le cœur bien gros de
quitter sa protectrice et l'imagination remplie de
pressentiments lugubres. Ils ne tardèrent pas à se
réaliser. D'abord, l'habitation était mortellement
triste; elle tombait presque en ruine. Puis, M. de la
Panneterie, si aimable, tant qu'ils avaient été en
présence de la marquise, changea tout à coup de
manière et prit des airs de maître auxquels elle était
loin de s'attendre. Dès le jour de leur arrivée, il lui
demanda si elle était disposée à l'écouter, et si elle
lui promettait de ne pas l'interrompre.

— Sans doute, mon ami, répondit-elle ; n'est-il pas naturel que vous me fassiez part de vos projets ?

— Eh bien ! madame, sachez donc que désormais il faut renoncer à faire la grande dame. Vous avez beau être la protégée d'une marquise, vous n'en êtes pas moins la fille d'un bourgeois, la femme d'un campagnard. Ainsi, plus de lectures, de clavecin, de peintures ni de broderies. Vous vous occuperez de la maison, vous raccommoderez le linge, vous surveillerez les récoltes, et voilà tout.

— C'est mon devoir, monsieur, répliqua-t-elle des larmes aux yeux.

— Ce n'est pas tout encore. Vous êtes fort jolie, je n'ai pas envie d'être trompé par quelque freluquet de cour ; vous ne verrez ni ne recevrez qui que ce soit. Vous vous cacherez à tous les yeux, et, si vous avez l'audace de me désobéir, vous apprendrez à connaître la colère de Roger de la Panneterie. Tenez-vous donc ceci pour dit, et qu'il n'en soit plus question. Je vous défends d'écrire à madame de Sernes un mot de cette conversation. Qu'elle vous croie heureuse, et elle nous donnera davantage, en dépit de ses bons héritiers qui vous ont si obligeamment mariée. Ils ne me connaissaient guère, ces messieurs-là ; ils croient que je renonce ainsi à ma part du gâteau. Oh ! que non, et rira bien qui rira le dernier.

— Monsieur, reprit Marianne, ne vous faites pas ainsi méchant, je vous en conjure.

— Je ne me fais pas ce que je suis, et vous le verrez bien.

— Je ne croirai jamais que vous ayez pu feindre de cette manière.

— A cette heure, je ne feins plus; je suis le maître chez moi.

— Oh! mon Dieu! mon Dieu! que vais-je devenir?

— J'ai oublié de vous prévenir d'une chose. Je déteste les pleureuses : j'entends, lorsque je reviendrai des champs, que vous me receviez le sourire sur les lèvres et que vous soyez de bonne humeur. Je n'ai pas pris une femme pour autre chose.

— Je tâcherai, monsieur.

— Il ne faut pas tâcher, il faut pouvoir.

— C'est cependant tout ce que j'ose promettre.

Marianne, restée seule dans sa chambre, donna un libre cours à son désespoir. Elle comprit qu'elle avait accepté la chaîne la plus lourde qu'une femme puisse porter, un mariage mal assorti. Elle comprit aussi que le bon sens de son père et de sa mère les avaient mieux guidés qu'elle, et qu'elle aurait été plus heureuse avec un de ces marchands si méprisés, au milieu de sa famille et sous les yeux de ses protecteurs naturels. Isolée, sans défense, dans cette demeure éloignée, elle n'avait qu'à se soumettre et à souffrir. Elle pria, et Dieu lui envoya un peu d'espérance, cette auréole des malheureux.

Le lendemain, lorsqu'elle descendit pour déjeuner, elle ne trouva plus son mari à la maison. Les domestiques lui dirent qu'il était allé au village, et la vieille cuisinière ajouta :

— Ce qui ne nous présage rien de bon.

— Comment cela ?

— Ne savez-vous donc pas, madame ?

— Je ne sais rien.

— Oh! mon Dieu. Vous allez être bien surprise, alors!

— Qu'est-ce donc ?

— Mon maître est certainement un digne monsieur, mais il a un grand défaut.

— Lequel ?

— Il aime la bouteille, et, lorsqu'il est ivre, il ne connaît plus rien.

— Cela est-il possible ?

— Cela est vrai. Ainsi, il est allé aujourd'hui au village ; depuis six semaines qu'il se contient, il va réparer le temps perdu, et, à son retour, nous n'avons tous qu'à nous recommander à la sainte Vierge.

Marianne cacha sa tête dans ses mains, et se sentit prise d'un effroi invincible. Elle eut envie de fuir, mais la pensée de son devoir, l'idée d'affliger ses parents, sa bienfaitrice, par la révélation de son triste sort, lui donnèrent du courage. Elle s'assit devant la table en disant tout haut :

— Eh bien! je l'attendrai.

— Vous l'attendrez peut-être jusqu'à demain ; souvent il ne rentre pas.

— Mais, comment se fait-il que mes parents, que

madame de Sernes, aient ignoré cette conduite ? Est-ce
que dans le pays on ne la connaît pas.

— Mon Dieu, si, madame ! c'est-à-dire, les petites
gens ; mais les nobles, les seigneurs qu'on a consultés,
peuvent bien n'en avoir rien appris, ou ne s'en soucier
guère. Monsieur est un honnête homme, un bon voisin,
il paye exactement ce qu'il doit, il ne fait de bruit que
chez lui, où nous sommes tous d'anciens domestiques
très-peu bavards ; la maison est isolée ; lorsque, par
hasard, mon maître va chez eux, il n'est pas à son
aise, il a l'air doux comme un agneau et sage comme
une fille ; c'est tout ce qu'il faut.

— Ah ! oui ! je comprends ! Ils n'en ont pas demandé davantage.

— Vous ne serez pas heureuse, ma pauvre dame. Il
faut vous résigner.

Madame de la Panneterie déjeuna en silence, mesurant du regard cet horizon sans bornes de malheur qui se présentait à elle. Elle se demanda si
elle aurait la force d'aller jusqu'au bout ; elle sentit
que Dieu seul pouvait la lui envoyer, et elle s'a-
dressa à lui, comme au refuge de toutes les dé-
solations.

Ainsi que l'avait prévu Javotte, M. de la Panneterie
ne rentra que bien avant dans la nuit. Marianne s'était
enfermée chez elle ; il frappa, elle trembla dans son
lit et n'eut pas la puissance de se lever pour ouvrir. Il
frappa de nouveau, et jura de jeter la porte en dedans,
si elle lui résistait davantage ; elle se trouva mal.

Voyant qu'elle ne répondait pas, il exécuta sa menace,
et arriva bientôt jusqu'à elle en l'appelant sotte bé-
gueule !

Son ivresse était si profonde, qu'il ne s'aperçut pas
de l'évanouissement de Marianne. Heureusement, la
cuisinière l'avait suivi et porta secours à la malheureuse. La vue de sa souffrance rendit de la hardiesse
à la bonne fille.

— En vérité, monsieur, lui dit-elle, si vous recom-
mencez souvent ces scènes-là, vous la ferez mourir,
cette pauvre chère dame, elle qui n'y est point accoutumée.

— Ah ! bah ! on ne meurt point ainsi ; elle s'y fera !
répondit-il en bégayant.

Marianne ouvrit les yeux. A la vue de son mari,
elle les referma de nouveau.

— Rassurez-vous, mijaurée, continua-t-il au milieu
de ses hoquets, je ne vous ferai pas de mal, je vais
me coucher, j'ai envie de dormir. C'est seulement pour
vous apprendre que je suis le maître, et que je puis
entrer dans votre chambre lorsqu'il me plaît, sans que
vous ayez le droit de vous y opposer.

De ce jour commença pour madame de la Panneterie
une série de chagrins intolérables. Il lui fut interdit de
chercher la moindre distraction, la consolation la plus
innocente. Elle demanda la permission d'aller voir ses
parents et sa bienfaitrice, elle lui fut durement refusée, et elle fut obligée d'écrire au contraire que c'était
elle qui désirait ne pas quitter son mari, trop occupé

de son faire valoir pour l'abandonner un instant. Les
réponses étaient pleines à la fois de regrets, d'éloges
et de félicitations. Marianne en pleura bien des nuits,
en songeant que ceux qui l'aimaient ne la plaignaient
même pas, tant ils la croyaient heureuse.

La seule occupation qui ne lui fut pas défendue en
dehors de ses devoirs de fermière, était la culture des
fleurs. Pendant l'absence de son tyran elle restait au
milieu de ses plates-bandes, et là son cœur et ses yeux
se reposaient un peu. Son père lui envoya un petit
chien, ce fut un adoucissement de plus. Elle se trouva
moins malheureuse, et cependant chaque fois que le
misérable frappait Pyrame, elle versait de nouvelles
larmes : il eût été moins cruel pour elle de l'être à sa
place.

Deux ans se passèrent ainsi ! deux ans pendant
lesquels son malheur alla toujours en augmentant,
car loin d'être touché de sa douceur angélique, M. de
la Panneterie en abusa. Il en vint jusqu'à la battre, et
plusieurs fois il fallut l'arracher de ses mains, sans
quoi il l'aurait tuée.

Une nuit enfin, il rentra tellement furieux, qu'au
risque de ce qui pourrait en arriver, Marianne, prenant son chien dans ses bras, se réfugia au grenier.
L'ivrogne la chercha partout, bouleversa tout dans
la chambre, détruisit ses fleurs, et parvint enfin, après
avoir tout brisé dans la maison, à découvrir son asile.
Il l'en arracha avec violence, emporta le petit chien,
le jeta par la fenêtre et lui cassa une patte ; quant à

elle, il l'abîma de coups et la laissa pour morte sur le plancher.

Javotte était une excellente fille ; à la vue d'un semblable traitement, elle résolut de sauver sa maîtresse malgré elle. Elle alla chez le curé du village, lui raconta tout, et lui fit écrire une lettre à M. et madame Mauroy, à madame de Sernes, et les supplia d'arriver au plus vite pour arracher Marianne à ce forcené. Le curé envoya un exprès, dans le plus grand mystère, et tous les deux attendirent impatiemment le résultat de cette démarche. On n'avait pas même fait venir un médecin ; madame de la Panneterie, en proie à la fièvre et au délire, ne recevait de secours que de sa servante, elle devait succomber à cette épreuve, son bourreau lui-même en fut effrayé et il consentit à ce qu'on lui donnât les soins réclamés par son état, à condition qu'on se tairait sur la cause qui l'y avait réduite.

Heureusement madame de Sernes accourut, et les parents de la victime la suivirent de près. M. de la Panneterie ne put rien nier, les preuves étaient flagrantes. M. et madame Mauroy insistèrent pour emmener leur fille aussitôt son rétablissement, et pour s'adresser aux tribunaux afin d'obtenir une séparation juridique ; Marianne s'y refusa formellement.

— Je vous suivrai, leur dit-elle, car c'est mon devoir de sauver ma vie, mais jamais je ne livrerai au public le nom de l'homme que j'ai accepté librement. Si monsieur refuse de me laisser aller avec vous, je lui

abandonne ma dot. Je vivrai très-bien avec les cinq
cents francs de rente que m'a laissés mon oncle, et
près de ceux que j'aime je n'ai besoin de rien.

Le marché fut accepté, malgré la colère de la marquise qui ne pouvait se consoler d'avoir donné quarante mille francs à un pareil homme.

— C'est mon mari, madame, reprenait la douce
victime, je dois le respecter.

Depuis lors Marianne vécut tranquille, sinon heureuse, tantôt chez madame de Sernes, tantôt à la Fère.
A mesure qu'elle prenait de l'expérience elle se retirait peu à peu des brillantes compagnies qu'elle n'était
pas appelée à fréquenter. Elle se réfugiait dans une
vie simple, dénuée d'intérêt peut-être, mais exempte
de peines et d'humiliations. Ses journées se passaient
à travailler près de sa mère, excellente et sainte femme,
d'un esprit rétréci, qui aimait sa fille sans la comprendre, et qui blâmait de tout son pouvoir les rêve-
ries auxquelles elle s'abandonnait souvent. Quand
arrivait le soir, Marianne se rendait à un petit jardin
qu'elle possédait en dehors des portes de la ville, c'é-
taient là ses belles heures ! Elle cultivait en liberté ses
fleurs et ses plantes ; elle les voyait éclore, elle s'enivrait de leurs parfums. Accompagnée de Pyrame, que
sa blessure avait laissé boiteux, elle parcourait les
vertes allées en chantant, en pensant, en se créant
des chimères ; ensuite, elle lisait à l'abri du feuillage,
elle écoutait les oiseaux, elle s'écoutait elle-même !

Un peu avant la fermeture des portes, elle se remet-

tait en route, et trouvait au logis quelques voisins qui
causaient avec sa mère, ou jouaient au piquet avec
M. Mauroy. On veillait ainsi jusqu'à neuf heures et
demie, puis chacun se retirait; on allait souper en famille; on se couchait en priant Dieu, et on recommen-
çait le lendemain. Marianne s'était accoutumée à cette
existence, elle n'en désirait plus d'autre. A chacun de
ses voyages à Laon, elle en revenait plus décidée à n'y
pas retourner. Son imagination ardente se laissait
prendre malgré elle, à ce qu'elle rencontrait dans la
grande ville; elle rêvait ensuite de belles dames et de
grands seigneurs, de fêtes et de toilette; il lui fallait
plusieurs semaines pour retrouver le calme, et sa conscience en était troublée. Les chants de ses oiseaux
lui semblaient monotones, ses fleurs étaient pâles, ses
livres ennuyeux. Le besoin de vivre, que possèdent les
organisations riches, se faisait sentir; elle se révoltait
contre cette végétation animale à laquelle elle se voyait
condamnée.

Elle avoua tout à la marquise, elle lui demanda la
permission de ne plus aller la chercher à la ville, mais
de passer avec elle quelque temps seule dans le château où elle se rendait chaque automne. Madame de
Sennes y consentit pour le bonheur de Marianne, néanmoins elle ne put s'empêcher de lui en vouloir. Elle
s'accoutuma peu à peu à son absence, son affection
diminua. L'habitude est souvent la moitié de l'affection, et lorsque l'on perd l'une, il n'est bientôt plus
question de l'autre.

La marquise, comme beaucoup de vieilles gens, craignait horriblement la mort. Elle ne songeait pas à son testament sans s'évanouir. Elle fut prise d'une attaque d'apoplexie, enlevée en quelques heures, et ne reprit pas connaissance; elle ne put donc prendre aucune disposition ni assurer le sort de sa protégée, à laquelle elle ne laissa rien que les quarante mille francs abandonnés à son mari.

Marianne la pleura amèrement. Elle l'aimait plus que tout au monde. Ce ne furent point ses richesses qu'elle regretta, elle se trouvait assez riche avec sa petite rente et la modique fortune de ses parents, mais elle se sentit isolée, elle sentit que sa bienfaitrice était morte en l'aimant d'une tendresse moins vive, et ce fut là surtout le sujet de ses larmes. Cependant le temps vint à son secours, elle se créa de nouvelles occupations, elle s'imposa de nouvelles tâches en se dévouant au soulagement des malheureux. Elle y trouva des consolations puissantes; pour une âme comme la sienne, la bienfaisance, la prière et la rêverie offrent un abîme d'émotions qui ne laisse pas de place aux désirs.

Telle était la position de madame de la Panneterie lorsque le régiment du roi arriva en garnison à la Fère.

II

LE PAPILLON.

Le lendemain du jour où commence cette histoire, madame de la Pannéterie était assise auprès de la fenêtre, au rez-de-chaussée de la maison de son père. Selon l'habitude des petites villes, elle travaillait en regardant dans la rue et saluait à mesure les personnes de sa connaissance qu'elle voyoit passer. Les officiers parcouraient la Fère dans tous les sens, ils cherchaient à se loger et à s'établir convenablement. M. de Grailly, qui n'avait point oublié le séduisant visage dont il avait été frappé la veille, se promena avec affectation dans la grande rue; enfin, découvrant un écriteau immédiatement en face de la maison qu'habitait Marianne, il y entra sur-le-champ et loua la chambre sans l'examiner.

Cet appartement, très-petit et fort incommode, ne pouvait plaire à un homme tel que le chevalier, accoutumé à toutes les jouissances du luxe et de la fortune. Le voisinage seul l'avait séduit, et à une seconde visite, il se convainquit qu'il lui serait absolument impossible d'habiter ce logement. Il fit alors monter l'hôte et lui demanda s'il n'y avait point dans le pays des ouvriers capables de faire en très-peu de jours les réparations nécessaires, ajoutant qu'il les payerait et se chargeait de meubler les lieux, à condition qu'on le débarrasserait de la friperie qui lui faisait mal au cœur.

Le propriétaire, ébloui de cette bonne fortune, se hâta de lui répondre qu'il trouverait ce qui lui serait agréable à Laon et à Saint-Quentin, et qu'on pourrait aller aussi vite en besogne qu'il semblait le désirer.

— Eh bien! dit M. de Grailly, je te donne carte blanche, je payerai tout sans marchander, si je suis content, et je payerai double si dans quinze jours je puis coucher chez toi. De plus si tu m'obéis, si je trouve dans ta bicoque les soins que je suis en droit d'attendre, je te laisserai en partant ces meubles que je vais acheter, et je ne t'en donnerai pas moins le loyer au prix que tu fixeras toi-même.

Une heure après, toute la ville répétait que le plus beau capitaine du régiment, riche à millions, avait loué l'appartement du père Landier, occupé d'habitude par les officiers de fortune, qu'il avait ordonné de rebâtir la maison, de tendre les murs avec du lampas, et de faire venir de Paris les meubles les plus somptueux, le tout parce qu'il voulait s'amuser beaucoup, parce qu'il avait de grands projets de séduction et qu'il comptait transformer la baraque du père Landier en succursale du temple de Paphos.

Les maris eurent une peur effroyable, les mères renfermèrent leurs filles, les femmes se mirent à leur miroir, dans la ville et les faubourgs on ne s'occupa pendant trois jours que du chevalier de Grailly, lequel

14

ne s'occupait que d'une seule personne. Marianne
écouta les propos, les conjectures, les recueillit tous,
mais elle s'abstint de communiquer les soupçons qu'elle
avait conçus. M. de Grailly, sous prétexte de surveiller
les travaux, passait sa vie chez le père Landier. Il observait les habitudes de ses voisins, et ne manquait
pas une occasion de se faire remarquer par madame
de la Pannoterie.

Pour entrer en connaissance avec les habitants et
célébrer leur bienvenue, les officiers du régiment du
Roi imaginèrent de donner un bal. Ce fut une grande
affaire. Les uns s'occupaient des préparatifs, les autres
de leurs toilettes. Toutes les femmes de la ville allaient
à Laon les unes après les autres afin de commander
leurs robes et leurs coiffures. Marianne reçut une invitation, mais elle n'osa pas penser à s'y rendre, quoiqu'elle en eût un désir extrême. La grande rigidité de
ses parents leur faisait regarder tout amusement en
dehors du cercle de famille comme un crime, surtout dans la position de madame de la Pannoterie.
Elle entendit donc tout le monde parler du bal, et se
tut.

Un jour cependant le receveur de fermes, ami particulier de son père, lui demanda quelle toilette elle
comptait faire dans cette grande occasion.

— Moi! répondit-elle, mais je n'irai pas.

— Vous n'irez pas! quoi, vous serez la seule jeune
femme de la ville qui sera privée de cette fête?

— Ma fille doit vivre dans la retraite, vous le savez,

mon ami, répliqua M. Mauroy, elle a de grands ménagements à garder.

— Morbleu ! serait-elle perdue si elle allait en honnête compagnie voir un bal comme celui-là? Il faut
qu'elle y aille, ma femme et moi nous nous chargeons
de l'y conduire.

— Je ne crois pas que ce soit convenable, interrompit la mère.

— Ma foi ! la pauvre femme a été assez malheureuse
pour qu'on ne la prive pas du seul plaisir qu'elle puisse
trouver d'ici à bien longtemps peut-être. A son âge
vivre ainsi enfermée, sans distraction, c'est à mourir de
chagrin. Je suis sûr qu'elle est de mon avis. N'est-ce
pas, madame de la Panneterie, que vous avez grande
envie de vous laisser séduire ?

— Mais, monsieur...

— Que vous disais-je? Elle ira avec nous, Mauroy,
c'est convenu, je n'accepte pas d'excuses, nous lui en-
verrons la chaise de ma femme.

— Je vous assure, monsieur, que je n'ai pas de toilettes, et puis mes parents...

— Vous êtes la maîtresse, ma chère amie, nous
vous devions des observations, nous vous les avons
faites, le reste vous regarde.

— Vous ne m'en voudrez pas?

— Non, non, ma pauvre enfant, s'écria la mère un
peu attendrie, M. Froment a raison, il faut que vous
vous amusiez un peu, ce n'est pas votre faute si votre
mari est un scélérat.

— Eh bien ! monsieur, comptez sur moi.

En achevant ces mots, Marianne leva les yeux sur la fenêtre en face, M. de Grailly était à son poste, elle rougit en l'apercevant.

Dès ce moment madame de la Panneterie songea à sa parure, et c'était la partie difficile. Il ne lui restait plus assez de temps pour faire comme les autres et chercher à Laon ce qui lui manquait à la Fère. Il lui fallut donc se contenter de ses propres ressources. Elle arrangea d'elle-même une robe de linon, éclatante de blancheur, avec des *parfaits contentements* roses. Au lieu de diamants et de plumes elle se contenta de fleurs, et pour cela son jardin devait lui offrir une abondante moisson.

Le jour si impatiemment attendu arriva. Dès le matin toute la ville était en mouvement. Marianne se rendit de bonne heure à son ermitage pour avoir le temps de composer son bouquet et sa coiffure. Quelle ne fût pas sa surprise de trouver dans son pavillon une énorme corbeille, remplie des plantes de serre les plus rares. Cela tenait de la magie. Elle interrogea le jardinier, qui demeurait dans le voisinage et auquel elle laissait les clefs ; il jura de ne les avoir confiées à qui que ce fût, prétendit n'avoir vu personne et sembla tout aussi étonné que sa maîtresse du magnifique présent qu'elle avait reçu.

Madame de la Panneterie n'hésita pas à croire un instant qu'elle était trompée, elle n'hésita pas non plus sur l'auteur de cette offrande. M. de Grailly était seul

capable d'y avoir songé. Devait-elle porter ces fleurs?
Fallait-il accepter un semblable cadeau? N'était-ce pas
encourager des prétentions inadmissibles? La question
devenait difficile à résoudre. Des fleurs! cela ne tire
pas à conséquence. Et d'ailleurs ne serait-il pas imprudent de montrer une crainte puérile? Elle regarda
la corbeille et se laissa vaincre. Rien n'était plus frais,
plus suave, plus enivrant. Malgré elle, elle tressa une
guirlande, elle forma un bouquet, elle les essaya, elle
les admira de plus en plus, et revint chez elle rêveuse
et le cœur agité.

Hélas! c'est ainsi que commencent nos douleurs. On
nous offre des roses et nous les croyons éternelles,
elles se flétrissent entre nos mains, nous les voyons
disparaître, il ne nous reste plus qu'à les pleurer, jusqu'à ce que nous passions comme elles!

Marianne s'habilla et lorsqu'elle descendit auprès
de ses parents avec sa simple parure, ils ne purent
retenir une exclamation tant elle leur sembla belle. La
jeune femme rougit de plaisir et d'orgueil, pour la
première fois elle se sentit fière d'elle-même, elle se
sentit heureuse de ses charmes. L'amour s'éveillait et
avec lui toutes les passions qui le suivent. Monsieur et
madame Froment arrivèrent, eux aussi furent éblouis
à l'aspect de madame de la Panneterie.

— Ce sera la reine de la fête! s'écrièrent-ils. Quel
effet elle va produire! Partons vite.

A la porte de la salle les officiers attendaient les
dames invitées pour les conduire aux places les plus

commodes et leur souhaiter la bienvenue. Le chevalier
se trouva sous les pas de Marianne et lui présenta la
main. Elle l'accepta les yeux baissés, n'osant pas écouter les battements de son cœur, et attribuant à la timidité ce qui était déjà de l'émotion.

M. de Grailly réunissait tout ce qui devait plaire à
une femme et éblouir surtout une personne qui n'avait
pas quitté sa retraite. Il était beau, d'une beauté parfaitement distinguée. Ses manières nobles et gracieuses,
son esprit brillant, son caractère aventureux, joint à
une extrème élégance, lui prêtaient un entraînement
presque irrésistible. Il avait de la passion dans la tête
et de la bonté dans le cœur ; mais à tant de qualités il
joignait deux défauts cruels en amour, l'indiscrétion
et la légèreté. Tant que son imagination restait exaltée,
il était capable des plus grands sacrifices, il aurait
traversé les flammes pour se réunir à l'objet de sa
tendresse ; lorsque les désirs se calmaient il oubliait
vite. Les hommes de ce genre ont un double danger,
ils se font aimer promptement et ils nous abandonnent
de même. Ils éveillent le sentiment et ils s'en jouent
ensuite. C'est un assassinat moral, plus affreux que je
ne puis l'exprimer.

M. de Grailly commença à s'occuper de Marianne
d'une manière tout à fait ostensible. Il en avait la tête
tournée. Dans sa parfaite innocence elle ne songea
pas à ceux qui l'observaient, et si elle resta intimidée
sous ce regard fixe qui la brûlait, ce fut plutôt un instinct qu'une résolution. Il dansa plusieurs fois avec

elle, s'établit son chevalier au souper, lui adressa
mille paroles ardentes, et la fascina, pour ainsi dire,
par sa galante obstination. Toutes les femmes lui en-
vièrent cette conquête. Elle eut un instant de vanité
en le voyant si beau, et se demanda si réellement c'é-
tait à elle que ces hommages si flatteurs s'adressaient.

La nuit s'écoula comme un songe dans ces enchan-
tements. A six heures du matin on se sépara.

— Madame, disait le chevalier, je n'ai pas eu une
autre pensée que la vôtre depuis mon arrivée ici. Me
permettrez-vous de vous le faire croire?

— Monsieur, répondit-elle en baissant les yeux, je
ne suis qu'une petite bourgeoise de province, incapable de fixer l'attention d'un beau seigneur tel que vous;
ne vous jouez pas de mon ignorance et laissez-moi retourner en paix chez mes parents.

— Pas sans avoir obtenu la promesse de vous revoir.

— Cela ne se peut pas, M. le chevalier; lors même
que le régiment donnerait d'autres bals, je n'y revien-
drais plus.

— Et pourquoi cela, madame?

— J'aime mieux ma solitude et mon jardin. Ce bruit
m'effraye, ces lumières m'éblouissent; je suis née pour
ma tranquille existence, je ne dois pas en sortir.

M. et madame Froment vinrent chercher Marianne;
elle quitta le chevalier en lui adressant la plus pom-
peuse révérence. Il n'osa pas la suivre.

Retirée chez elle, la jeune femme descendit dans son
cœur; elle se demanda ce qu'il y avait de changé en

elle et d'où lui venait ce bonheur immense dont elle était remplie. L'image de M. de Grailly se dressa devant elle ; elle entendit de nouveau ses phrases d'amour, elle sentit son regard, elle le vit à ses pieds, et se reculant involontairement devant cette chimère qui l'attirait, elle tomba à genoux en s'écriant :

— Mon Dieu, ayez pitié de moi !

Après une courte prière, le calme revint dans son âme, mais un calme trompeur, un calme de convention, pour ainsi dire. La passion prit un masque, puisque ses traits effrayaient si fort sa victime ; elle se fit douce et indulgente. Pourquoi craindre ? Est-ce qu'on ne pouvait pas se plaire aux propos d'un jeune homme sans l'aimer ? Est-ce que le bal ne tolérait pas ces sortes de licences ? Et puis où le verrait-elle à présent ? Quel danger y avait-il à rappeler ce qui ne pouvait être que des souvenirs ? Ses principes étaient-ils si faibles qu'elle dût craindre de les voir s'écrouler à la première attaque ? N'avait-elle pas rencontré à Laon de jeunes officiers qui, comme celui-là, lui avaient répété qu'elle était belle ? Y avait-elle pensé le lendemain ? Non, non ; mille fois non ; elle dormirait à merveille et elle s'éveillerait dégagée des vapeurs qui l'agitaient, toute prête à reprendre ses occupations de chaque jour, avec les mêmes idées et les mêmes espérances.

Elle se coucha après ce raisonnement, néanmoins elle ne dormit pas. Elle mit cette insomnie sur le compte de la fatigue, ensuite les airs de danse lui revenaient à l'esprit. Le grand jour perçait à travers ses rideaux. Elle se leva de mauvaise humeur, triste, la tête embarrassée, et ne répondit que par monosyllabes aux questions de ses parents sur la soirée de la veille.

— Ma chère enfant, dit enfin madame Mauroy, vous n'irez plus au bal, puisqu'il vous rend si maussade et qu'on ne peut plus vous arracher une parole. M. le curé a bien raison, ce sont des lieux de perdition et de désordre.

— En vérité, madame, je suis fatiguée et voilà tout. Dans quelques heures il n'y paraîtra pas.

Cependant ses yeux se portaient sur la maison du père Landier, et son cœur battit à outrance lorsqu'elle aperçut le chevalier à la fenêtre dans son costume de bal, ce qui prouvait qu'il ne s'était pas couché et qu'il avait passé ces longues heures dans la contemplation. Elle fit un effort sur elle-même, se leva, prit son ouvrage et travailla de l'autre côté de la chambre, tournant le dos à celui qu'elle voulait fuir.

Pauvre femme! est-ce qu'on peut fuir un vainqueur dont l'image est en soi!

Toute la journée elle demeura à la même place, chantant elle ne savait quoi pour se persuader qu'elle était gaie, répondant à tort et à travers aux questions de sa mère, riant aux éclats les larmes aux yeux; elle ne mangea point, elle se sentit oppressée, et le soir, en faisant sa prière, elle fut encore distraite par des airs de danse.

Elle avait mis dans l'eau les belles fleurs qu'on lui

14.

avait offertes; son premier soin, pendant quelques jours, fut de les changer de vase, de couper avec soin les branches fanées pour mieux conserver les autres, jusqu'à ce qu'elles devinssent toutes impossibles à rafraîchir. Elle les fit sécher alors, les plaça dans une petite boîte et les serra dans le fond de son secrétaire comme son plus cher trésor.

M. de Grailly, désespéré de tant de rigueurs, devenait plus épris de jour en jour. Il suivait Marianne chaque fois qu'elle sortait, il la suivait même à l'église, et, chose étrange! il devint si timide, qu'il ne lui adressa pas la parole. Madame de la Panneterie se trouva entourée de cet amour respectueux comme d'un voile diaphane, elle le devinait partout et ne le saisissait nulle part; aussi se laissa-t-elle aller sans scrupule à ce charme enivrant de se sentir aimée; elle appuya son cœur sur cette trompeuse illusion, et s'endormit sous l'ombre de cet arbre perfide dont les fruits promettent le bonheur, dont le feuillage donne la mort!

Bientôt sa conscience se révolta et lui fit sentir l'aiguillon du remords. Elle ne pouvait pas s'abandonner à son penchant, car elle n'était pas libre, car elle appartenait à un autre, quelque indigne qu'il fût.

— Mon Dieu! murmurait-elle au pied de la croix, un sacrifice est-il un crime? Suis-je libre de vaincre mon cœur? N'est-ce pas assez que je refuse de le voir, ne puis-je pas l'aimer au moins?

Tous les soirs, à l'heure de sa promenade, le cheva-

lier marchait derrière elle. Ses regards seuls lui di-
saient sa passion. Elle entrait dans son jardin, elle s'y
enfermait, et, comme lorsqu'elle était tranquille, elle
avait quelques heures de repos. Il était en dehors de
la porte, elle le savait, il était là, occupé d'elle, tout
plein de son souvenir; et elle, au milieu de ses fleurs,
leur parlait de sa joie, de son amour, de sa résistance;
elle leur racontait ses combats et ses victoires, elle les
pressait sur ses lèvres dans une étreinte passionnée,
elle respirait leurs parfums, elle répétait mille fois
avec l'accent du bonheur et de la fierté : Il m'aime! et
il est là!

Elle sortait ensuite, il reprenait sa route derrière
elle, et ils rentraient chacun dans leur logis, pour se
montrer de même à travers les fenêtres. Leur vie se
passait ainsi. Cette jeune femme, si simple et si chaste,
imposait une sorte de respect à cet homme qui n'avait
jamais rien respecté. Le reflet d'une passion poétique
arrivait jusqu'à lui, il se sentait tout autre que par le
passé et se dit alors qu'il aimait pour la première fois.
Il y a des gens qui croient cela à chaque nouveau ca-
price !

On parlait beaucoup dans la ville de la conduite de
M. de Grailly, mais, chose étrange, on rendait justice
à la vertu de Marianne, et on le proclamait amoureux
en pure perte. Les parents de la jeune femme ne s'a-
perçurent de rien, puisque rien n'était changé autour
d'eux. Comment auraient-ils deviné ce qu'ils ne pouvaient pas comprendre?

Un dimanche, la chaleur était extrême. Marianne ne travaillait pas ce saint jour; elle ne pouvait astreindre son esprit à s'occuper d'une lecture, elle prit sa mante aussitôt après le dîner et se dirigea vers son jardin. M. de Grailly, retenu par ses devoirs militaires, ne la vit point sortir. Elle se crut donc bien en sûreté, et se sentit toute fière, glorieuse de cette facile victoire.

Elle entra dans son asile chéri, se mit à parcourir les allées et forma un bouquet de roses pour en orner la chapelle de la Vierge, sa patronne. Elle avait laissé la clef à la porte, afin que le jardinier pût entrer à sa fantaisie. A cette heure, le chevalier ne venait jamais; aussi, lorsqu'elle entendit toucher à la serrure, elle ne s'effraya pas et continua son bouquet. Cependant on marchait auprès d'elle, et ce n'était point le jardinier; elle leva la tête et reconnut M. de Grailly.

Ses fleurs, ses rubans, sa corbeille tombèrent au milieu de l'allée. Lui auprès d'elle! seuls, loin de tous les regards! C'était là qu'il fallait combattre et garder son cœur entre ses mains! Elle adressa une prière à Dieu et lui demanda du courage. Dieu n'écoute pas ces prières menteuses, qui ne partent que des lèvres.

— Madame, dit le jeune homme, aussi tremblant qu'elle, comment me ferai-je pardonner mon audace? Oh! ne me chassez pas! je ne vous croyais pas ici, je vous le jure, je cherchais seulement vos traces d'hier au soir, je venais demander à ces lieux, si remplis de vous, quelques consolations dans ma douleur; je vous ai vue et maintenant il m'est impossible de me taire.

Cet amour, que vous réduisez au silence depuis si longtemps, éclate malgré moi. Je me meurs, madame, ne me sauverez-vous point? Vous si généreuse, si noble pour tous, m'excepterez-vous seul de votre clémence?

Il avait prononcé ces phrases en mots entrecoupés; son émotion ne lui laissait pas la puissance de s'exprimer autrement. Agenouillé devant elle, les mains jointes, entouré des fleurs qu'elle avait laissé échapper de ses doigts, il avait, dans cette attitude, une grâce magique à laquelle Marianne ne résista pas.

— Que me voulez-vous? murmura-t-elle. Laissez-moi, monsieur, je vous l'ai dit déjà : nous ne sommes pas faits l'un pour l'autre. Vous savez bien que je ne puis vous aimer.

— Alors je me retire, madame, je vais traîner loin de vous une triste vie qui finira bientôt; je ne supporterai pas un tel malheur.

— Oh ! non, répliqua-t-elle ingénument, vous ne mourrez point, car ce serait moi, alors, qui serais malheureuse.

— Merci de votre pitié, madame, reprit le jeune homme, comprenant qu'il était aimé, et reprenant dès lors tout le sangfroid de son expérience passée, je n'en veux point, c'est plus cruel que la haine.

— Qui vous parle de pitié ou de haine, monsieur? Peut-il avoir entre nous autre chose que de l'indifférence?

Et sa voix tremblait de plus en plus.

— Vous êtes bien inhumaine, madame. Que vous ai-je fait ? En quoi suis-je coupable ? Je vous aime d'une passion folle, insensée, je sacrifierais pour vous mon avenir, tout, jusqu'à mon honneur ; et vous, lorsque je vous supplie de me permettre de vous exprimer cet amour, lorsque, timide et craintif, je ne demande autre chose que de vous voir, afin de ne pas mourir, vous me repoussez durement. Oh ! cela est affreux !

Deux grosses larmes tombèrent des yeux de Ma-rianne ; malgré elle, elle tendit la main vers lui.

— Ne parlez pas ainsi, interrompit elle, vous me déchirez le cœur !

Il se rapprochait insensiblement.

— Pourquoi m'abuser à présent ? Pourquoi chercher à me donner une espérance trompeuse ? Que vous importent mes paroles ?

— C'est vous qui devenez cruel, c'est vous qui doutez de moi, maintenant !

— Comment ajouter foi à tant de bonté, moi qui n'ai vu jusqu'à présent que de la rudesse ?

— Oh ! vous n'avez pas vu mon cœur !

— Grand Dieu ! serait-il possible, m'aimeriez-vous, Marianne ?

Elle se jeta à genoux et pria. Cette réponse était plus que suffisante. L'âme qui cherche un appui est bien près de tomber.

— Eh bien ! si vous m'aimez, ne vous dérobez pas à ma tendresse. N'ayez aucune crainte ; je n'en abuserai pas. Vous êtes pour moi l'objet du culte le plus sacré. Au prix du bonheur de ma vie, je ne voudrais pas effacer votre pure et sainte auréole.

— Je n'ai plus d'auréole, hélas ! c'est une couronne d'épines.

— Un mot, un mot, de grâce, Marianne ; je vous en conjure à genoux !

— Mon Dieu ! que lui dire !

— M'aimez-vous ? M'aimez-vous !

Elle le regarda, joignit les mains comme il les joignait tout à l'heure, et s'écria :

— Oh ! oui, oh ! oui, je vous aime !

Il se précipita vers elle et la pressa sur son cœur.

— A présent, continua-t-il, je suis plus riche et plus orgueilleux qu'un empereur. Vous m'aimez, vous, Marianne ! vous m'aimez ! Mon Dieu ! mon Dieu ! que vous donnerai-je pour payer cet immense bonheur !

La jeune femme, toute à cette séduction puissante, oublia le danger qu'elle allait courir, elle vit seulement la joie qui brillait sur la physionomie du chevalier, et elle se sentit entraînée par la plus décevante des erreurs, le désir de rendre heureux l'homme qu'on aime. Mais hélas ! nous faisons des ingrats, et non pas des heureux.

Ils passèrent ainsi trois heures dans des jouissances ineffables, qui vous laisse de poignants souvenirs. Il n'existait plus au monde d'autres lieux que ce jardin, d'autres êtres qu'eux-mêmes ; d'autre puissance que leur amour. Pas une pensée coupable ne vint à l'ima-

gination de Marianne ; le chevalier, dominé par elle,
ne chercha pas à lui ôter sa chimère. Il savait qu'on
s'habitue petit à petit à ce qui effraye. Il fut donc convenu entre eux, comme première condition, que leur
liaison resterait chaste et sans tache. Marianne exigea
d'Henri le serment de la respecter. Elle le lui fit répéter si souvent, qu'elle semblait craindre de l'oublier
elle-même.

— Henri, poursuivit-elle, nous nous retrouverons
ici ; mais vous ne me suivrez plus. Vous viendrez avant
moi, par un autre chemin, vous entrerez par une
autre porte. Prenons garde ! Ne montrons pas notre
bonheur, la calomnie le flétrirait, et il faudrait se traîner tout meurtri devant l'opinion des autres. Me pro-
mettez-vous de m'obéir ?

— En tout et toujours.

— Eh bien ! adieu, séparons-nous à présent. Sortez
avant moi. Je vais vous conduire à une issue que vous
ignorez, que peu de personnes connaissent, je vous
donnerai la clef, et par là vous arriverez jusqu'à moi
chaque jour. Avant de sortir je me mettrai à ma croisée
en ville, vous saurez que je viens ici et vous m'y re-
joindrez. De la sorte notre intimité sera ignorée de
tous, de mes parents surtout. Ils sont si sévères ! en
l'apprenant ils me maudiraient !

— Je ferai tout ce qui vous plaira, Marianne, vous
me trouverez docile à vos moindres volontés. Soyez
tranquille, jamais le moindre chagrin ne vous atteindra
par moi.

— Allez, allez, mon Henri, et soyez heureux, c'est
tout ce que je vous demande!

Elle le conduisit vers une autre allée et ils se quittèrent après mille serments d'amour, mille protestations
de rester unis à jamais par l'âme et chastes par le
corps. Le chevalier se montra d'une timidité respec-
tueuse et ne demanda pas même un baiser, aussi prit-
elle en lui la confiance la plus entière.

Aussitôt qu'elle fut seule, madame de la Pannetorie
fondit en larmes, elle ne savait pas si c'était de joie ou
de douleur. Une oppression inconnue l'étouffait, elle
se sentait une sorte de bien-être et en même temps une
crainte inquiète. Pour la première fois de sa vie elle
avait à rougir devant sa conscience. Elle marchait lentement dans ce jardin, qui lui devenait plus cher ; puis
elle en sortit et se dirigea vers l'église. L'instinct de
son cœur la conduisait à Dieu. Elle voulait le remercier et lui demander grâce, et à lui seul elle pouvait
ouvrir son âme, car lui seul savait son innocence et sa
ferme résolution de ne pas trahir ses devoirs. Elle
pria longtemps, et ne rentra chez elle que pour le
souper.

Sa mère la trouva pâle et triste, elle lui reprocha ses
distractions continuelles, et le peu de bonne grâce
qu'elle mettait vis-à-vis de ses convives. C'est que son
esprit et son cœur étaient occupés ailleurs, c'est qu'elle
voyait devant elle ce visage adoré, cette taille élégante.

— Qu'il est beau! se répétait-elle incessamment,
mon Dieu! qu'il est beau et que je l'aime!

Toute la nuit elle eut la même pensée. C'est que, sans s'en douter, elle venait d'entrer dans une de ces phases de l'existence où on ne s'appartient plus, où on n'est plus maîtresse même de son esprit. Cet état est plein de charmes tant qu'on n'a pas souffert, après c'est le plus grand supplice que je connaisse. On ne peut bannir de son imagination ces souvenirs qui vous déchirent, on ne peut arracher cette griffe de la passion qui vous serre le cœur jusqu'à vous étouffer, les distractions sont impuissantes, les occupations sont inutiles, on souffre et on pense, on n'a plus d'autres facultés que celles-là.

Dès qu'elle fut éveillée le lendemain, Marianne ouvrit la fenêtre. Ses cheveux tombaient en boucles négligées autour de son visage un peu pâle des rêves de la nuit; qu'elle était belle ainsi sans parure! M. de Grailly l'attendait déjà, leur premier regard leur dit l'un à l'autre tout ce qu'ils avaient à se dire. La belle langue que celle du cœur, comme elle se comprend vite! combien elle a d'interprètes, mais aussi comme elle est bien vite oubliée!

Madame de la Panneterie se mit à l'ouvrage, ainsi qu'elle en avait l'habitude, mais au lieu de causer avec sa mère, elle restait plongée dans un recueillement intime qui ressemblait à de la tristesse. Elle n'entendait et ne voyait rien. Madame Mouroy s'y trompa tout à fait. Elle communiqua ses observations à son mari.

— Pauvre Marianne! dit-elle; elle pense à sa position,

à son mari, ne la troublons pas, elle serait fâchée qu'on eût l'air de s'en apercevoir.

Grâce à cette prévoyance maternelle, la jeune femme put chercher au fond de son âme ses douces pensées, elle put construire ces beaux châteaux aériens qu'un souffle détruit et qui nous écrasent en tombant, tout légers qu'ils sont. A l'heure ordinaire elle se rendit au jardin, elle y trouva Henri, l'entrevue se passa comme la veille, elle rentra rêveuse et bientôt tous les jours ressemblèrent à celui-là.

Il y avait entre ces deux êtres une singulière dissemblance et cependant ils s'aimaient. Marianne pure, dévouée, tendre ; Henri passionné, libertin, égoïste ; elle voulait qu'il fût heureux, aux dépens de son bonheur à elle, lui voulait tout obtenir en perdant la pauvre femme ; ils travaillaient pour le même but, madame de la Panneterie parce qu'elle s'oubliait elle-même, le chevalier, parce qu'il ne songeait qu'à lui.

Un soir ils étaient ensemble au jardin, Marianne avait emmené Pyrame, ce témoin muet de ses anciennes épreuves, elle le tenait sur ses genoux, et elle racontait à Henri qui l'écoutait avidement, les chagrins dont elle avait été abreuvée.

— Oh ! que j'ai souffert, mon ami, lui disait-elle. J'aime ce chien parce qu'il a partagé mes mauvais jours, je l'aime parce qu'il a vu naître mon amour pour vous, je l'aime parce qu'il assiste à présent à ces belles fêtes de cœur que vous me donnez. Voyez quelle admirable soirée ! Le soleil se couche à l'horizon, les fleurs ont réuni leurs parfums les plus enivrants pour lui offrir un dernier hommage, les oiseaux le saluent de leurs plus doux concerts, nous sommes seuls devant ce magique spectacle; notre amour aussi est un encens qui monte avec tous les autres vers le trône du Seigneur. Pourquoi donc êtes-vous triste, Henri? ne sentez-vous pas comme moi un inexprimable bonheur pénétrer tout votre être? N'êtes-vous pas reconnaissant envers la Providence qui nous accorde tant de bienfaits?

M. de Grailly secoua mélancoliquement la tête.

— Qu'avez-vous, au nom du ciel? Quelque danger vous menace-t-il? Allez-vous me quitter?

— Non, Marianne, aucun danger ne me menace, et je puis rester auprès de vous.

— Alors que vous manque-t-il?

— Je souffre et je suis malheureux, Marianne.

— Ah! reprit-elle d'un ton glacial, vous êtes malheureux!

— Sans doute, puisque vous ne m'aimez pas.

— Je ne vous aime pas!

— Si vous m'aimiez, Marianne, vous auriez compris ma tristesse, vous auriez deviné mon désespoir, vous verriez que je meurs.

— Et pourquoi?

— Parce que j'ai promis au-dessus de mes forces, parce que je ne puis plus dominer mon amour, et qu'il faut vous fuir ou manquer à ma parole.

— Comment! cette tendresse si vive que je vous

porte ne vous suffit pas, vous voulez autre chose que la possession de mon âme!

— Je veux que vous m'apparteniez, Marianne, je veux que vous soyez à moi sans réserve. Je le veux ou je veux partir.

— Oh! cela est infâme, me condamner à cette alternative. Me perdre, manquer à tous mes devoirs ou me séparer de vous. Malheureuse que je suis! j'aurais dû m'y attendre! C'était un trop beau rêve, le réveil devait arriver.

— Vous n'êtes pas un homme, Marianne, vous ne pouvez imaginer le supplice auquel je suis condamné depuis deux mois. Si je ne vous aimais pas tant, j'y aurais mis un terme.

— Quoi! vous appelez un supplice ces longues causeries de chaque soir, ces regards qui me transportent, ce chaste baiser que vous me donnez en me quittant. Quoi! ce n'est pas là du bonheur!

Henri se leva sans répondre, et se dirigea vers la porte.

— Où allez-vous? s'écria-t-elle.

— Je rentre chez moi, madame; à tous mes chagrins j'ajoute encore celui de vous déplaire. Je dois m'éloigner.

Un premier roulement se fit entendre pour la fermeture des portes, ni l'un ni l'autre n'y firent attention. Madame de la Panneterie se livrait à elle-même une guerre effroyable, son dévouement et ses principes se combattaient mutuellement. M. de Grailly la regardait en silence, attendant et prévoyant peut-être le résultat de cette lutte. L'heure s'écoulait, quelques minutes encore, et ils étaient forcés de passer la nuit tête à tête. Le chevalier l'avait déjà calculé, aussi ne cherchait-il qu'à gagner du temps, certain de la victoire, s'il remportait celle-là.

— Henri, dit enfin Marianne, vous êtes malheureux?

— Je le suis, madame.

— Madame! Et vous croyez que je ne vous aime pas?

— Je ne crois rien, je ne sais rien, je me meurs, je vous le répète.

— Et...

Elle sembla n'avoir pas la force de poursuivre, cependant elle reprit avec un peu plus de résolution:

— Et... si je voulais, vous ne souffririez plus. Vous croiriez en moi.

— Je n'ose vous le dire, j'ai promis de me taire.

Le second roulement pour les portes arriva jusqu'à eux.

— Ah! mon Dieu! s'écria Marianne, nous ne pouvons plus rentrer en ville, je suis perdue?

III

Le jour venait de paraître lorsque M. de Grailly quitta le jardin. Longtemps après son départ, Marianne, assise dans le pavillon, à la place où il l'avait

laissée, n'osait pas lever les yeux devant elle-même et
restait accablée sous le poids énorme de sa faute. Il
lui semblait qu'elle allait rendre compte à Dieu et aux
hommes d'un moment de faiblesse, elle croyait voir la
honte écrite sur son front et s'attendait aux mépris
des hommes comme aux reproches de sa conscience.
Aussitôt qu'elle eut pu reprendre un peu de sangfroid,
elle envoya prévenir sa mère qu'elle resterait à son
jardin toute la journée, ainsi que cela lui était déjà
arrivé aux jours de son innocence. Ce qui prouve plus
que tout la connaissance du bien et du mal, c'est cette
pudeur intime qui nous avertit de cacher une erreur,
c'est que nous marchons la tête baissée, même après
une démarche inconséquente, lorsque nos intentions
sont pures, et que nous tremblons d'être accusées
lorsque nous sommes accusables.

— Comment reparaîtrai-je devant mes parents? se
demandait-elle. Que vont-ils me dire? Quelle excuse
leur donner?

Elle resta ainsi dans cette perplexité timorée jusqu'à l'heure du dîner. Elle n'avait rien mangé depuis
la veille, et pourtant elle n'avait pas faim. Ce qu'elle
éprouvait était si nouveau pour elle!

L'arrivée d'Henri, qu'elle n'attendait pas, la combla
de joie. Lorsqu'elle le retrouva plus tendre, plus sou-
mis, lorsqu'elle sentit que son sentiment n'avait rien
perdu de sa force et de son adoration, elle reprit courage. On a tant besoin du respect d'un homme lorsqu'on lui a prouvé qu'on n'était qu'une femme!

Madame de la Panneterie voulut sortir la première du jardin; elle craignit d'être restée trop tard et se mit en chemin, honteuse et tremblante à l'idée de cacher quelque chose, elle dont la vie était si claire. Ses parents la reçurent avec leur gravité accoutumée.

— Vous êtes restée bien tard à votre jardin, dit sa mère.

— Je me suis oubliée à lire... hier soir... je n'ai pas entendu le tambour; on a fermé les portes, j'ai été forcée de demeurer malgré moi... Ce matin il faisait si beau, que je me suis laissée tenter par mes fleurs; je ne pouvais me résoudre à les quitter.

— Quel plaisir trouvez-vous donc dans ce lieu, ma fille? continua M. Mauroy. Vous n'y recevez personne; chaque fois qu'on cherche à y pénétrer, on trouve la porte fermée. C'est une espèce de sanctuaire interdit à tous, hors à vous.

— Oh! oui, mon père, c'est un sanctuaire. Avec quelle ardeur j'y ai prié!

— N'y priez-vous plus, Marianne?

— Mon ami, interrompit sa mère, ne tourmentez pas Marianne; elle a acquis, par ses souffrances passées, le droit de chercher le repos et la solitude.

— Merci, ma mère, murmura la jeune femme en baisant la main de madame Mauroy, vous êtes bien bonne.

— Chère belle, répliqua-t-elle, je vois bien que vous n'avez jamais eu d'enfants. Une mère peut-elle être autre chose?

Cependant l'humeur de madame de la Panneterie, son caractère, changeaient à vue d'œil. Toute à son amour, lorsqu'il fallait s'adonner aux soins de la vie, aux détails de la maison, elle s'en sentait incapable. L'avenir la préoccupait fortement. Elle ne se dissimulait pas qu'elle devait s'attendre à une séparation, à un abandon total, peut-être, lorsque le régiment quitterait la Fère, et cette pensée absorbait son imagination. Cependant, tant que le chevalier resta le même, elle ne s'effraya pas.

Cette liaison datait de quelques mois lorsque Marianne, en se rendant au jardin, trouva sur la table une lettre de son amant. Elle n'en avait jamais reçu, elle s'attendait à le voir; l'impression de trouver ce billet au lieu de lui fut si forte, qu'elle se laissa tomber sur un siége.

— Que peut-il me dire, mon Dieu! Il ne viendra pas!

Elle ouvrit l'enveloppe, Henri la conjurait de le plaindre, de l'excuser, un ordre de son colonel l'envoyait à quelques lieues de la ville et le forçait de partir sur-le-champ. Il avait le cœur brisé de cette contrainte, il viendrait le lendemain; enfin ces phrases infernales que trouve un homme qui n'aime plus, lorsqu'il veut que nous l'aimions encore.

Marianne n'avait jamais trompé personne, elle n'avait jamais trompé; elle crut et elle attendit!

La malheureuse créature ignorait que la première feuille qui tombe d'une rose entraîne toutes les autres,

15

et que le premier mensonge d'un homme prépare
toutes nos larmes. Dès qu'il a trompé une fois, dès
qu'il n'a pas été soupçonné, il est notre maître, il n'en
doute plus et il en arrive bien vite à ne plus daigner
nous tromper.

Madame de la Panneterie rentra chez elle triste et
malade; le lendemain elle se trouva hors d'état de se
lever.

— Pourquoi donc suis-je ainsi? pensait-elle; je le
crois cependant.

Dans la matinée, la servante de la maison vint auprès d'elle.

— Savez-vous la nouvelle du quartier, madame?
dit-elle.

— Non, Javotte.

— Notre beau voisin est à la campagne depuis hier,
il vient de faire dire au père Landier de ne pas l'attendre avant demain au soir. Il a de grandes affaires,
à ce qu'il paraît. Il demande au père Landier de pu-
blier la nouvelle partout, afin qu'elle arrive jusqu'à
une belle dame à laquelle il n'ose pas écrire lui-même.
C'est assez ingénieux.

— La belle dame saura tout, n'est-il pas vrai,
Javotte?

— Pardine, madame! à force de le répéter à toute
la ville, il faudra bien que cela arrive jusqu'à elle.

— Il est probable qu'elle le sait dès à présent.

— La pauvre femme! Elle n'est pas à la noce sans
doute! Les soldats disent que c'est un enjôleur, que

dans chaque garnison il a eu deux ou trois maîtresses, sans compter celles qui venaient de Paris, et qu'il les a toutes trompées à faire frémir.

— Vraiment, Javotte, ils disent cela? reprit Marianne, respirant à peine.

— Et bien d'autres choses! Ils ajoutent que certainement s'il est à la campagne, c'est qu'il est en train d'en séduire une autre.

— Et sait-on où il est?

— Oh! sans doute. Il est à Pinon, chez madame de Courval, où il y a toujours tant de gens de qualité et des dames de la première noblesse de la province.

— C'est bon, Javotte, laissez-moi maintenant; je veux me reposer, car je souffre beaucoup. Priez ma mère de ne point entrer chez moi, j'essayerai de dormir.

Aussitôt qu'elle fut seule, madame de la Panneterie se laissa aller à toute sa douleur; elle venait d'apprendre la plus grande peine de ce monde, la jalousie, et dès cette première atteinte, elle s'en sentit écrasée. Cependant sa confiance en son amour n'était pas détruite, elle n'était qu'ébranlée, elle voulait le voir avant de le condamner sans appel, elle se croyait sûre de lire la vérité dans ses yeux, comme si le regard d'un homme n'avait pas plus de perfidie que son cœur!

Elle attendit donc le lendemain avec une impatience fébrile. Comptant toutes les minutes, écoutant tous les bruits, s'exerçant à ce cruel supplice de la femme qu'on délaisse, qui nous fait remercier Dieu lorsque

nous restons un instant sans souffrir. Elle entendit ses
chevaux, elle le vit descendre; il se tourna de son côté
il la regarda, il lui sourit; elle oublia tout et elle aurait juré à Dieu même qu'il n'était pas coupable. La
soirée était trop avancée pour qu'il fût possible d'aller
au jardin, mais dans son désir de lui parler elle ne
calcula rien et sortit hardiment de chez elle, en se dirigeant vers le rempart, désert à cette heure. Il la suivit et bientôt ils se retrouvèrent à l'abri des indiscrets.

— M'aimes-tu? lui dit-elle dès qu'elle l'aperçut.

— Si je t'aime! répondit-il, qui a pu t'en faire
douter?

— Ton absence, tes propos, que sais-je? Pourquoi
as-tu été si longtemps loin de moi?

— Parce que cela était indispensable.

— Cela est bien vrai?

— Oui, cela est vrai.

— Alors, je n'ai plus de soupçons, je te crois. Mais
que j'ai souffert! Oh! mon ami, que j'ai souffert! Ne
me condamne plus à ce supplice, Henri. Tu ne sais pas
comment je t'aime; tu ne sais pas que cet amour est
toute ma destinée, que je vivrai de ta vie, pour toi
seul, avec toi; que lorsque tu m'auras quittée, je ne
sais ce que deviendra ma raison. Je la sentais s'échapper cette nuit, mes idées n'étaient plus nettes. Oh!
j'ai eu peur d'être folle! Je me suis reportée à l'époque
de mes malheurs, c'était la même chose.

— Sois tranquille, chère Marianne: sois confiante
dans une liaison telle que la nôtre, c'est la première

condition du bonheur. Ainsi, je vais te demander un
sacrifice, je vais te demander d'être bien certaine que
je ne songe qu'à toi dans ce que je vais te dire.

— Un sacrifice ! Ah ! parle, je suis trop heureuse !

— Je dois quitter mon logement, je le dois à cause
de ta renommée. Tout le régiment, toute la ville parlent
de nos rendez-vous à la fenêtre. On nous épie, on nous
raille ; à Pinon, d'où j'arrive, on m'a fait mille plaisanteries. Je cède mon appartement à de Jars et je
prends le sien. De cette manière, je pourrai encore,
de chez lui, te regarder sans crainte et nous ferons
taire les bavards.

Marianne baissa la tête pour cacher ses larmes.

— Comme tu voudras, mon ami ! répliqua-t-elle
doucement.

— Dès demain, continua-t-il, je serai dans mon
nouveau logis ; ne t'attriste pas de cette séparation
momentanée ; plus tard je reviendrai, lorsqu'ils se seront occupés d'autre chose. Il faut, avant tout, ménager tes parents et ta réputation.

— Rentrons, Henri, dit elle avec un peu d'aigreur,
on s'apercevrait de mon absence.

— Tu m'en veux, interrompit-il, et tu as tort, Marianne. Écoute bien : Tu m'es plus chère que tout au
monde, je te le jure sur mon honneur, et c'est parce
que tu m'es chère que je m'éloigne de toi. Je te connais,
je regarderais comme un crime de te faire la moindre
blessure ; je sais ce que tu souffrirais en te voyant
trompée ou accusée à tort. Encore une fois, aie con-

15.

fiance, je suis un fou, un étourdi, je ne suis ni un barbare, ni un malhonnête homme.

Pour toute réponse, la jeune femme se jeta dans ses bras.

— Tu es le maître, agis comme il te plaira, mon Henri, et je me tairai, et je ne chercherai pas à savoir ce que tu me caches, si tu me caches quelque chose. J'ai confiance et je t'aime!

Il n'y a rien de plus adorable qu'un pareil abandon; pourquoi les hommes en abusent-ils toujours?

Ils se séparèrent et le lendemain ce ne fut plus Henri que Marianne aperçut d'abord en se levant. Son cœur se serra, elle ferma la fenêtre et ne s'en approcha pas de la journée. Le soir elle alla à son jardin. M. de Grailly y arriva bientôt après; il fut passionné, tendre, charmant. Néanmoins, il ajouta qu'il ne fallait pas compter sur lui le lendemain, parce qu'il allait à un dîner chez madame de May, aux environs de Coucy-la-Ville, et qu'il ne reviendrait que fort tard, peut-être pas ce jour-là.

— De Jars en est très-amoureux, poursuivit-il négligemment, et nous y allons ensemble, de sorte que j'aurai beaucoup de peine à l'arracher de cette Capoue. Ne sois pas inquiète, je dois aider de Jars, qui m'a rendu tant de services.

— C'est juste, mon ami!

— Que feras-tu pendant ce temps?

— Je viendrai ici, relire tes lettres et penser à toi.

— Bonne Marianne!

— Et puis je te reverrai après-demain?

— Aussitôt mon arrivée.

— Dis-moi, le château de Pinon est-il aussi beau qu'on l'assure?

— Il est magnifique et dans le plus joli pays du monde. Que j'aurais voulu t'avoir près de moi lorsque j'ai parcouru seul, l'autre nuit, les grandes allées de ce parc éclairées par la lune! Les saules qui tombent dans l'eau des fossés forment une sorte de guirlande autour du bâtiment, leurs feuillages argentés brillent aux rayons de notre astre chéri, et semblent autant de jeunes nymphes vêtues de blanc et se mirant dans cette eau limpide. Et puis, madame de Courval est une personne fort distinguée. Vous savez quelle est demoiselle de Milly, dont la mère est une Clermont-Thoury, de la maison de Clermont-Tonnerre? Ce sont de grandes gens. On s'amuse beaucoup chez eux, il y a une belle chasse. On m'y reçoit à merveille. Nous y retournerons souvent.

— Vous ne m'oublierez pas, Henri, dans ces voyages?

— Je ne t'oublierai pour quoi que ce soit, Marianne; car tu vaux mieux que toutes les créatures.

Elle le crut encore!

IV

PRÉMONTRÉ.

L'hiver succédait à l'automne, lorsque les événements que je viens de raconter arrivèrent. M. de Grailly se sentait heureux entre madame de la Panneterie, qu'il aimait de cœur, et une autre femme dont les charmes avaient produit une impression violente sur ses sens : pour la première fois il ne demanda pas de semestre et oublia Paris. Marianne, comme toutes les âmes tendres, comprit qu'il y avait un changement dans la passion de Henri, elle le comprit avant lui peut-être; mais elle n'imagina pas un instant qu'il la trompait. Dans un amour tel que le sien le cœur se donne tout entier; il croirait se faire injure à lui-même en doutant, jusqu'au jour où il est désabusé par l'évidence; et c'est là une cruelle douleur.

Au printemps, la compagnie du chevalier fut envoyée à Laon, et, malgré le désespoir de Marianne, il fallut se séparer. La distance heureusement n'était pas bien longue, et l'on pourrait se revoir souvent. Il fut convenu que Henri viendrait à cheval jusqu'auprès de la ville, qu'il attendrait la nuit pour sortir de son auberge et que madame de la Panneterie se trouverait au jardin pour le recevoir. Elle avait habitué ses parents à ses fréquentes absences ; elle ne craignait pas leurs reproches. Les adieux n'en furent pas moins cruels, et lorsque M. de Grailly eut quitté la Fère, la pauvre femme fut prise d'une désolation inconsolable. Sa mère s'en alarma, elle l'interrogea avec sollicitude, elle voulut chercher jusque dans sa pensée; Marianne fut impénétrable.

— J'ai peut-être besoin de distraction, répondait-elle. Si vous le voulez, ma mère, je me rendrai à l'invitation que m'a adressée depuis si longtemps madame d'Elbèque. Je lui ai promis à la mort de ma bienfaitrice d'aller passer quelque temps avec elle. Elle veut me parler de cette amie si chère à toutes deux ; cela me fera du bien, j'irai.

— Allez-y, ma fille. Cependant j'ai peur de cette société mondaine. Madame d'Elbèque reçoit toute la jeune noblesse de la province, sa maison est la plus brillante de Laon. N'y courez-vous pas des dangers?

— Soyez tranquille, ma mère, répliqua la jeune femme en baissant les yeux ; rien n'est plus dangereux pour moi.

— Eh bien! partez donc, ma fille, tâchez de nous revenir fraîche et gaie.

— J'y ferai mon possible, ma mère.

La comtesse d'Elbèque, ancienne amie de madame de Sernes, avait vu élever Marianne. Elle l'aimait tendrement, et lorsqu'elle perdit sa bienfaitrice, madame de la Panneterie aurait trouvé un refuge certain chez madame d'Elbèque, si elle n'eût pas voulu vivre igno-

rée près de ses parents. Mais elle avait promis d'aller
la voir souvent, et cette promesse, oubliée dans l'enivre-
ment de la passion, lui revint à l'esprit quand elle put
lui servir à se rapprocher de Henri. Madame d'Elbèque,
qui ne s'en doutait pas, la reçut à merveille. Elle lui
offrit de la conduire avec elle dans les maisons où on
se réunissait chaque soir, et, à sa grande surprise,
Marianne accepta.

— Vous n'êtes donc plus sauvage, mignonne! disait
la comtesse. C'est très bien à vous, et je vous en féli-
cite.

— Je suis venue vous voir parce que j'étais triste,
madame; je veux vous suivre partout, afin de me dis-
traire plus certainement.

— Et vous ferez bien! Pour commencer nous irons
ce soir chez mon frère, il y a un bal et vous y danse-
rez. Avez-vous une toilette?

Marianne montra sa robe de linon, qui lui allait si
bien; madame d'Elbèque fut forcée de convenir qu'elle
serait la plus jolie malgré sa simplicité. En effet elle
produisit un effet merveilleux. M. de Grailly était loin
de l'attendre, aussi resta-t-il stupéfait en l'apercevant.
Chacun disait autour de lui :

— Qu'elle est belle.

Et cependant il n'avait pas encore osé s'approcher
d'elle. Son cœur battait délicieusement. Cet amour,
un peu usé par la vie monotone de la Fère, allait reprendre une forme nouvelle. Il trouvait sa maîtresse
vingt fois plus charmante en la voyant sur un grand

théâtre, entourée d'hommages, et cherchant son regard pour les lui offrir. Quant à madame de la Panneterie, elle aimait au milieu du monde comme dans la solitude. Elle se concentrait dans ses souvenirs, dans ses espérances, et ne s'apercevait pas de ses succès.

— M. de Grailly, dit la comtesse d'Elbèque, voilà ma jeune amie, dont vous m'avez entretenue, la reconnaissez-vous ?

Le chevalier s'inclina avec grâce.

— Je reconnais madame ; ici comme partout, elle est la reine de la fête.

— Ne lui faites pas de compliments, chevalier, elle rougit et n'y veut pas croire.

— J'ai si peu l'habitude d'en entendre, madame, répondit la jeune femme en souriant.

— Tâchez de ne pas la prendre, ma chère petite, car il vous serait trop cruel de la perdre, et c'est ce qui nous arrive à toutes.

Marianne ne croyait point que cela fût possible. Il y a trois choses en ce monde dont les femmes ne peuvent douter, et sur lesquelles elles ont la merveilleuse facilité de se faire une illusion permanente :

D'abord, ce qui est plus inévitable que tout : la mort !

Puis la perte de leurs charmes et de leur jeunesse ;

Enfin, l'infidélité ou l'abandon de l'homme qu'elles aiment.

Si nous descendons toutes au fond de notre cœur pendant la première moitié de notre vie, nous serons forcées de convenir que cela est vrai.

Madame de la Panneterie se trouva bientôt dans un tourbillon de plaisirs qui lui causa une sorte d'étourdissement. Elle se laissa entraîner dans cette pente si douce, et sentit, malgré toute sa raison, que la vie de la Fère lui semblerait désormais bien cruelle. Elle ne songeait pas sans effroi à la nécessité d'y retourner. Il lui semblait qu'un fil se briserait dans son âme en quittant M. de Grailly et en le laissant exposé aux séductions qui l'entouraient dans cette société brillante.

Ils se voyaient rarement seuls, et la passion du jeune homme s'excitait par cette contrainte et par la jalousie que lui inspirait la beauté de sa maîtresse. Il n'était question que d'elle à Laon ; sa grâce, sa modestie lui gagnaient tous les suffrages. Les femmes mêmes étaient forcées de lui pardonner ses triomphes, elle avait l'air de les ignorer.

Depuis quelques semaines on parlait d'une excursion à l'abbaye de Prémontré, cette merveille des environs, cette puissante abbaye dont le titulaire était chef d'ordre et un des premiers dignitaires de l'Église. On décida qu'on choisirait le 24 juin, fête de la Saint-Jean, où les moines célébraient des cérémonies magnifiques. On devait, après l'office, dîner dans la forêt et s'y promener en voiture. Marianne se faisait d'avance un tableau délicieux de cette journée qu'elle devait passer tout entière près d'Henri. Elle fit une toilette des plus recherchées et parvint à se faire plus jolie encore qu'à l'ordinaire.

Madame d'Elbèque avait pris le chevalier dans son carrosse. Elle lui trouvait infiniment d'esprit, et elle aimait particulièrement à causer avec lui de la cour, où elle avait beaucoup vécu dans sa jeunesse.

— Chevalier, disait-elle en regardant Marianne, si ce visage-là paraissait à Versailles, il y produirait un terrible effet!

— Toutes les dames en mourraient de dépit, madame, je vous assure.

— *Elle a d'assez beaux yeux pour des yeux de province*, n'est-ce pas?

— Vous devriez nous laisser le plaisir de le dire à madame de la Panneterie, madame la comtesse.

— Cela est moins dangereux dans ma bouche, monsieur, et je veux l'accoutumer à l'entendre.

— Madame de Courval ne vient-elle pas nous rejoindre? interrompit Marianne.

— Certainement, avec mademoiselle sa belle-fille, laquelle est une charmante personne.

— C'est la fille de M. son mari?

— Oui, d'un premier mariage.

— Elle épousera, dit-on, M. Joly de Fleury, avocat général au parlement, et dont l'éloquence fait tant de bruit.

— Elle est parfaitement belle, madame, reprit M. de Grailly, et je vous assure qu'elle est digne d'un trône.

— Qu'est-ce qu'une madame de May, qui sera aussi de la partie, la connaissez-vous, chevalier?

M. de Grailly rougit beaucoup et se troubla évidemment.

— Comment, madame, madame de May est des nôtres ?

— Certainement ; l'ignoriez-vous donc ?

— Je ne l'avais pas entendu dire.

— Elle a demandé à madame de Courval, dont elle est voisine, d'arriver sous ses auspices, et madame de Courval m'en a fait prévenir ce matin.

— Vous ne connaissez pas madame de May, madame la comtesse ?

— J'en ai entendu parler vingt fois ; il court sur elle des bruits étranges. Elle ne voit que peu de monde, ne vient jamais en ville, reste à son château de May, où elle chasse autant qu'un piqueur. Elle ne reçoit guère que des hommes, et quelques habitants des châteaux environnants. Du reste chacun s'accorde à dire qu'elle est belle à miracle.

— Cela est vrai, madame, belle à miracle.

A ces mots, Marianne regarda vivement le chevalier.

— Vous la trouvez bien belle, monsieur ? demanda-t-elle.

— Moins belle que vous, madame, reprit il embarrassé.

— Vraiment, Marianne, vous êtes plus belle qu'une miraculeuse beauté ! Voyez ce que c'est que l'imagination !

M. de Grailly sourit d'une manière contrainte ; depuis ce moment la jeune femme devint inquiète, sans savoir pourquoi.

L'abbaye de Prémontré était alors un des plus beaux monuments de France. Les vastes bâtiments, l'église, les communs étaient cités comme des modèles d'architecture. Cette riche communauté, située dans une forêt magnifique, au milieu des sites les plus sauvages et les plus remarquables, offrait un type parfait de la souveraineté monastique à cette époque. La règle très-sévère de ces cénobites s'était considérablement relâchée, et lorsque madame d'Elbèque parut dans la cour avec les personnes qui l'accompagnaient les robes blanches à la croix rouge des religieux s'y montrèrent bientôt en grand nombre, sans craindre de se corrompre parmi les gens du siècle.

L'abbé avait une sorte de palais, où on conduisit les visiteurs aussitôt qu'ils en eurent témoigné le désir. Les grandes richesses que possédait ce couvent servaient, du reste, ainsi que cela se pratiquait dans toute l'étendue de la France, au soulagement des malheureux. On répandait l'or à pleines mains dans les environs de cette sainte demeure, et jamais un asile ne fut refusé au pauvre qui l'implorait au nom de Jésus-Christ.

Madame d'Elbèque parcourut avec édification cette magnifique retraite.

— Qu'on doit vivre heureux ici, mon père! disait-elle au frère trésorier, chargé par son supérieur de faire les honneurs de l'abbaye.

— Oui, madame, répondit le vieillard, on y vit heureux comme partout avec la paix du cœur!

— Cela n'est pas vrai, Marianne, murmura tout bas le chevalier, on ne peut être heureux ici, car il est défendu d'aimer.

— Mon ami, répondit-elle, le cloître est le seul lieu du monde où l'on puisse exister sans amour, parce que Dieu y est !

Après avoir assisté aux offices, toute la compagnie remonta en voiture, et l'on chercha dans les environs un endroit commode pour y dresser le repas. Madame de Courval était arrivée seule, elle avait vainement attendu madame de May et s'était enfin décidée à partir sans elle. Mademoiselle de Courval l'accompagnait et chacun se demandait quelle était la plus charmante d'elle ou de Marianne.

Hélas ! en regardant ces deux jeunes femmes, qui eût pu prédire leur malheureuse destinée? L'une, mademoiselle de Courval, devenue madame de Fleury, périt sur l'échafaud à l'âge de vingt-huit ans ; l'autre mourut d'une autre mort, d'une mort qui dure encore et dont la suite de ce récit montrera toute la tristesse.

— Je me console parfaitement d'avoir perdu ma compagne, disait madame de Courval à madame d'Elbèque. C'est une femme si étrange que je la laisse très-peu voir à ma fille. On en dit beaucoup de mal. Je ne veux pas savoir si elle le justifie, mais elle y prête néanmoins par les façons toutes cavalières qu'elle a adoptées.

— On m'avait déjà raconté cela, reprit madame d'Ebèque, nous avons ici M. de Grailly, qui va fort souvent chez elle ; je crois qu'il en est amoureux.

On trouva enfin l'endroit désiré et l'on se mit à dresser les tables. Tout le monde s'y prêta, domestiques et maîtres, les mets furent disposés au milieu des rires

et des propos joyeux ; la gaieté la plus franche régnait
de toutes parts, lorsqu'un bruit de chevaux retentit
dans la forêt, et une femme accompagnée de plusieurs
jeunes gens parut à quelque distance. On l'eût prise
pour Calypso tant sa beauté était à la fois imposante
et voluptueuse, elle s'arrêta avec une habileté digne
d'un écuyer de manége, et salua gracieusement l'as-
semblée de son fouet d'ivoire au manche d'or. C'était
madame de May.

Tous les hommes s'approchèrent d'elle, excepté le
chevalier, qui resta indécis à côté de madame de
Courval.

— La voilà, cette amazone, dit madame d'Elbèque ;
son entrée est digne de sa réputation, elle nous arrive
comme un hussard.

— Et elle nous en fera bien d'autres d'ici à ce soir,
ajouta la présidente.

— Cela nous divertira un peu, madame, continua
une vieille femme jalouse, et elle montrera à nos
jeunes personnes ce que c'est qu'une coquette.

Pendant ce temps l'héroïne était descendue de sa
haquenée, et venait droit au groupe où on s'occupait
d'elle. Elle demanda pardon de s'être fait attendre,
s'excusa de sa brusque présentation, d'un air d'im-
pératrice qui accorde une grâce. Marianne ne pouvait
se lasser de la regarder avec un étonnement profond.

— Mon Dieu ! se disait-elle, c'est là la femme qu'il
admire !

Madame de May, qui cherchait le chevalier, l'eut
bientôt découvert dans l'asile où il se cachait.

— Vous voilà, monsieur, lui dit-elle, vous n'êtes pas même venu me donner la main, c'est affreux à vous.

— Je causais avec ces dames, répliqua timidement Henry de Grailly, je n'ai pas pu les quitter.

— Est-ce qu'on ne peut pas tout quitter ? reprit-elle en souriant d'un air de dédain.

Et elle se retourna vers un des jeunes gens qui l'avaient accompagnée, en lui demandant son bras pour faire une petite promenade, car elle se sentait fatiguée de sa longue course à cheval. Elle disparut alors parmi les arbres avec le jeune homme qu'elle avait appelé et qui ne se sentait pas d'aise d'avoir été choisi par elle.

Les hommes sont d'étranges tyrans. Ils se réservent exclusivement le droit d'inconstance et ne nous accordent même pas celui de nous venger lorsqu'il ne nous reste plus que cette douloureuse consolation. Certainement, Henri craignait par-dessus toutes choses d'apprendre à madame de la Panneterie qu'elle avait une rivale. Néanmoins, lorsque cette rivale sembla prendre son parti de son indifférence, son orgueil se révolta et il n'eut bientôt plus d'autre désir que celui de reconquérir la place qu'il craignait de perdre. Il attendit avec impatience le retour de la superbe fugitive, et se promit bien de la forcer à revenir vers lui.

— Nous allons voir la comédie, dit la présidente à l'oreille de madame d'Elbèque. Voilà des rivalités qui s'élèvent.

— Pourvu que la tragédie n'arrive pas après l'interrompit la comtesse.

Lorsque tout fut disposé pour se mettre à table, les jeunes gens coururent à la recherche de madame de May, M. de Grailly était le plus ardent de tous, il fut aussi le plus adroit et la découvrit au fond d'une allée sombre, très-occupée de sa conversation avec M. d'Arnac.

— Madame, lui dit-il avec une nuance d'humeur, je suis désolé de vous interrompre, mais on vous attend pour dîner.

— Nous y allons, monsieur, répliqua-t-elle, voulez-vous bien nous annoncer?

— En vérité, madame, permettez-moi de refuser cet honneur et de rester auprès de vous. Depuis si longtemps je suis privé de...

— Vous en êtes privé, monsieur? parce que vous le voulez bien sans doute. Mais hâtons le pas, on nous appelle.

— Voulez-vous courir, madame? interrompit M. d'Arnac.

— Avec une longue robe, c'est impossible, et j'en suis désolée, car rien ne m'amuse davantage.

— Vous courez comme Atalante, madame, ajouta le chevalier.

— Et madame saute encore mieux, poursuivit son rival.

— On prétend, monsieur, que vous êtes très-illustre dans ce genre d'exercice, reprit M. de Grailly.

— Mais, répondit M. d'Arnac avec une modestie orgueilleuse, on le prétend.

Ils approchaient des convives, et l'on voyait la table

chargée de mets et de porcelaines, au milieu de l'allée.

— Sauteriez-vous par-dessus cette table ? demanda le chevalier avec beaucoup de sangfroid ?

M. d'Arnac le regarda étonné.

— Est-ce que cela est possible ?

— Sans doute, monsieur. Le feriez-vous ?

— Vous voulez rire, M. le chevalier.

— Je vous assure que je parle très-sérieusement, et si cela vous convient, nous essayerons tous les deux.

— Quoi donc ? dirent quelques personnes qui les entendirent.

— De sauter par-dessus cette table, répéta M. de Grailly.

— Faites-le si vous pouvez ! s'écria M. d'Arnac. Quant à moi, je ne suis pas de force.

— Croyez-vous pouvoir y réussir ? dit madame de May, avec un regard provoquant.

— Je l'espère, madame.

— Alors, essayez.

Tout le monde se rangea ; M. de Grailly prit du champ, se lança avec une légèreté admirable et franchit la table tout entière sans déranger une assiette.

Les applaudissements furent unanimes. Marianne, dont le cœur avait battu fortement pendant cette scène, se sentit fière de son amant lorsqu'elle le vit ainsi l'objet de tous les regards. Elle chercha le sien, afin de lui dire tout ce qu'elle sentait de bonheur et d'amour. Ce n'était pas à elle qu'il pensait et à qui il avait offert son triomphe. Elle se sentit prête à pleurer.

Les femmes, malgré leur volonté, souvent, par un instinct qui s'explique facilement, les femmes, dis-je, apprécient extrêmement chez un homme la force et l'adresse. J'en sais une, et des plus spirituelles, qu'un sot a manqué séduire parce qu'il avait battu trois charretiers pour la défendre. Lorsque madame de May eut assisté au succès inattendu de Henri, elle oublia son mécontentement et ne s'occupa plus que de lui. Ses plus doux sourires, ses plus tendres regards, ses paroles les plus gracieuses lui furent adressé s. Placée à table entre lui et M. d'Arnac, elle n'accorda pas la moindre attention à ce dernier et répondit à peine aux questions les plus obligatoires. Mais l'orgueil de Henri était satisfait, il revenait à l'amour, il voyait la pauvre Marianne, pâle, inanimée, presque mourante ; il aurait voulu la rassurer aux dépens de tout son repos à lui, et cela était impossible, entouré de vingt personnes. Plus sa distraction était visible, plus sa belle voisine faisait d'efforts pour le ramener. Ces différentes manœuvres étaient très-curieuses à observer, elles amusaient tous ceux qui n'avaient pas d'occupations sérieuses et l'on semblait empressé d'en suivre le dénoûment.

Il arriva complétement inattendu. M. d'Arnac, après avoir offert des fraises à madame de May, lui présenta un sucrier de vieux Sèvres, d'un travail admirable, et qui lui appartenait, chacun ayant apporté une portion du service. La belle dédaigneuse ne l'écoutait pas et redoublait d'agaceries pour le chevalier. Après avoir répété trois fois sa proposition, le jeune homme, impatienté de cette rigueur, jeta le sucrier par terre et le brisa en mille pièces. Tout le monde s'écria au bruit de cet accident.

— Qu'est-ce donc ? demanda madame de May.

— Mon Dieu! Madame, répliqua M. d'Arnac, il fallait bien vous faire retourner.

Cette galanterie fut trouvée du meilleur goût, et tout le monde la vanta. Pourtant madame de May n'en fut que médiocrement touchée.

— M. de Grailly a fait bien davantage, expliquait-elle à un jeune homme qui lui demandait son avis. Tous les gens riches comme M. d'Arnac peuvent casser, en se jouant, un sucrier de vingt-cinq louis; mais il n'y en a pas beaucoup d'aussi lestes que le chevalier. Décidément je lui donne la préférence.

Ici M. de Grailly eut une recrudescence de vanité; il ne put s'empêcher d'être très-reconnaissant de la bonté dont il était l'objet, et il se rattachait au char qu'il menaçait de quitter un instant avant. Il voulut s'étourdir et oublier Marianne. La malheureuse femme voyait cela, et malgré son courage elle se sentit défaillir.

— Je vais m'éloigner un instant dit-elle à madame d'Elbèque; je me sens bien souffrante.

— En effet, mon enfant, vous êtes toute changée. Voici de l'eau de la reine de Hongrie; c'est excellent pour ces sortes de pâmoisons. Asseyez-vous près de cet arbre et respirez le flacon que je vous donne.

— Je vous remercie, madame; je voudrais être seule.

— Venez, comtesse, dit madame de Courval, qui les avait suivies. Laissez cette pauvre jeune créature, ajouta-t-elle en baissant la voix; ne voyez-vous pas qu'elle suffoque? Elle aime M. de Grailly, et la coquetterie de cette madame de May lui brise le cœur.

— Vous croyez, madame? Je ne m'en suis pas aperçue. Oh! mon Dieu! quel malheur m'annoncez-vous là!

— Vous avez raison d'appeler cela un malheur, car cette âme me semble trempée dans les larmes; elle est faite pour souffrir.

Marianne ne revenait pas. Madame de Courval cherchait à cacher son absence; mais quelqu'un en fit la remarque. Le chevalier l'entendit; il se leva sur-le-champ et demanda ce qui lui était arrivé.

— Elle s'est trouvée mal, répondit simplement madame d'Elbèque, et elle s'est assise un instant à l'ombre pour se reposer.

— Ah! ah! cette belle dame se trouve mal, interrompit madame de May en ricanant. Ne sait-elle donc pas que c'est passé de mode?

M. de Grailly n'entendit pas cette raillerie, il ne pensait qu'à Marianne; et, sans s'occuper des remarques de la médisance, il quitta le cercle pour la retrouver. Elle pleurait amèrement. Lorsqu'elle l'aperçut elle lui tendit la main.

— Pas un mot, Henri, murmura-t-elle. Vous ne m'aimez plus; je ne veux pas vous imposer une chaîne importune. Vous êtes libre.

— Je ne t'aime plus Marianne! Tu le penses? Tu

peux donc cesser de m'aimer, toi, que tu croies si vite
à mon abandon?

— Oh! répliqua-t-elle, plût à Dieu que je pusse en
douter!

— Écoute, mon amie, j'ai été entraîné un instant
par une coquette; mais tu verras si je m'en repens; tu
verras si je te reviens. Me pardonneras-tu après?

— Henri, je te pardonnerais ma mort, pourvu que
tu m'aimes.

Hélas! pourquoi donc pardonner ainsi, pourquoi toujours se condamner aux larmes, pourquoi vouloir à tout
prix conserver ce qui nous échappe! Nous abdiquons
nos droits de reine lorsque nous sommes ainsi subju-
guées, et nous brisons notre sceptre devant nos esclaves.

Après une demi-heure de conversation, Marianne
revint les yeux séchés et le sourire sur les lèvres. Néanmoins la première blessure était faite, et le fer devait
rester dans la plaie.

V

LE DÉFI.

Depuis ce jour de douloureuse mémoire, Marianne
n'eut plus d'autre désir que celui de retourner à la
Fère. Elle se sentait mal à l'aise dans le monde, elle
avait besoin de la solitude pour se recueillir et souffrir
en repos. C'est le seul adoucissement possible à un
chagrin de cœur. On s'y arrange, pour ainsi dire, à

son aise, on s'y complaît, et lorsqu'on n'est interrompu par personne, il y a une sorte de jouissance aiguë à se plaindre, à se faire pitié, à se répéter vingt fois par heure : Mon Dieu que je suis malheureuse!

C'est ce qui arriva à madame de la Panneterie. Elle ne se sentit plus le courage d'affronter une seconde scène semblable à la première. Elle se révoltait à l'idée de rencontrer encore sa rivale, de retrouver ce regard de plomb, dont elle avait été glacée. Elle annonça donc à madame d'Elbèque qu'elle allait partir très-incessamment et que ses parents la rappelaient. La comtesse voulut en vain la retenir. Elle s'excusa sur ce qu'elle n'était pas libre, mais il lui fallut promettre de revenir.

La veille de son départ elle eut un long entretien avec le chevalier. Il comprit qu'elle lui cachait quelque chose, sans oser l'interroger directement, car il se sentait coupable et craignait l'obligation de se disculper. Il espérait d'ailleurs obtenir son pardon de madame de May et conserver sa double liaison, à présent surtout qu'il devait vivre éloigné de Marianne.

— Je pars, lui dit-elle les larmes aux yeux, je te quitte, Henri, pour peu de jours, dis-tu. Eh bien! je ne sais quel pressentiment m'oppresse, je n'ai jamais eu autant de peine à me séparer de toi.

— Cependant nul danger ne me menace, je vais aller pour quelques jours à Pinon, où tu sais quel bon accueil m'attend; rien ne doit t'alarmer et tu te tranquilliseras promptement.

— Je le souhaite, mais je ne le crois pas. Je t'en

supplie, Henri, ne me laisse pas sans nouvelles, je serais d'une inquiétude.... !

— M. de Jars vient avec moi, il te tiendra au courant, si je ne pouvais le faire. Adieu, dans trois semaines je me rendrai à notre asile et tu verras que tes craintes étaient de la folie !

Elle reprit le lendemain la route de la Fère, où elle arriva plus triste qu'elle n'en était partie.

Ce même jour M. de Grailly se rendit chez la comtesse. Il se flattait qu'elle entendrait ses excuses et qu'elle pardonnerait encore ce qu'il appelait une plaisanterie. Il la trouva seule au château, avec M. d'Arnac; son mari était absent et elle avait éloigné les autres visiteurs. Elle reçut le chevalier comme une connaissance fort peu intime, et s'étudia à lui faire comprendre le genre de relations qui existait déjà entre elle et son nouvel adorateur. Elle l'appelait à tout propos, riait de ses saillies, se tournait de son côté, enfin il fut impossible à Henri de douter de sa disgrâce. Il ne se le tint pas pour dit, néanmoins; et, sans le plus léger embarras, il demanda à madame de May un moment d'entretien, que celle-ci s'empressa de lui accorder.

— Mille pardons, M. d'Arnac, continua-t-elle, voulez-vous bien passer dans la salle à manger où le dîner nous attend. Monsieur ne peut avoir beaucoup de choses à me dire, notre conversation sera très-courte.

M. d'Arnac s'inclina et sortit d'un air visiblement contrarié.

— Que venez-vous m'apprendre, monsieur? demanda la comtesse.

— Ne le devinez-vous pas, madame, et n'ai-je pas le droit de me plaindre? Vous m'avez chassé comme un laquais, à qui on ne croit pas même devoir l'explication de son congé, et vous m'avez remplacé en huit jours sans daigner me faire savoir que tel était votre bon plaisir.

— En vérité, monsieur, vous êtes plaisant! comptez-vous me donner des conseils, et croyez-vous de bonne foi que je puisse écouter vos propos? Je fais ce qui me convient. Je ne sais ce que vous voulez me dire avec votre congé et votre remplacement, et si c'est là tout ce que vous aviez à m'apprendre, veuillez me permettre de me mettre à table.

M. de Grailly resta stupéfait d'une telle impudence.

— Quoi! reprit-il, vous ignorez ce que cela signifie? vous avez oublié ce que nous fûmes l'un pour l'autre, et parce que vous me croyez infidèle vous me jetez l'injure et le mépris à la face! Prenez-y garde, madame, je ne suis pas très-patient, et moi aussi je pourrais oublier ce que je vous dois.

— Encore une fois, monsieur, je n'ai pas le loisir d'écouter de semblables billevesées. Votre passion n'a rien d'amusant, qu'il n'en soit plus question.

— Ma passion, belle comtesse! Vous croyez que j'ai une passion pour vous? Permettez-moi de vous parler avec la même franchise dont vous avez usé à mon égard. Je ne vous ai pas aimée une seule minute, je vous ai offert mes hommages parce que vous étiez belle, je vous ai prise comme un jouet brillant, dont je connaissais la fragilité et le clinquant. Nous étions donc à partie égale, seulement je ne nie pas que nous ayons joué, vous feriez bien d'en faire autant, puisque vous vous retirez avec les honneurs de la guerre. Je ne me plaindrai pas de votre abandon, j'espère que vous ménagerez vos paroles et nous resterons, non pas bons amis, mais parfaitement indifférents l'un à l'autre. Je n'aime pas à me faire mettre à la porte, je vais remonter à cheval et vous offrir mes adieux. Nous nous sommes mutuellement fait connaître pour ce que nous valons, cela m'évitera l'embarras des souvenirs, et à vous des remords. Agréez, je vous prie, l'expression de mon profond respect.

Il salua jusqu'à terre, et, dix minutes après, il galopait dans l'avenue.

La comtesse fut piquée au vif de cette retraite qui lui avait ôté l'avantage des armes. Elle s'en vengea par les épigrammes les plus sanglantes, criant partout que M. de Grailly était un fat, qu'il se vantait à tort et à travers, qu'il n'avait ni bon goût ni tenue, et qu'il n'était pas possible de le recevoir dans l'intimité, à moins de s'assurer mille désagréments.

Le chevalier partit pour Pinon, ainsi qu'il l'avait annoncé, avec son ami M. de Jars. Madame de Courval avait un esprit trop supérieur pour s'arrêter aux stupides propos de la province. Elle appréciait chacun à sa juste valeur et reconnaissait dans M. de Grailly des qualités brillantes et un esprit plein de charmes. Elle le reçut donc comme à l'ordinaire. Le château était plein de monde, il s'y trouvait même quelques personnes de Paris et plusieurs voisins inconnus au jeune capitaine.

M. de Jars, qui causait avec les hommes depuis assez longtemps, vint retrouver son ami dans la salle de
billard où il faisait une partie avec un gentilhomme
de bonne mine, d'une quarantaine d'années, et qui paraissait fort sérieux. Madame de Courval, assise auprès de plusieurs dames dans l'embrasure d'une des
fenêtres, regardait jouer ces messieurs tout en causant
des nouvelles du pays. M. de Jars s'approcha du chevalier, lui parla quelques instants à l'oreille, et pendant
qu'il l'écoutait, M. de Grailly devint rouge jusqu'à la
pointe des cheveux. Il continua néanmoins la partie.
Son adversaire proposa de lui donner sa revanche, et
ils recommencèrent.

— Vous parliez des histoires de ce canton tout à
l'heure, mesdames, dit-il pendant qu'il se reposait,
vous serait-il agréable d'en entendre une charmante?

— Sans doute, pourvu qu'elle ne soit pas trop mali-
cieuse, répondit madame de Courval. Je vous donne
carte blanche pour une petite médisance anonyme,
épargnez-nous la calomnie.

— Je n'avancerai que ce qu'il me serait facile de
prouver, madame, soyez sans inquiétude.

— Alors commencez.

— Il y a dans la province de Picardie, dans la géné-
ralité de Laon, dans les environs de Coucy, une belle
dame qui s'était éprise, ne sachant que faire, d'un de
mes camarades. Ce camarade n'éprouva pas la moindre cruauté et devint aussi heureux que possible, sans
perdre cependant la raison et acceptant son bonheur
avec la philosophie la plus complète. Cette belle dame

se lassa de ce bonheur uniforme, elle prétendit que mon ami avait un autre amour dans le cœur et quitta outrageusement le coupable, qui ne demandait pas mieux. On se sépara sans haine, du côté masculin, du moins, et certainement mon ami aurait gardé religieusement le secret de la dame, si celle-ci ne se fût amusée à le raconter elle-même, en en dénaturant toutes les circonstances; si elle n'avait pas surtout attaqué une jeune et noble femme étrangère à ses singuliers manéges, et cherchant à flétrir une réputation sans tache jusqu'ici.

—Votre conte n'est pas amusant, chevalier, dit vivement madame de Courval en se levant, restons-en là.

Les dames passèrent dans le salon. Quelques hommes restèrent.

— Madame la présidente n'a pas voulu entendre la fin de votre récit, monsieur, reprit l'adversaire de Henri, voudriez-vous bien nous l'apprendre?

— De tout mon cœur, monsieur, je n'en fais pas mystère. Vous comprenez que je ne puis, c'est-à-dire que mon ami ne peut se laisser bafouer ainsi, qu'il ne peut permettre qu'à cause de lui on calomnie une personne respectable. Il racontera partout ce qu'il sait, et la belle dame se taira peut-être.

— Et comment se nomme cette dame? demanda le gentilhomme en faisant une bille.

— Elle se nomme madame la comtesse de May, répondit tranquillement le chevalier.

L'inconnu se redressa avec une hauteur provoquante.

— Cela n'est pas possible, monsieur, ce que vous venez de raconter est faux.

— Cela est vrai de tout point.

— Vous en avez menti !

Henri porta la main à son épée; les témoins l'arrêtèrent.

— Monsieur, continua-t-il avec un sangfroid trompeur, c'est moi qui ai été l'amant de cette dame.

— Monsieur, je suis le comte de May.

— Alors, monsieur, je suis à vos ordres, quand il vous plaira.

— Tout de suite.

— Où cela ?

— Derrière les communs.

— Quels témoins ?

— Ces messieurs voudront bien nous en servir.

— J'accepte.

Ces mots furent échangés sans éclat, sans bruit, en quelques minutes. Les dames rentrées dans la pièce à côté ne s'en aperçurent pas.

— Mon Dieu ! dit madame de Courval, quelle misérable idée a eue M. de Jars de raconter cette histoire au chevalier dans ce moment ! Il ne pouvait pas attendre !

— Vous savez, madame, que M. de May est à Paris depuis plus de huit mois, et que, par conséquent, les officiers du régiment ne le connaissent pas, ils ne sont arrivés qu'après son départ.

— Cela est vrai, mais je voudrais bien prévenir M. de Grailly. Ma fille, appelez le comte de ma part, le chevalier apprendra ainsi qui il est.

Mademoiselle de Courval obéit.

— Ils sont très-occupés de leur jeu, j'espère qu'il n'aura rien dit encore, ajouta la présidente.

— Ma mère, dit la jeune personne, ces messieurs ont fini de jouer et ils sont sortis pour se promener.

— Déjà ? cela est extraordinaire !

La maîtresse de la maison, inquiète de ce qui allait se passer, fit venir son maître d'hôtel et le chargea d'une surveillance exacte à l'égard des deux adversaires.

Cependant M. de Grailly venait d'entrer dans sa chambre accompagné de son ami. Il était fortement ému, car il sentait, qu'entraîné par la vengeance, il avait commis une action dont il avait à rougir.

— Si je tue cet homme, murmura-t-il, je ne m'en consolerai pas.

— Il faut cependant y tâcher, chevalier, il t'a insulté grièvement, tu ne peux absolument point le ménager.

— De Jars, reprit Henri sans écouter la réponse de son camarade, tu es un étourdi, pourtant tu as du cœur. Vois-tu, je suis prêt à pleurer en songeant à Marianne, à cette pauvre femme qui m'aime tant, à laquelle j'ai fait bien du mal, et qui me disait en me quittant qu'elle ne me reverrait plus ?

— Du courage, mon ami, pas d'enfantillage, je t'en prie. Ce n'est pas ton premier duel.

— Non, mais ce sera le dernier. Elle l'a prédit, cet ange, cela doit arriver ainsi. Je vais lui écrire et tu me jures de lui porter toi-même ma lettre ?

— Je te jure tout ce que tu voudras, à condition que tu vas chasser ces idées et te montrer digne du nom que tu portes et du régiment auquel tu appartiens.

— Sois tranquille, sur le terrain tu me retrouveras.

— Après tout, qu'as-tu fait de si blâmable ! Tu t'es vengé des calomnies d'une femme sans cœur par des vérités, son mari les entend, s'en fâche, cela est tout simple et tu n'es coupable en rien.

— J'ai tort, te dis-je. Dans aucune circonstance on ne doit révéler le secret d'une femme. Quoi qu'elle fasse, c'est une lâcheté.

— Ce n'est point une lâcheté, puisqu'elle a un défenseur.

— Mais aussi, pourquoi a-t-elle insulté Marianne ? Marianne ! Marianne !

Et, laissant tomber sa tête dans ses mains, il se mit à pleurer. Lorsqu'en ce moment suprême il comprit tout ce qu'il pouvait perdre, il comprit cet amour immense, auquel il n'avait que faiblement réfléchi jusque-là, et il se demanda s'il avait le droit de léguer le malheur et la honte à celle qui ne lui avait apporté que dévouement et tendresse.

— C'est que tu ne la connais pas, continua-t-il ; ce n'est point une femme comme les autres, c'est un être à part, qui ne vit que parce qu'elle aime et qui mourra de ma mort. Rien ne la consolera jamais, elle emportera sa douleur avec elle. Oh ! tu ne la connais pas.

— Le temps presse, Henri, on va nous attendre. Tu es aujourd'hui d'une singulière humeur, toi, si insouciant d'ordinaire.

— Cela est vrai ; je ne m'explique pas ces vertiges. Tu as raison, il faut nous rendre où on nous attend. Ce M. de May a l'air d'un homme d'honneur ; c'est dommage qu'il ait une telle femme.

— Prends ton épée, vous n'aurez pas d'autre arme. Nous allons sortir comme pour nous promener ; on ne se doutera de rien.

Henri ploya les quelques lignes qu'il venait d'écrire et les confia à son ami ; puis ils descendirent ensemble le grand escalier et se dirigèrent vers le lieu du combat, affectant toute l'indifférence de gens examinant en détail la beauté d'un paysage. Madame de Courval, qui les aperçut dans la cour, se rassura par leur attitude paisible, et dès lors elle ne s'en occupa plus.

Cependant les autres intéressés s'étaient également rendus par petits groupes au lieu désigné. Lorsqu'ils y furent réunis, on se salua en silence, et le témoin de M. de May parla le premier :

— Vous avez vu, messieurs, ce qui vient de se passer entre M. le comte de May et M. le chevalier, ici présents. Vous êtes d'avis, n'est-ce pas, que l'offense a été trop grave de part et d'autre pour entrer dans aucun accommodement. Il ne nous reste donc plus qu'à faire notre devoir et à nous acquitter honorablement de la tâche qui nous est imposée.

On mesura les armes et les distances. M. de Grailly avait repris tout son sangfroid ; il semblait aussi indifférent à ce qui allait se passer que s'il se fût agi d'une personne étrangère. Le comte le regarda un instant avant de se mettre en garde.

— Vous ne voulez pas, monsieur, déclarer que tout ce que vous avez annoncé sont des menteries, et sauver ainsi l'honneur d'une femme ?

— Je ne puis sauver l'honneur de cette femme aux dépens du mien, monsieur; j'ai dit la vérité.

— Qu'il en arrive donc ce qu'il plaira à Dieu !

Ils commencèrent alors à s'attaquer avec une sorte d'acharnement. Néanmoins M. de Grailly se tenait plutôt sur la défensive. Il observait son adversaire, afin de profiter de la plus petite faute; mais ils étaient habiles tous les deux. Le combat dura longtemps. Après quelques efforts, rendus inutiles par l'attention de Henri, le comte commença à perdre sa présence d'esprit, et il se précipita sur son ennemi en furieux, et lorsqu'il le vit étourdi d'une si brusque démonstration, il profita d'un instant de négligence pour lui enfoncer son épée dans la poitrine.

M. de Grailly chancela, mais ne tomba pas.

— Messieurs, dit-il après quelques secondes, ce n'est rien; nous pouvons continuer.

— Je m'y oppose, s'écria M. de Jars. Vous êtes grièvement blessé, chevalier; j'ai vu donner le coup. Il faut rentrer au château et vous faire soigner; vous en avez besoin.

— Non, non, je puis continuer; je le sens bien.

En achevant ces mots il pâlit soudain et se trouva mal. On le transporta dans la chambre de l'intendant. M. de Jars resta près de lui. Les autres rentrèrent séparément, pour qu'on ne se doutât pas de ce qui venait de se passer. Henri revint peu à peu, et quoiqu'il se

trouvât très-faible, il crut n'avoir reçu qu'une égratignure.

— Il faudra reprendre cette partie demain, mon
ami ; je ne suis pas satisfait de si peu. Tu en prévien-
dras les autres.

— Je crois, Grailly, que cela est suffisant. Que diable ! Tu as appris à cet homme que sa femme le trompait ; il t'a donné un coup d'épée ; partant quitte,
blessure pour blessure.

— Non pas, et le démenti?

— Nous en causerons avec ces messieurs. Ce qu'il
faut à présent, c'est te calmer et panser cette blessure.
Quelle singulière chose ! elle ne saigne pas.

L'intendant, vieux soldat retiré, secoua la tête à
cette observation.

— Vous pensez que cela est mauvais signe, Goujon?
lui demanda Henri avec un triste sourire.

— Je pense que vous avez eu tort de ne pas vous
faire saigner sur-le-champ, monsieur, et que si vous
voulez vous confier à moi, je vous servirai de chirur-
gien. J'en ai tant soigné à l'armée de blessés et de
mourants !

— Cela est inutile, mon cher; vous ne me ferez jamais croire au danger d'une semblable égratignure.

— Comme il vous plaira, monsieur. Rappelez-vous
seulement que je vous ai averti.

Les deux amis se levèrent, et Henri rentra au château, appuyé sur le bras de M. de Jars.

— Je vais au salon, dit-il. Si par hasard un des té-
ismno commettait une indiscrétion, ma présence fera

taire, les bavards et écartera toute espèce de soupçon quelconque.

— Comme il te plaira. Pourtant j'aimerais mieux te voir remonter chez toi.

— Madame la présidente, reprit M. de Grailly, je viens d'essayer un tour de promenade qui ne m'a point été favorable. Me voilà forcé de chercher près de vous un peu de repos et de soulagement.

— Vous arrivez bien à propos. Nous désirons savoir votre avis sur la beauté de madame de la Pannéterie, répliqua étourdiment mademoiselle de Courval. N'est-ce pas qu'elle est beaucoup plus jolie que la comtesse de May?

La présidente imposa d'un regard le silence à sa belle-fille.

Henri fit semblant de ne pas avoir entendu et se laissa presque tomber sur un fauteuil.

— Vous êtes bien pâle, monsieur, continua une des dames. Vous trouvez-vous réellement mal?

— Ce n'est rien, je vous assure, vous êtes mille fois trop bonne d'y faire attention.

La conversation continua sur différents sujets. M. de Grailly y prit part avec autant de verve et d'esprit que s'il ne fût rien arrivé dans sa vie. Il dominait d'affreuses douleurs et faisait tous ses efforts pour composer son visage de façon à ce qu'il ne laissât rien paraître.

Le maître d'hôtel demanda à la présidente la permission de lui dire un mot en particulier. Il lui raconta toutes les circonstances du duel, la blessure du cheva-

lier, et son évanouissement dans la maison de l'homme
d'affaires. Madame de Courval revint à sa place très
préoccupée. A cette époque un duel n'était pas une
plaisanterie. La justesse de son esprit lui faisait appré-
cier l'embarras où elle se trouverait en cas d'indiscrétion. Dans la maison d'un président au parlement de
Paris, une aussi grave infraction aux lois du royaume
pouvait avoir des conséquences très sérieuses. Elle
craignait beaucoup aussi pour le chevalier, et ne put
s'empêcher de le regarder avec attention. L'altération
de ses traits la frappa.

— Vous êtes réellement tout-à-fait malade, M. de
Grailly; remontez-donc à votre chambre, nous irons
vous tenir compagnie si vous vous ennuyez. Néanmoins,
vous serez plus à votre aise.

— Je ne souffre pas le moins du monde, et si une de
ces dames veut jouer au billard avec moi, vous verrez
que je me porte bien.

— Ah! ah! vous ne voulez plus M. de May pour
adversaire, s'écria en riant une jeune femme, vous le
trouvez trop difficile à vaincre.

— Vous vous trompez, madame, et je recommen-
cerai demain un jeu plus serré avec lui.

— Puisque vous êtes si vaillant, chevalier, donnez-
moi la main jusqu'à mon appartement. Il faut que
j'aille écrire une lettre.

Aussitôt qu'ils furent sortis du salon, la présidente
se retourna vers lui.

— Vous êtes bien imprudent, monsieur, lui dit-elle,
vous exposez votre vie, celle d'un honnête homme;

vous exposez aussi la position de gens qui vous ont reçu de leur mieux, pour venger une blessure d'amour-propre. C'est mal, c'est très-mal, chevalier. Si on vous avait tué, qu'aurait répondu M. de Courval à l'avocat du roi? Croyez-vous qu'un magistrat puisse tolérer des têtes folles telles que la vôtre?

— Je vous demande pardon, madame, je sens ma faute, je n'ai pas été le maître de ma colère.

— Il faut vous soigner à présent. Je vais vous envoyer la femme de charge, personne fort entendue dans toutes les maladies, et faire monter un homme à cheval pour aller chercher un médecin.

— Cela n'en vaut pas la peine, madame.

— Ces blessures sèches sont souvent dangereuses, chevalier, croyez-moi.

A peine avait-elle fini de parler, que M. de Grailly devint plus pâle encore et tomba évanoui sur l'escalier.

IX

Un grand cri retentit dans le château:

— M. de Grailly se meurt!

Tout le monde fut sur pied en un instant. On s'empressa autour du malade; on le transporta dans son lit, on employa tous les moyens possibles pour le rappeler à lui. Il ne rouvrit les yeux que pour tomber dans un délire effrayant. Sa poitrine oppressée, les convulsions qui agitaient ses membres, épouvantèrent M. et madame de Courval au point d'envoyer un second messager au médecin, afin de presser son arrivée. Le vicomte de Jars déclara qu'il ne quitterait pas son ami, et s'établit dans la chambre en qualité de garde-malade.

On attendit la nuit entière, l'état du chevalier allait toujours en empirant. Il ne reprenait pas sa connaissance et une fièvre ardente le brûlait. M. de May était parti aussitôt après le duel sans dire adieu aux maîtres de la maison, laissant un mot pour son adversaire où il lui annonçait qu'il le trouverait à ses ordres lorsqu'il lui plairait, au château de May.

— Mon Dieu ! disait la présidente au vicomte, qu'allons-nous devenir ? Ce pauvre jeune homme, que fait-il ? Sa plaie ne saigne point et il étouffe.

— Il faudrait le saigner sans aucun doute.

— Et si ce n'est pas cela ?

— Hélas ! comment le savoir ? et le temps passe et il sera si tard, mon ami, mon pauvre ami !

— Ce n'est pas tout encore. Le bruit de ce duel va se répandre, ce sera une affaire grave pour M. de Courval. Il faudrait donner un prétexte à sa maladie.

— Que penseriez-vous d'une chute de cheval ?

— Ah ! oui, rien ne saurait être mieux.

— Eh bien ! je me charge de tout ; demain matin, de très-bonne heure, je sortirai avec mon domestique et la jument de ce pauvre Grailly, je la lâcherai dans le parc, et je rentrerai disant qu'il est tombé, que je l'ai forcé à se mettre au lit.

— Mais tout le monde le sait malade?

— Descendez au salon, madame, annoncez qu'il va
bien et qu'il repose; vous ajouterez que c'était seulement un étourdissement auquel il est sujet, que demain il n'y paraîtra plus. Peu nous importe qu'on nous
croie, pourvu que la vraisemblance y soit, c'est tout ce
qu'on peut demander.

— Je crois que votre plan est le meilleur et nous allons l'exécuter tout de suite. Je ne me coucherai pas
cette nuit; s'il survenait un accident, prévenez-moi
aussitôt. Je n'ai pas besoin de vous recommander votre
ami.

Les choses arrivèrent ainsi qu'on l'avait décidé. Le
domestique du vicomte, très-sûr et très-intelligent,
prépara tout à merveille; pendant leur absence, le
valet de chambre de M. de Grailly resta près de son
maître, qui avait passé une nuit terrible. M. de Jars
revint, raconta la chute du chevalier, se lamenta sur
ce nouveau malheur et réclama l'assistance du médecin
devenu, disait-il, indispensable. Les femmes demandèrent mille détails; on les leur donna tellement cir-
constanciés, qu'elles se trouvèrent forcées d'y ajouter
foi. Le retour du cheval, qu'on ramena plusieurs heures après avec la selle en lambeaux et le corps meurtri,
acheva de les convaincre.

Enfin le médecin arriva ! A l'aspect du malade il secoua tristement la tête.

— C'est un homme perdu, dit-il, il a un dépôt dans
la poitrine, le jour où il crèvera tout sera fini. Ce coup
d'épée, qui n'a pas amené de sang, est le plus affreux

17.

qu'on puisse recevoir. Nous calmerons sa fièvre, nous lui rendrons la raison, nous ne pouvons ni l'empêcher de souffrir, ni le sauver.

M. de Jars devint pâle comme un linge.

— Vous êtes certain de ce que vous avancez là, docteur?

— Aussi certain que je vous parle en ce moment, monsieur.

— Rendez-lui donc la raison, monsieur, reprit madame de Courval, sauvons son âme si nous ne pouvons sauver son corps.

— Oh! c'est un horrible malheur, murmura le vicomte, et il y a un pauvre cœur dans ce monde qui va être brisé comme un verre.

On saigna trois fois M. de Grailly sans obtenir de résultat satisfaisant, on lui appliqua les ventouses, rien ne put diminuer cette oppression déchirante dont il devait mourir. Cependant, après les remèdes les plus violents il reprit connaissance, et le premier nom qu'il prononça fut celui de Marianne.

— Où est-elle? dit-il, je veux la voir.

— C'est impossible, mon ami, nous sommes chez madame de Courval, tu dois comprendre qu'on ne peut la faire venir ici.

— Je mourrai donc sans l'embrasser!

— Tu ne mourras pas.

— Je suis perdu, je le sens, vicomte, on ne souffre pas ainsi lorsqu'on doit vivre encore.

— Calme toi, mon ami, il faut du repos, un repos absolu.

— Est-ce que je puis en trouver du repos? Tu ne te figures pas ce que j'endure. Oh! je te l'avais prédit, ce duel m'a porté malheur. Aussi pourquoi la tromper? C'est ma faute qui me tue, je l'ai bien mérité, je ne me plains pas.

— Henri, tu envenimes ta blessure par ta préoccupation.

— Dis-moi, de Jars, combien ai-je de temps à vivre?

— De longues années, j'espère.

— Ne me trompe pas, je suis un homme.

— Le médecin ne parle pas de mort.

— Appelle-le.

Le docteur entra.

— Écoutez, monsieur, reprit le malade, je ne me fais aucune illusion, mais j'ai des dispositions à prendre; quand dois-je mourir?

— M. le chevalier...

— Répondez franchement, je suis préparé à tout.

— Eh bien, le neuvième jour...

— Huit jours! Oh! que c'est long! n'importe, je vous remercie. Encore une question. Est-il possible de me transporter?

— Non, monsieur, le moindre mouvement vous serait fatal.

— C'est bien répliqua-t-il avec un soupir, il faudra donc s'éteindre loin d'elle!

— Je ne saurais trop vous recommander l'absence d'émotions, monsieur.

— Pourquoi faire, docteur? pour gagner quelques heures, pour prolonger mes souffrances. Si je pouvais les abréger, si je n'étais pas chrétien, j'ouvrirais cette plaie, et tout serait dit. Vicomte, veux-tu être mon secrétaire?

Le vicomte s'approcha du lit. On les laissa seuls.

— Je suis riche, reprit Henri, et elle est pauvre. Je voudrais bien lui laisser ma fortune, mais je la connais, mon ami, elle en serait blessée. Je vais donc te dicter seulement une lettre pour elle. Quant à mes biens, ils deviendront ce qu'ils pourront, je suis seul, il ne me reste que des parents éloignés, ils ne s'attendaient pas à cette aubaine, ils en ont besoin, qu'ils en profitent! Écris à Marianne.

M. de Jars prit une plume.

« Ma bien-aimée Marianne, que tu vas souffrir, et que l'idée de ta douleur me déchire l'âme! Nous ne nous reverrons plus, pauvre amie, je me meurs, et ton pressentiment n'est que trop justifié. Me pardonneras-tu, toi qui m'est si chère, d'avoir exposé ma vie dont tu étais l'arbitre, et de l'avoir perdue pour une cause qui n'était pas la tienne? Crois-moi, et dans ce moment suprême la vérité parle par ma bouche, je n'ai jamais aimé que toi. Depuis que je suis un homme, j'ai eu beaucoup d'illusions, beaucoup de liaisons fragiles; aucune n'avait attaché mon cœur. C'est toi qui en as été l'unique maîtresse. Prends courage, mon amie, notre séparation sera courte. Nous nous reverrons dans le sein de Dieu. Il nous a unis ici-bas d'une manière trop puissante pour ne pas nous rapprocher ensuite. Je sais, je suis sûr que tu resteras fidèle à mon souvenir; je ne te demande pas de serments, car ils pourraient entraver ta destinée; je m'en vais avec la conviction de te garder à moi comme avant la mort. Oh! si je pouvais seulement te revoir une fois, si je pouvais seulement te serrer dans mes bras et rendre le dernier soupir sur tes lèvres chéries! Mais, hélas! cela m'est interdit; je dois songer à ta réputation, je dois songer aux hôtes respectables qui entourent de tant de soins le peu d'instants qui me restent. Sois heureuse, Marianne, autant que peut l'être celle qui reste seule sur la terre. Je donnerais tout ce que je possède, même l'existence que je vais perdre, si elle m'était rendue pour assurer ton bonheur. Mon ami te remettra lui-même cet adieu; il te racontera les événements qui se sont passés, et j'attends de toi un pardon généreux que j'ai peu mérité sans doute, mais auquel ma mort me donne un droit sanglant. Pourquoi m'as-tu rencontré, malheureuse femme? Pourquoi ai-je troublé ton avenir si pur et si calme? Tu étais un ange, et je t'ai affligée; tu étais une fleur sans tache, et j'ai brisé ta tige! C'est là mon plus grand remords. Adieu, ma chère, mon adorée Marianne, prie pour moi, songe à moi, conserve-moi ta tendresse. Ma dernière pensée sera pour toi, et Dieu ne m'en punira pas, car tes larmes serviront d'holocauste. Adieu encore, ce mot est plus affreux que la mort, car c'est te quitter. Regarde en haut maintenant, c'est là que je vais t'attendre! »

En achevant de dicter ces lignes, une grosse larme tomba sur la joue du mourant.

— De Jars, reprit-il, tu porteras toi-même cette

lettre. Tu la remettras à madame de la Panneterie sans témoins, si cela est possible. Elle attendait de mes nouvelles aujourd'hui. Elle sera fort inquiète de n'en pas recevoir, et ce silence la préparera à ce qu'elle doit apprendre. Mon Dieu ! quelle douleur sera la sienne ! et qui la consolera ?

— Henri, n'as-tu pas d'autres dispositions à prendre ?

— J'ai celle de mon salut, vicomte. Tu prieras madame de Courval de m'envoyer le curé du village.

Il est prévenu et n'attend que ton désir.

— Qu'on le cherche, qu'on me l'amène, peut-être de saintes paroles me rendront-elles un peu de résignation et de forces. Sais-tu que c'est affreux, mourir à vingt-cinq ans ?

Le curé, vénérable vieillard, dont la simple vertu était connue de tout le pays, ne se fit point attendre. Aussitôt que le malade l'aperçut :

— Venez, mon père, lui dit-il, venez m'aider à franchir un terrible passage. J'ai grand besoin de la main de Dieu pour me soutenir.

— Ayez confiance, mon fils, elle ne vous manquera pas.

M. de Grailly se retourna alors du côté de l'homme de paix et commença sa confession. Après cet auguste entretien, il se sentit plus tranquille.

— J'éprouve un bien-être inconnu, disait-il à son ami, je n'ai plus de regrets de ce monde et je n'ai pas de crainte pour l'autre. J'ai tout avoué, je me réjouis, je suis absous, maintenant j'attends le bon plaisir de

celui qui m'a créé, j'irai vers lui quand sa voix toute-
puissante m'appellera.

— Et Marianne ?

— Marianne, je ne l'aime plus d'une passion coupable, je l'aime comme la sœur de mon âme, comme
l'épouse qui m'est réservée dans l'autre vie. Tu le lui
diras, n'est-ce pas, vicomte ? Elle saura que je suis
mort plus heureux que je n'ai vécu.

M. de Jars secoua mélancoliquement la tête et ne
répondit pas.

Chaque jour apportait de nouvelles souffrances à
celui qui souffrait déjà si cruellement. Chaque jour
aussi sa résignation augmentait, et lorsque vint le moment suprême, il se trouva prêt à paraître devant son
juge, épuré par la douleur et sanctifié par le repentir.
Il mourut, ainsi que le médecin l'avait annoncé, le
neuvième jour.

Monsieur et madame de Courval se montrèrent en
cette circonstance ce qu'ils avaient été depuis le commencement de ce drame, c'est-à-dire pleins de bonté
et de générosité véritable. Ils donnèrent à la pompe
funèbre tout l'éclat qu'elle était susceptible de recevoir. On fit venir de Laon la compagnie du défunt, elle
lui rendit les honneurs militaires. Presque tous les officiers du régiment du roi, les seigneurs des environs,
les autorités de la province, assistèrent à ce triste
convoi. M. de Jars, inconsolable de la perte de son
ami, ne le quitta qu'après l'avoir vu descendre dans
la terre.

— Maintenant, dit-il à la présidente, il me reste à

remplir un saint et pénible devoir ; vous savez combien celui que nous pleurons était aimé d'une noble et douce créature, je dois lui porter son dernier adieu ; vous me permettez donc, madame, de prendre congé de vous ?

— Allez, monsieur, répondit-elle je ne vous retiens pas. Vous allez voir couler des larmes bien amères. Tâchez de ménager au moins la réputation de cette pauvre femme, dont l'amant est mort pour une autre. Si elle pouvait ignorer cela, ce serait une cruelle douleur de moins.

— J'y ferai mon possible, madame. Priez Dieu que je réussisse.

VII

FOLIE DU CŒUR.

Pendant que ces tristes événements se passaient, la pauvre Marianne était à la Fère, seule et pensive, comme de coutume, et attendant ce qui seul pouvait la faire vivre, un souvenir de Henri. Elle se rappelait sans cesse, malgré elle, ce qu'elle avait éprouvé dans cette cruelle journée de Prémontré ; elle voyait devant ses yeux cette femme belle, fière, insolente, lui enlevant les regards et les attentions du chevalier, et ne semblant pas s'apercevoir qu'elle brisait ce cœur si tendre.

— Oh ! mon Dieu ! se dit-elle, pourquoi ai-je donc une si grande crainte de cette femme ? Pourquoi suis-je tremblante à son souvenir ? Cette femme me sera funeste !

Elle allait tous les jours à son jardin, elle y restait des heures entières, souvent elle s'oubliait le soir et elle restait dans ce pavillon témoin du plus grand bonheur de son existence. Elle l'avait orné de toutes ses petites élégances, et elle ne trouvait que là un peu de repos et de consolation.

Depuis une semaine elle avait quitté Laon, M. de Grailly devait lui écrire, et ne le faisait pas, et bien qu'elle ne fût point inquiète, la jalousie la torturait. Où était-il ? Que faisait-il ? Sa vie à elle était si retirée qu'elle n'entendait jamais prononcer un nom étranger, qu'elle apprenait les nouvelles du pays un an après qu'elles étaient publiques ; enfin la province entière eût été submergée avant que monsieur et madame Mauroy se fussent souciés d'en être instruits.

La mélancolie de leur fille les avait d'abord étonnés ; mais comme elle ne changeait pas, ils pensèrent que sans doute ce serait son état habituel, et ne s'inquiétèrent plus de ses bizarreries. Elle remplissait strictement ses devoirs religieux ; elle allait régulièrement à la messe, aux offices ; elle ne voyait personne, du moins en apparence ; ils n'en demandèrent pas davantage.

Cependant elle pâlissait de plus en plus, et, comme une mère est toujours mère, madame Mauroy se tourmenta légèrement.

— Je veux aller à votre jardin avec vous, ma fille, lui dit-elle, je crains de vous laisser seule ; vous me paraissez malade.

18

— Non, ma mère, je ne suis pas malade, répondit-elle en souriant tristement, mais si vous voulez venir avec moi, je n'en serai pas moins heureuse.

Elles partirent ensemble. Chemin faisant, Marianne se taisait ; elle se rappelait les émotions diverses qui tant de fois l'avaient agitée sur cette même route. Elle cherchait dans sa mémoire les moindres gestes, les moindres regards de Henri, et ses yeux se mouillaient de larmes en les retrouvant tous dans son cœur. Elles arrivèrent au petit enclos.

— Oh ! mon Dieu, ma fille, s'écria madame Mauroy, qu'il est triste, votre jardin ! On n'y voit plus que des scabieuses !

— J'ai arraché les roses, ma mère.

— Et pourquoi ?

— Leur odeur me faisait mal.

— Vous devenez bien susceptible, Marianne.

— C'est que j'ai beaucoup souffert, ma mère !

— Pauvre enfant ! c'est vrai, murmura madame Mauroy.

— A quelle heure arrive le courrier, ma mère ?

— A midi, comme de coutume. Pourquoi cela ?

— C'est que j'attends une lettre.

— Et de qui ?

— De... de madame d'Elbèque.

— Eh bien ! vous la trouverez en rentrant.

— Non, ma mère, je veux être là pour l'attendre.

— Ah ! ah ! quelle impatience !

— Ce n'est pas de l'impatience, c'est... c'est une distraction.

— Vous vous ennuyez donc, Marianne?

— Non, ma mère, répondit-elle en baissant la tête, je souffre.

— Eh bien! il faut vous soigner, ma chère.

— Je retourne en ville, voulez-vous m'accompagner, ma mère, ou préférez-vous rester ici?

— Que vous êtes pressée aujourd'hui! Ordinairement vous y demeurez toute la journée.

— Oui, mais je suis seule.

— Ma présence vous est-elle donc à charge?

— Non, non, ma mère, mais je suis si maussade, que je fuis tout le monde.

— Rentrons, puisque vous le désirez absolument, interrompit madame Mauroy en la regardant jusqu'au fond de l'âme.

— Oh! oui, rentrons, madame.

Le retour fut comme la venue, silencieux et mélancolique; Marianne pressait le pas, et dès qu'elle approcha de la maison, elle courut à la salle à manger, où se trouvait une grande pendule.

— Midi moins un quart, s'écria-t-elle, j'arrive à temps!

On était alors au commencement d'octobre, les matinées devenaient fraîches. Un grand feu allumé dans la cheminée réchauffait cette pièce un peu humide. Marianne ouvrit la fenêtre et s'y plaça.

— Pourquoi ouvrir cette croisée? dit sa mère, il vient un vent glacial. Vous pouvez regarder à travers les vitres.

— Non, ma mère, je ne verrais pas arriver quelqu'un du bout de la rue.

— Et qu'attendez-vous ? reprit sévèrement son père.

— Le facteur. Il doit m'apporter une lettre.

— C'est différent.

Il n'en ajouta pas davantage. Marianne resta à la fenêtre. Ses yeux auraient voulu percer l'espace pour deviner l'approche de cet homme, qui allait peut-être lui apporter tant de bonheur. Les villes de province sont désertes et les passants assez rares. Dès qu'elle apercevait un individu marchant de son côté, son cœur semblait prêt à s'échapper de sa poitrine. Elle le reconnut enfin à n'en pouvoir douter. C'était lui ! Quelle émotion, mon Dieu ! Il avait un gros paquet de lettres, il frappait à chaque porte ; il choisissait celle qu'il devait remettre, il attendait le salaire, et puis il continuait sa route. Quelques personnes, comme Marianne, se tenaient à la croisée et tendaient la main ; alors la station était un peu moins longue et il s'approchait de plus en plus. Bientôt elle entendit sa voix, elle distingua le bruit de ses pas, elle le vit à la portée de son geste, elle ne remua point, elle n'en avait pas la puissance, la crainte de faire évanouir son espérance lui ôta ses forces, elle regardait seulement... Il passa sans s'arrêter.

Alors elle rentra dans la chambre, elle n'avait plus rien à faire à son observatoire, elle sentit qu'elle était glacée !

Tout le reste du jour elle vécut comme une machine : répondant, agissant sans savoir ce qu'elle répondait, pourquoi elle agissait. Le lendemain il n'y avait point d'ordinaire. Elle se rendit donc à son jardin, parce que là elle était seule, elle restait avec lui.

Madame de Sévigné dit à sa fille :

« Les jours où l'on ne reçoit pas de lettres ne sont occupés qu'à attendre ceux où on en reçoit. »

Cela est vrai, surtout en amour. Cette spirituelle femme, à laquelle il ne faut pas reprocher son indifférence, car elle la rendit heureuse, avait néanmoins l'infirmité de ne pouvoir en ressentir pour personne. Elle possédait les qualités les plus charmantes, elle fut la meilleure des mères et des amies, la passion lui resta toujours étrangère, je dirai plus, incompréhensible. Ce qui prouve qu'il n'y a point de nature complète.

Cette maxime, si joliment tournée, que je citais à l'instant, elle l'appliquait à sa fille, rien qu'à sa fille. La pauvre Marianne, comme toutes les femmes aimantes, l'appliquait à ce sentiment le plus orageux de la vie. Elle souffrait mille morts en attendant, néanmoins elle eût voulu rayer de son existence les jours où elle n'attendait pas. Bien des fois encore elle se plaça en sentinelle, bien des fois elle vit passer l'homme qu'elle dévorait du regard, sans qu'il songeât même à se retourner.

Un matin, découragée complétement, elle s'imposa la loi de ne pas s'approcher de la fenêtre. Elle tournait le dos à la rue, s'interdisant même d'apercevoir celui qu'elle appelait son bourreau, lorsqu'on sonna à la porte, et elle reconnut son pas dans le corridor.

— Une lettre de Laon pour madame de la Panneterie, dit-il.

Elle s'élança vers lui, lui arracha le papier et monta

dans sa chambre comme une folle ; elle s'y enferma afin de ne pas être dérangée.

Elle regarda l'adresse, ivre de joie... Hélas ! la lettre était de madame d'Elbèque.

Plus elle avait été heureuse, plus son désenchantement fut cruel. Elle jeta au loin ce message trompeur fondit en larmes. Tout à coup une idée lui vint. Peut-être on parle de lui ! Elle ramassa le paquet, ouvrit l'enveloppe, et le nom de M. de Grailly frappa ses regards.

« M. de Grailly est à Pinon, disait la comtesse après quelques nouvelles insignifiantes, il est parti ce matin. Nous ne le reverrons pas avant quinze jours. Son voyage avait été retardé par de sots propos auxquels vous n'êtes pas étrangère. Il a fait d'autres visites et s'en est mal trouvé, le pauvre jeune homme ! »

Qu'est-ce que cela voulait dire ? Que signifiait cette énigme ? Dans sa noble confiance elle n'eut pas un doute, elle ne voulut pas en avoir un. S'il y avait des propos, il les lui expliquerait, mais l'accuser, lui ! oh ! non. Il ne pouvait avoir tort. Tel est l'amour. Elle l'avait accusé elle-même depuis l'aventure de la forêt, elle le défendit lorsqu'une autre voix s'éleva, lorsqu'on osa lui laisser entendre qu'il était coupable. Elle ploya la lettre, la mit dans son bureau, et attendit l'autre ordinaire.

Trois jours après, revenant de son jardin, elle rencontra une des personnes qui avaient quelquefois accès dans le sombre intérieur de sa famille.

— Savez-vous, lui dit cette femme, qu'il est arrivé un grand malheur dans le pays ?

— Quoi donc? demanda madame de la Panneterie avec indifférence.

— Il y a eu des chasses à Pinon, et un des officiers qui s'y trouvent a été emporté par son cheval, il est mortellement blessé, à ce qu'on assure; d'autres prétendent que c'est un duel : ce qu'il y a de sûr, c'est qu'il en mourra.

— Un officier, mon Dieu! et lequel?

— On ne le nomme pas. Il y en a cinq ou six, tant de la garnison de Laon que de celle de Soissons.

— Cela ne se peut. Oh! il faut que je le sache!

Et sans ajouter un mot, sans saluer son amie étonnée, elle courut chez elle, se mit à son bureau et écrivit :

« Madame la présidente,

« Pardonnez-moi ce que je fais, c'est mal, je le sais, mais je n'ai plus ma raison, je crois. Vous avez chez vous M. de Grailly, c'est mon amant, madame la présidente; je l'aime plus que je ne saurais l'exprimer; je confie ce secret à votre cœur et à votre honneur de femme; un officier a été mortellement blessé chez vous, est-ce lui? dites-le-moi, au nom du ciel! Si c'est lui, permettez que je le voie; si déjà il avait succombé, que je le sache; je veux, je dois le savoir. Un mot, madame, je vous le demande comme la vie. Ne me faites pas attendre, car mes forces s'épuisent vite. Encore une fois pardon et pitié!

« MAUROY DE LA PANNETERIE. »

Elle porta elle-même cette lettre à la poste et commença à compter les minutes. Sa mère monta près d'elle, Marianne refusa d'ouvrir sa porte, elle refusa de prendre aucune nourriture, et lorsqu'on l'interrogea :

— Je n'ai rien, murmura-t-elle.

Le dimanche suivant, la réponse de madame de Courval arriva. C'était une lettre pleine de mesure et de sentiment. Elle excusait, elle plaignait la pauvre femme, elle lui apprenait avec tous les ménagements possibles qu'en effet M. de Grailly avait fait une chute de cheval, mais que son état n'était pas sans espérance. Elle lui promettait de la tenir au courant et de lui donner des nouvelles aussitôt qu'un incident nouveau se présenterait. Elle éludait la demande de venir à Pinon, et finissait par assurer madame de la Panneterie de tout son intérêt.

Le cœur humain est fait de telle sorte que Marianne fut soulagée en recevant cette lettre, qui confirmait ses craintes. D'abord elle savait, ce qui vaut mille fois mieux que d'attendre, et puis elle se rattacha à ce fil d'espoir qui lui était laissé et elle y suspendit sa vie. Ses jours et ses nuits se passèrent à combiner les moyens de se rapprocher de Henri, elle lui écrivit, elle se transporta en imagination près de son lit de douleur. Triste voyage, hélas !

Le temps s'écoula et rien n'arrivait. Alors ses chimères prirent un corps, elle se décida à partir le lendemain matin, malgré tout ce qui pourrait en résulter. Elle se donna pour délai la fin de cette journée et la nuit. Une fois décidée, elle souffrit moins. A l'heure du souper, elle descendit et se mit à table. La même personne qui avait annoncé la première nouvelle entra tout effarée.

— Je sais maintenant le nom, dit-elle à Marianne; le pauvre jeune homme ! si beau, si gai, aurait-on pu le croire ?

— Quoi ! qu'est-ce que c'est ? répliquèrent en même temps M. et madame Mauroy.

Madame de la Panneterie n'eut pas le courage de parler.

— Vous savez bien M. de Grailly, ce charmant capitaine qui demeurait en face ! C'est lui qui est tombé de cheval à Pinon, et on vient d'apprendre par un de ses amis qu'il est mort.

— Mort ! s'écria Marianne en se levant, et elle tomba de toute sa hauteur sur le plancher. Ses parents et leur amie la relevèrent et s'empressèrent à la faire revenir.

— Ma pauvre fille, disait madame Mauroy, depuis ses malheurs, elle est devenue si susceptible qu'un rien la désespère.

Au bout d'un quart d'heure, elle reprit connaissance et regarda autour d'elle.

— Où est Henri ? reprit-elle doucement, où est Henri ? il faut que je le voie. Oh ! je me meurs de ne pas le voir. Je vous en supplie, menez-moi à Pinon.

— Que demande-t-elle ? interrompit son père, qu'est-ce que cela ?

— Oh ! je me souviens, il souffre, il souffre, il va mourir, lui ! mon Henri, mon amant !

18.

— Son amant! s'écria madame Mauroy.

— Il va mourir, parce qu'il m'a trompée, parce qu'il en aime une autre; c'est une coquette, elle ne l'aime pas, cette belle madame de May. Oh! c'est elle qui le tue!

— Pour l'amour du ciel, ma femme, que signifient ces discours?

— Il a donc tout oublié, nos promenades, nos longues conversations dans mon jardin. Il ne sait plus que je suis seule au monde, que j'ai tant souffert, et que s'il ne me console pas je vais mourir aussi.

— La malheureuse est déshonorée! s'écria de nouveau le père en se levant.

— Elle est folle, mon ami, ajouta madame Mauroy d'une voix éteinte.

— Oui, elle est folle, parce que son séducteur l'a trahie, parce qu'il est mort. Et j'ai vécu assez pour voir un pareil scandale dans ma famille! Voisine, par tout ce qu'il y a de sacré, taisez-vous; qu'on ne sache pas au dehors l'horrible malheur qui nous arrive, jurez-le-moi sur la croix.

La voisine le jura.

— Maintenant, il faut guérir cette femme et la conduire dans un couvent éloigné, où nous n'entendrons plus parler d'elle, où elle expiera son crime. Oh! son mari est justifié, elle mérite tout ce qu'il a fait. C'est une misérable! je ne la reverrai jamais, de peur de la maudire.

— Peut-être tout ceci est-il la suite de sa frayeur, essaya de dire la mère.

— Mon Dieu! et moi je l'aimais tant, interrompit Marianne, je l'aimais d'un amour si tendre, si dévoué! Pour lui j'ai trahi mes devoirs, et, loin de m'en repentir, j'en suis fière. Je n'ai jamais fait assez!

— Vous l'entendez, madame, elle ne se repent même pas!

En ce moment on frappa à la porte.

— Qui peut venir à cette heure? poursuivit-il. Voyez-y, ma voisine, car je suis hors d'état de répondre à personne.

La voisine laissa la porte de la salle ouverte afin de ne pas se blesser dans l'obscurité; celle de la rue était en face, elle ouvrit. Le vicomte de Jars parut.

— Madame de la Panneterie, demanda-t-il.

— C'est ici; que lui voulez-vous?

— Lui remettre une lettre très-pressée.

— Donnez-la-moi.

— Non; c'est à elle seule que je dois la rendre.

— Elle est malade.

— Demandez-lui si elle veut recevoir le vicomte de Jars.

Marianne entendit ce nom, jeta un cri perçant et courut au vicomte.

— Vous! vous! répétait-elle, où est-il? emmenez-moi.

M. et madame Mauroy l'avaient suivie.

— Que cherchez-vous ici, monsieur? reprit le père, vous voyez que cette malheureuse est folle et déshonorée par un de vos pareils; sortez de cette maison où vous avez apporté la honte, laissez-nous.

— Monsieur, j'excuse votre douleur, mais je ne quitterai point cette pauvre femme sans avoir rempli mon message, sans chercher à la soulager; ne voyez-vous pas qu'elle pleure?

— Monsieur, vous pouvez parler à celle qui fut ma fille, mais pas en ma présence; je me retire, je n'emploierai pas une autorité qu'on méconnaîtrait peut-être. J'ai dit mon dernier mot; dès que cette misérable aura repris sa raison, qu'elle s'enferme et qu'elle prie, je lui pardonnerai au lit de mort.

En achevant ces mots, il quitta la chambre. Le vicomte s'approcha de Marianne.

— Me voici, madame, dit-il, je viens de la part de Henri.

— Oui, je le sais; m'aime-t-il encore?

— Il vous aime, hélas! il vous a aimée jusqu'au dernier moment. J'apporte ses derniers adieux, une lettre de lui; voulez-vous la lire?

— Je la lirai seule.

— Il me l'a remise avec cette boucle de ses cheveux; les voici l'une et l'autre.

Elle les prit et les regarda d'un œil sec.

— Il souffre bien!

— Il ne souffre plus!

— Oh! oui, c'est moi qui souffre à présent! Allons, il faut attendre encore, il ne reviendra pas, puisqu'il écrit!

M. de Jars essaya en vain de lui faire comprendre son malheur, de lui arracher quelques larmes; elle lui répondait en haussant les épaules:

— Je sais mieux que vous où il est. Il m'a dit de l'attendre et je l'attendrai.

Toute la nuit et toute la journée du lendemain s'é-
coulèrent ainsi. Le vicomte se présenta plusieurs fois
à la porte, elle lui fut refusée. M. et madame Mauroy,
sévères et rigides catholiques, d'une intelligence un
peu bornée, ne virent que la faute, et non pas la passion invincible, non pas le malheur qui la rendait excu-
sable. Quand Marianne, rendue au sentiment de sa
position, dans un instant lucide, demanda à les voir,
ils le refusèrent, et lui firent signifier de nouveau
qu'elle eût à quitter leur maison. Après bien des prières
inutiles, elle s'y résolut, mais ce ne fut point pour se
rendre au couvent. Elle s'achemina vers son jardin, et
résolut d'y fixer sa demeure, emportant son fidèle Pyrame, qui devait être à l'avenir son unique compagnon.

Elle s'établit dans ce pavillon où tout lui parlait de
Henri, et là elle vécut d'une double vie. Folle, elle
croyait que son amant existait encore, elle lui écrivait
comme dans leurs beaux jours des lettres pleines de
passion et de bonheur ; raisonnable, elle n'avait qu'une
idée : celle d'élever un tombeau à M. de Grailly, et de
fonder une messe pour le repos de son âme. Mais
comment faire sans argent? car la pauvre créature
n'avait que les six cents livres de l'héritage de sa tante.
C'est ici que commença l'existence la plus admirable
et la plus inouïe. Pendant quarante-neuf ans, cette
femme ne mangea que du pain, ne but que de l'eau,
ne quitta pas son vêtement de serge noire, qu'elle n'a-
bandonna que lorsqu'il fut en pièces; elle amassa ainsi
la somme nécessaire à l'accomplissement de son vœu.

Ses parents ne voulurent jamais la revoir, et laissèrent leurs biens aux pauvres. Après la révolution elle obtint d'un voiturier de la conduire à Pinon sans qu'il lui en coûtât rien. Elle raconte cette visite dans une espèce de journal que j'ai sous les yeux, et qu'elle rédigea dans son bon sens, c'est-à-dire dans son autre folie, dans celle où elle souffre davantage, parce qu'elle se souvient. Elle croit à la mort de ce qu'elle aime, c'est-à-dire, à la mort de son corps; mais elle s'imagine que son corps à elle renferme avec son âme celle de Henri. Elle attribue à celle-ci tout ce qu'elle fait de bien, elle lui rend grâce des consolations qu'il lui envoie, elle ne doute pas qu'il ne la dirige et ne la suive partout.

« Que je te remercie, mon ami, de ce que tu as fait pour moi aujourd'hui! J'ai enfin eu le bonheur de voir le lieu où repose ta dépouille mortelle, et si tu ne m'avais pas envoyé les riantes images qui ont soutenu mes forces pendant ce pèlerinage de douleur, jamais je n'aurais trouvé le courage de l'accomplir. Mais tu vis en moi, mais ton âme si belle m'a transmis ces divines inspirations, et j'ai marché sans crainte. Arrivée à cette terre consacrée, quand on m'a eu indiqué la place que je cherchais, je me suis mise à genoux, et *nous avons prié*. Ensuite je me penchai vers toi, mes larmes coulèrent. Il me sembla que nous étions proche l'un de l'autre, l'espace qui nous séparait disparut à mes yeux; je m'élançai... Je me relevai sur-le-champ; j'avais si peur de te faire mal!... Quelle affreuse et douce illusion, mon Henri! Tu m'inspiras ensuite une chose qui

me fit du bien, tout en rouvrant de douloureuses plaies.
Je remarquai parmi la verdure qui te couvre des petites marguerites blanches. A l'instant tu me dis de
les cueillir, ton cœur apprit au mien que tu me les
offrais, que ces fleurs de deuil étaient ton dernier présent, comme les superbes roses que tu m'offris à ce
bal où nous parlâmes de notre jeune amour, avaient
été le premier. Tu me vis alors enlever cette pâque-
rette, avec les racines et les brins de mousse dont elle
était entourée, je l'emportai respectueusement. Je la
gardai à côté des spectres de mes roses; le commencement et la fin. J'ai rêvé cette nuit que je voyais ton
lit, où tu as tant souffert; il était vide, et à chaque coin
il y avait un jeune arbre dépouillé de ses feuilles. Le
bruit que faisaient les branches mortes en s'entre-cho-
quant me glaçait d'effroi. Je t'appelai à grands cris, et
rien ne me répondait que cette horrible bruit. Je me
suis éveillée glacée, t'appelant encore, te demandant
à Dieu, te demandant à tout ce qui m'entoure; ta douce
voix m'a parlé dans nos âmes. Je retournerai demain
à ce tombeau. Quand ces tortures finiront-elles? Quand
te rejoindrai-je? Quand te rendrai-je ton âme? Oh!
mon ami, songes-y, je ne vis que du regret de ne pouvoir mourir. »

   Enfin, après quarante-neuf ans elle put réaliser sa
chimère et voir s'élever ce tombeau, qu'elle avait
payé par tant de privations. Elle écrivit à M. le vicomte
de Courval actuel, en 1827, et le pria de se charger
de la construction du monument. C'est une pierre
longue, ou, pour mieux dire, un marbre. Elle avait

composé une épitaphe, où son amour immuable
était si fortement exprimé, que M. l'évêque n'en put
permettre l'admission. On fut obligé de s'arrêter à
celle-ci :

Ici repose
Jusqu'au jour de la résurrection,
Le corps de Henri-Michel de Grailly,
Chevalier, capitaine au régiment du roi, infanterie,
Mort au château de Pinon, le 14 octobre 1786,
dans la vingt-cinquième année de son âge.
Sa meilleure amie,
dont
les pleurs ont tant de fois arrosé le lieu de sa sépulture,
a érigé ce modeste monument
pour éterniser sa mémoire.

Depuis le jour de sa première visite au tombeau,
elle y est revenue tous les ans, à l'anniversaire de son
malheur. Elle s'enferme, après avoir entendu la messe,
dans la chambre où mourut le chevalier, et rien ne la
distrait de sa pieuse tâche. Je l'ai vue plusieurs fois
avec un véritable respect. Son vêtement noir, ses cheveux gris, la blancheur mate de son visage m'ont frap-
pée. On devine qu'elle a été belle. Quelquefois elle est
folle, quelquefois elle ne l'est qu'à demi; c'est à déchi-
rer le cœur.

Pour mieux faire connaître ce singulier roman entre
un homme mort depuis cinquante-deux ans et une
femme qui en a plus de soixante et dix-huit, je vais
transcrire une des lettres écrites au milieu de sa folie.
Je prends au hasard parmi celles qui m'ont été remises. Il est visible qu'elle croyait alors le chevalier absent.

« Je viens de recevoir ta lettre, mon Henri; je suis allée la lire dans mon pavillon, près de ce jasmin que tu aimes tant, et dont les fleurs parfument l'air. Une lettre c'est beaucoup; mais toi, quand viendras-tu? Quand te reverrai-je? Il y a si longtemps que nous sommes séparés! Si tu tardes trop, ami, notre jeunesse s'écoulera; nous ne nous retrouverons plus tels que nous nous sommes quittés. Toi, tu resteras toujours le même; tu ne peux pas changer. Moi, c'est différent. Les femmes vieillissent vite dans l'absence. Les jours qui pèsent sur le cœur comptent double sur le visage. Rassure-toi néanmoins; je ne suis pas vieille encore. J'ai essayé hier cette robe de linon que j'avais à notre première entrevue; elle me va toujours bien. Viens donc, mon ami, viens donc te promener avec moi dans ces longues allées si pleines de souvenirs, dans ces allées où nous avons été si heureux, où j'ai tant pleuré depuis ton départ. Oh! ne crois pas, parce que j'ai trahi mes devoirs, que je puisse t'oublier jamais. Non, non, à toi j'ai *promis*, à lui j'avais *juré* ; une promesse est mieux qu'un serment. L'une est pour soi, l'autre pour le monde. Et que nous importe le monde, à nous qui ne vivons que par nous et pour nous? Qu'avons-nous à faire de ses jugements? Mon Henri, qui peut te retenir loin de moi? Quelle excuse me donneras-tu? Je t'en trouverai bien. J'ai plus besoin de te pardonner que tu n'as besoin de mon indulgence. »

Voici ma tâche achevée. J'ai raconté, avec toutes les

preuves, les deux drames si divers dont le château de Pinon fut le théâtre. Maintenant ce beau lieu n'entend plus que les joyeuses fanfares et les éclats de la gaieté; maintenant l'ombre de la belle Picarde ne vient plus planer sur la tourelle détruite, et la pauvre Marianne pleure solitaire sur la tombe de son amant; mais la petite fontaine est encore là, claire et limpide comme au temps du marquis d'Albret, mais la pierre insensible recouvre toujours les restes du chevalier de Grailly. Tel est le cours des choses humaines. Les passions, qui dévorent tout, ne laissent après elles aucune trace. Les œuvres de Dieu, l'éternité, voilà ce qui est vrai, voilà ce qui est immuable, voilà ce qui doit nous consoler dans nos souffrances; car les souffrances, l'amour, la gloire, tout se détruit, tout s'envole. Sur la fontaine, sur la tombe, sur toutes les ruines, la croix reste debout.

FIN.

TABLE DES MATIÈRES.

FIN DE LA TABLE.

POISSY. — TYP. ARBIEU, LEJAY ET CIE.

COLLECTION MICHEL LÉVY 1 fr. le volume (Extrait du Catalogue.)

HILDEBRAND Chambre à louer, Sœur de la Vie, Hollandaise
A. HOUSSAYE L'Amant comme il est, Vertu de Rosine
Femmes comme elles sont. CH. HUGO Chaise de paille
F. VICTOR HUGO Saint anglais, Sonnets de Shakspeare
J. HUGONNET Sous l'un Chef de bureau. J. JANIN
L'Âne mort, La Confession. JUILLERAT. J. Balcom
CH. JOBEY L'Amour d'un Nègre. A. KARR Clotilde,
Agathe et Cécile, Chemin le plus court, Clovis Gosselin,
Contes et Nouv., Devant les Tisons, Famille Alain, Les
Femmes, Encore les Femmes, Pau Brenier, Les Fleurs,
Geneviève, Guêpes, Hortense, Pêche au doux et au salé,
Menus propos, Midi à 14 heures, Pénélope normande à bord,
Poignée de Vérités, Prom. hors de mon Jardin, 300 pages,
Roses noires et Rubans bleus, Soirées de Ste-Adresse, Sous
les Orangers, Sous les Tilleuls, Voyage autour de mon
Jardin. KAUFFMANN Brillat de Mandat. L. KOMPERT
Juifs de Bohème, Sr. du Ghetto. LACRETELLE Couleurs
aux cheveux. Mme LAFARGE Heures de Prison, Mémoires
C. LAFONT Légende du Chevalier. G. DE LA LANDELLE
Les Passagères. S. DE LA MADELAINE Secret d'une Re-
nommée. J. DE LA MADELÈNE Âme en peine, Marquis
des Saffras. LAMARTINE Antar, Balzac, Bénj. Cellini,
Bossuet, Christ. Colomb, Cicéron, Confidences, Cromwell
Com. du peuple, Fénelon, Foyers du peuple, Geneviève
Graziella, Guillaume Tell, Héloïse et Abélard, Homère et
Socrate, Jeanne d'Arc, Jacquard, Toussaint Louverture,
J. J. Rousseau, Mme de Sévigné, Régina, Raphaël, Nelson,
Gutenberg, Vie de César. LAMENNAIS. Ayr de Tunis,
Paroles d'un Croyant. V. LAPRADE Psyché. LA ROUNAT
Comédie de l'amour. DE LATOUCHE Adrienne, Aymar,
Clément XIV et Carlo Berthiazzi, Drame en Marie, Léo,
Fragoletta, Grangeneuve, Un Mirage, Olivier Brusson,
Petit Pierre, Vallée aux Loups. LAVALLÉE Hist. de Paris
G. LEDHUY Cœur d'Aventure, Nuits sereine, Fils Maudit
L. LURINE Ici, L'on aime. P. MALLEFILLE Marerly,
Capitaine Larose, Mém. de Don Juan, Monsieur Corbeau
N. DEQUIVIÈRES Deux ans en Afrique MARIVAUX
Théâtre X. MAUMIER Au bord de la Neva, Grande Dame
fausse Drames Toulouse, Hist. allemandes et scandinaves
F. MAYNARD Bans deux les angé horribles Journal d'une
Dame anglaise, Voy. et Avent. au Chili. C. MAYNE-REID
Chasseurs de chevelures. MÉRY Amour d'une l'avenir,
André Chénier, Chasse au Chamois, Chat. des 3 Tours, Chat.
vert, Homme heureux, Damnés de l'Inde, Hist. de famille,
Conspirat. au Louvre, Nuits du Midi, Nuits anglaises, —
d'Orient, — Italiennes, — Parisiennes, Salons et Souterrains
de Paris, La Tramperie. P. MEURICE Tyrans de village
P. DE MOLÈNES Aventure, Intempérance, Caract. et Récits
Amazone, Chevelure, Souvenir, Hist. Intimes, Hist. sentim.
et Milit. Gentilh., du siècle dernier. MOLIÈRE Œuvres
complètes. Mme M. LAFITTE L'Éducation du Foyer
H. MONNIER Scènes, de J. Prudhomme. C. MONSELET
M. de Cupidon. C. DE MONTALIVET Bleus. 18 Années du
Gouv. parlem. Cte DE MOYNIER Bohème et grande Sei-
gneurie. HÉG. MOREAU Œuvres. F. MORNAND Vie à vapeur
Parmentier. H. MURGER Buveurs d'eau, Mad. Olympe,
Doct. vingt-cinq ans, Pays latin, Propos de ville et Prop. de
théâtre, Roman de toutes les Femmes, Scènes de campagne,
de la vie de Bohème, Vie de Jeunesse, Vacances de Camille,
Sabot rouge. A. DE MUSSET, BALZAC Parisiennes
— à Paris. P. DE MUSSET Revollte, Tuyleriens
NADAR Miroir aux Alouettes, Quand j'étais étudiant
NICOLLE Fleur de rocailler. E. DURLIAC Carnacites
F. PERRET Les bourgeois de campagne, Hist. d'une jolie
femme. PICHAT Les Poètes. A. PICHOT Drame en
Hongrie, Exilier de W. Scott, Jeanne de Guillaume
Poète amoureux. ÉDG. POE Avent. d'A. Gordon Pym, Hist.
extraordinaires, Nouv. Hist. Aventures. PONSARD Poèsies
complètes. FORTMARTIN Contes d'un Planteur de choux,
Contrat Noce, Vin du peuple, Mém. d'un Notaire, Or et
Clinquant, Pourquoi arrêté à la campagne. L'AB. PRÉVOST
Manon Lescaut. RADCLIFFE

Confess. des Pénit. noirs, Julia, Julie, ou les Souter. du Chât. de
Mazzini, Mystères du Chât. d'Udolphe, Visions du Chât.
des Pyrénées. RAOUSSET-BOULBON Une Conversion
B. REVOIL Docteur américain, Havane à New. Monde
REYBAUD Jér. et des Comédis voyageurs, César Folcampt,
Comt. de Mauléon, Coq du clocher, Ce qui on peut voir
dans une rue, Édouard Montgeron, Industrie en Europe,
Jérôme Paturot à la rech. de la meill. des Républiques, —
à la rech. d'une posit. sociale, Mariez-Bernard, Maladies
l'Humoriste, Pierre Monloy, Vie à rebours, Vie de Cornélie
W. REYNOLDS Drames de Londres, — Taverne du Diable,
— Prieur de la Résurrection, — Mystères du Cabinet noir,
— Mab, d'une jeune fille, Secret de réussite, Tilia du Bour-
reau. REGINA ROCHE Chapelle du vieux Chât. ROLLAND
Martyrs du foyer. J. DES FÉLIX. — Sr. vie de gentilh.
Gant de Diane, Mlle Rosalinde. G. SAND Adriani, Amours
de l'âge d'or, Beaux Mess., du Bois-Doré, Cht. des Désertes,
Comp. du Tour de France, Comt. de Rudolstadt, Consuelo,
Dame verole, Daniella, Diable aux champs, François le
Havre, Hist. de ma vie, Homme de neige, Horace, André,
Jeannie, Lucrezia Floriani, Meunier d'Angibault, Narcisse,
Lélia, Péché de M. Antoine, Piccinino, Secrétaire intime,
Prom. aut. d'un village, Simon, Teverino, Leoni, L'Uscoque
J. SANDEAU Catherine, Nouvelles, Sacs et Parchemins
SCRIBE Comédies, Op., Comig. Com. Vaud. A. SECOND
Contes aux pieds nus. F. SOULIÉ Au jour le jour, Bals,
des Pyrénées, Saturnin Fichot, le Banquier, Comte de Foix,
Emigré Toulin, Comte de Toulouse, Comt. de Monrion,
Confess. générale, Conseiller d'État, Contes — à l'encre
noire, Contes pour les Enfants, Deux Cadavres, Diane et
Louise, Drame inconnu, — Maison ou Broc de Provence,
— Cadet de Famille, — Amours de V. Bouvenne, — Olivier
Dulussel, Isle à Meudon, Forgerons, 8 jours au Château
Magnelinet, Meilleur complot, Margueritte, Matinée Cath.
Mém. du Diable, Noir le Cravat, Prétendus, Revif à Amour,
Ligeois, 4 Époques, 6 Nouvelles, etc., 4 Sœurs, Chambrière,
Si Jeune et savant, Si Vieillesse pouvait, Vie de la Dvz...
Sailsanle. É. SOUVESTRE Anges du Foyer, Bord du Lac,
Bout du Monde, Chevriers, Bas-Juifs, — Chronique de la Mer,
Coin du feu, Confidences, Confess. aux ouvriers, Contes et Nouv.
Dans la Prairie, Drames Parisiens, Étoillele de l'Homme,
Dern. Paysans, 2 Misères, Dern. Bretons, En Bretagne,
En Famille, Un Philosophe, Foyer Breton, Goutte
d'eau, Hist. d'autrefois, Honneur et Argent, Loin du Pays,
Lune de miel, Maison rouge, Mât de Cocagne, Mémorial de
Famille, Mondain et St-Roch, Monte-là-dessus l'on mène Pay-
san d'Homme, Pêchés de jeunesse, Pendant la moisson,
Philosophe sous les toits, Pierre et Jean, Récits et Souvenirs,
Promen. inutiles, Reprouvé et Élus, Riche et Pauvre, Roi
du Monde, Sc. de l'Auvergne, — Sur la Vie intime, —
Récits des Alpes, Sous le Meudon, Sous la Tonnelle, Sous
les Tilleuls, Sous les Ombrages, Sous d'un Bas-Breton, Souv.
d'un Vieillard, Sur la Neige, Sous, Théâtre de la Jeunesse,
Si années, 2 mille Veuvon, Veillée vert. M. SOUVESTRE
Paul Ferroll STAUBEN Soc. de la vie. STENDHAL
Chartreuse d'Amour, Chroniques, Nouv., Journ. d'un, Promen.
dans Rome, Rouge et Noir. RTEL Voyage continental
E. RUE Bonheur d'Aventure, Diable amoureux, Clémence
Hervé. — Adèle Verneuil, — Grande Dame, Fait à plaisir,
Gilbert et Gillette, Secret de l'oreiller, 7 Péchés capitaux,
— Orgueil, — Envie, — Colère, — Luxure, — Paresse, — Avarice,
Gourmandise. Mme DE SURVILLE Saison (Vie et contre)
TEXIER Amour et Fiancée. W. THACKERAY Mém. d'un
Valet de pied. B. DE VALLÈE Mémoires d'un. L'OUDAGE
Suzanne, Duchemin, Voix au sang. V. DE FORVILLE
Comt. de St-Pol, Conseils de feu, Vill. Marthe la Fileuse
MAX VALREY Filles sans dot, Marthe de Montfort
VERNEUIL Avent. en Sénégal. Dr L. VERON Mém. d'un
bourg. de Paris. A. DEVIGNY Laurette, Vie et mort
captif. Renaud, Veillée de Vincennes. CH. VINCENT
Fleur de Brigand. J. DE WAILLY S.œurs de la clique
I. WEY Angleterre plus réel., Londres. Il y a 300 ans

www.ingramcontent.com/pod-product-compliance
Lightning Source LLC
Chambersburg PA
CBHW070203030726
47505CB00006B/1559